幽霊の 2/3

ヘレン・マクロイ

人気作家エイモス・コットルを主賓に迎えたパーティーが，雪深きコネチカット州にある出版社社長ケインの邸宅で開かれた。腹に一物あるらしき人々が集まるなか，余興として催されたゲーム“幽霊の 2/3”の最中に，当のエイモスが毒物を飲んで絶命してしまう。招待客の一人，精神科医のベイジル・ウィリング博士は，警察に協力して関係者から事情を聞いてまわるが，そこで次々に意外な事実が明らかになる。作家を取りまく錯綜した人間関係にひそむ稀代の謎と，毒殺事件の真相は？　マクロイの傑作として，名のみ語り継がれてきた作品が新訳で登場。

登場人物

エイモス（モス）・コットル……作家
ヴィーラ・ヴェイン……エイモスの妻、女優
オーガスタス（ガス）・ヴィージー……エイモスのエージェント
メグ・ヴィージー……オーガスタスの妻
アントニー（トニー）・ケイン……出版社の社長
フィリッパ（フィル）・ケイン……トニーの妻
モーリス・レプトン（レッピー）……
エメット・エイヴァリー……｝文芸批評家
ペギー・ピュージー……作家志望の未亡人
シドニー・ピュージー……ペギーの息子、大学生
サム・カープ……ヴィーラのエージェント
ベイジル・ウィリング博士……精神科医
ギゼラ・ウィリング……ベイジルの妻

幽霊の2/3

ヘレン・マクロイ

駒月雅子訳

創元推理文庫

TWO-THIRDS OF A GHOST

by

Helen McCloy

幽霊の2/3

ジョアン・ヴァツェックに

第一章

メグ・ヴィージーが黄昏のマディソン街を渡っていく。ハイヒールの靴はまるで小さなひづめのようで、優雅に歩く雌鹿を思わせる。ひらひら舞い落ちる雪が、毛皮のコートと腕に抱えたクリスマス・プレゼントの箱を白く染めていく。横顔を向けている張りのある丸みを帯びた顎は、熟した甘い果実に似ている。唇はやや大きめだが、つねに微笑をたたえているような形だ。目もとはひときわ美しく、ぱっちりとして明るく澄んだ榛《はしばみ》色の瞳が、長いまつげに黒々と縁取られている。化粧は薄い。冷たい風で頬が花びらのようなみずみずしいピンクに染まっている。

五十八丁目まで来ると、彼女は煌々と明かりのともるビルの庇《ひさし》をくぐり、ほの暗くひっそりとしたロビーへ入った。「こんばんは、ミセス・ヴィージー」ドアマンが笑顔で迎えた。エレベーター係も彼女の階は訊かなくても知っていた。

彼女はふと、エレベーター内のベンチに誰かが置いていったタブロイド紙を見やった。瞳の奥でなにかが動いた。顔がこわばり、血の気が引いた。

「チャールズ、この新聞はあなたの？」

「はい、マダム」

「お借りしてもいい？」

「どうぞお持ちください、ミセス・ヴィージー。もう読み終わりましたから」

「ありがとう、チャールズ」

彼女は声まで変わって、重たく沈んでいた。

エレベーターを降りると、彼女は抱えていたプレゼントを廊下のテーブルに置き、バッグから鍵を取りだした。ドアの向こうはシェードつきランプに柔らかく照らされた玄関だった。話し声と笑い声が別のドアから聞こえたが、彼女は反対側のドアへ向かった。

そこは書斎だった。紫がかった灰色の壁とオリーブ色のカーテンを背景に並ぶ、机、タイプライター、ファイリング・キャビネット、本棚は、どれも真新しくて使い勝手がよさそうだ。だが室内はすさまじい散らかりようで、あったはずの機能美は跡形もない。器量よしの娘もだらしない服装をすればみっともなく見えるのと同じだ。

新聞や煙草の灰が床一面にまき散らされている。髪の毛を半分引きちぎられた人形がソファに裸で転がっている。窓の敷居ではクレヨンが箱から飛びだし、しゃれた小さなフットスツールの脚には子犬の歯形がつき、シルクのブロケード張りの肘掛け椅子は猫の爪に引き裂かれてぼろぼろだ。マントルピースの上で煙草が一本燃えつきたらしく、円筒形の灰の下に茶色い楕円形の跡が残っている。机の折りたたみ天板が広げられ、その上にタイプ原稿や録音テープ、書状、〝著作権代理業　オーガスタス・ヴィージー社〟のスタンプがおされた厚紙の書類フォルダなどが乱雑に積みあがっている。電話の脇に刻印つきの立派な便箋が一枚あり、〝トニーに電話？　NY2番、西海岸、八時以降にロンドンから折り返し電話〟と独特の走り書き文字で暗号めいた言葉が書かれている。ガスは昼食に帰ってきたようだ。

メグはため息をついた。これまでの経験からすると、部屋を見苦しくない程度まで片づけるのに三十分はかかる。だが今はそんな暇はない。

彼女はソファにプレゼントの箱を放り、帽子とコートと手袋を脱ぎ捨てた。手近にあった椅子からテレビ番組の台本の写しをどけ、そこに腰をおろした。そのあとバッグから鼈甲縁《べっこうぶち》の眼鏡を出し、さっきのタブロイド紙を読み始めた。

写真が載っているが、ヴィーラが三年前と大きく変わったかどうかは判断がつかない。にじんだ不鮮明な印刷のせいで、わかるのは淡い色の髪と先のとがった顎だけだ。

記事は次のような内容だった。

花形女優、撮影所と対決

十二月十二日、カリフォルニア州ビバリーヒルズ発　特報

キャタマウント映画会社の看板女優として知られる麗しきヴィーラ・ヴェインは、今後三年間ハリウッドにとどまることを条件とする同社との契約延長を拒否し、最愛の伴侶のため

映画界で約束された輝かしいスターの道を断念することになった。

「あたしにふさわしいのは夫がいる場所よ」美しきヴィーラは今朝の記者会見で、全国の映画ファンを魅了してきた大きな青い瞳に涙を浮かべて語った。「ハリウッドは華やかだけれど、ただそれだけ。うわべは輝いていても、中身は空っぽなのよ。映画界はペテン師だらけだわ。日曜日に飛行機で東へ行くの。これからは家庭に入って、コネチカットの田舎で夫に手料理を食べさせてあげたい。ねえ、コーンビーフとキャベツを使ったいいレシピを知らない？」

子供を望むかとの質問に、ヴェインはすかさず答えた。「もちろんよ。決まってるじゃないの」

ヴェインの夫君である作家のエイモス・コットルは、四年前に彗星のごとく現われて、戦争小説『退却命令なし』でベストセラー作家となった。最新作『情熱的な巡礼者』は宗教をテーマにした作品である。夫妻はこの三年間別居していたが、どちらも再婚はしていない。

キャタマウント映画会社の代表者が本日、報道陣に語ったところによれば、ヴェインと報酬に関して折り合いがつかなかったため、契約を打ち切ったとのことである。

メグの手から新聞がぽとりと落ちた。急いで部屋の向こうの机へ行った。住所録を探したが、いつもしまってある整理棚にはなかった。大文字の書き方を習ったばかりのポリーが、練習帳にしようと持っていったのだろう。料理人と子守の役目を担っているマッデレーナは、ポリーをしたい放題にさせている。しかたなくメグは番号案内にエイモスの電話番号を問い合わせた。数分後、氷に閉ざされたコネチカット州で彼の電話が鳴ったが、誰も出なかった。メグはあきらめて受話器を戻した。
便箋は床に落ちていたが、ペンは見あたらなかったので、タイプライターに向かって猛然とキーを叩き始めた。頭に言葉が浮かぶそばから次々と打っていった。

親愛なるエイモス
夕刊を見ました。とても心配しています。ガスもきっとそうでしょう。あなたがあの女をどう思っているかは、わたしたちよく知っていますもの。三年前、二度と会いたくないとあなたにきっぱり言われておきながら、記者会見で一方的に復縁を宣言するなんて、厚かましいにもほどがあります。あなたのような才能豊かな人が、こんな妨害に屈してはいけないわ。ましてや新作に取りかかっている大切な時期ですもの！　ヴィーラのような性悪女はあなたをきっとだめにしてしまいます。わたしたちになにかできることはない？　彼女がニューヨークに着いたら、うちに滞在してもらうのはどうかしら？　さぞかし扱いにくい客でしょうけど、それであなたが彼女に煩わされず執筆に打ちこめるなら、なんとかがんばるわ。たぶんトニー・ケインも協力してくれるでしょう。あなたの版元として、そうするのは当然よ。あの人は顔が広いから、ブロードウェイの仕事を彼女に世話して、あなたから引き離しておけるかもしれないわ。演出家には気の毒だけど。彼女はあきれるほど無能な大根役者だもの。

とにかく、なるべく早くこちらに連絡を。それから、決してやけにならないで。わたしたちが必ずなんとかしますから。
わたしたち夫婦から心をこめて

彼女はため息をつきながら、ポリーの赤いクレヨンで〝メグ〟と署名した。切手をしまってある抽斗に封筒が一枚まぎれこんでいるのを見つけ、そこに住所をタイプした。

エイモス・コットル様
コネチカット州ウェストン
ローグズ・リッジ荘

彼女は座ったまま顔をしかめた。そのあとタイプライターに新しい紙をはさみ、今度はもう少しゆっくりと打ち始めた。

親愛なるヴィーラ
今日の夕刊であなたが東部へ戻ってくると知りました。ああいう別れ方をしただけに、エイモスとは顔を合わせたくないでしょう？　でもガスとわたしであなたがこちらに落ち着く手伝いをさせてもらうわ。うちの広いアパートメントに快適なゲストルームがあるの。新しい住まいが見つかるまで、しばらくうちに泊まってはいかが？　ぜひそうしてちょうだい。
じきにお目にかかれるのを楽しみにしています。ハリウッドの最新ゴシップをたっぷり聞かせてね。　敬具
メグ・ヴィージー

彼女は〝敬具〟という言葉に眉をひそめたが、親密な結びを使うのはもっといやだった。今度は署名にクレヨンは使わず、ハンドバッグから万年筆を出し、なぜ敵対関係は好意よりも礼儀を重んじさせるんだろうと思いながら、自分の名を丁寧に書き入れた。

それからもう一度あたりを探して、航空郵便の封筒を見つけ、急いで宛先をタイプした。

ヴィーラ・ヴェイン様
カリフォルニア州ハリウッド
キャタマウント映画会社

航空郵便の切手をなめつつ、この手紙はヴィーラが西海岸を発つ前に向こうへ着くだろうかと考えた。だいじょうぶよ、きっと。彼女は日曜日に空港へ行く前に必ず郵便物を取りに撮影所に立ち寄るわ。

それより、この文面ではやけに親切で嘘っぽいと思われないかしら。ヴィーラは自分がエイ

モス周囲の者たちにどう思われているか気づいているはずよ。でも、本当にそう？　怪しいものだわ。彼女のうぬぼれは分厚い貝殻と同じ。内側は自画自賛の錯覚で真珠母みたいに輝いていて、外から入ってきた異物はおざなりなほめ言葉だろうとなんだろうと、あっという間に真珠に変えてしまう。

「ママ！」ドアが勢いよく開き、ヒューが部屋へ駆けこんできた。「いつの間に帰ってたの？　玄関に行ったらタイプライターの音が聞こえて、初めて気がついた」驚きを含む非難めいた口ぶりだったが、すぐに屈託のない調子になった。「ジョー・デヴリンが今夜泊まりに来ないかって。ペントハウスに住んでて、犬のほかに亀も飼ってるんだ。その亀ね、雄か雌かわかんないから、カメゾウって呼んでるんだってさ。雌ならカメコだね。それからね……」

「ちょっと待って、ヒュー。この手紙を終わらせないと」

「だけどさあ、青いスーツを着ていきたいのに、マッデレーナが白いシャツは一枚も見あたらないって……」

二人してポリーの部屋のおもちゃ箱から最後の洗濯済みのシャツを見つけた。

「よくここだってわかりましたねえ」でっぷりと太ったマッデレーナは、シチリア人らしいものぐさな態度で感心して言った。

「ほんとに困ったものね。もうちょっと……」メグは途中で口をつぐんだ。

「パパとマッデレーナとポリーとぼくが、もっとしっかりしてくれればいいのに、でしょ？」ヒューが口をはさむ。「耳にたこができるほど聞いたよ。ママが子供だったときに住んでたのはここの五倍もある大きな家で、なにもかも整理整頓されてて、物をなくす人なんか誰もいなくて……」

「はいはい、そこまでよ、ヒュー。昔のことをくどくど言ったママが悪かったわ。だからもうやめて」

「ママー！」ポリーが五歳にして発揮している悲劇役者としての演技力は、糸巻きをくださいと言うだけで店員の目を潤ませるシドンズ夫人（サラ・シドンズ。十八世紀を代表するイギリスの悲劇女優）顔負けだ。「ねえママ、誰もあたしに泊まりにおいでってゆってくれない。どうすればいいの？」

「お絵かきでもしたら？」

「ずっとしてたもん」

書斎へぶらぶらと戻っていったヒューが歓声をあげた。「わーい、クリスマス・プレゼントだ！　ママ、これ誰の？」

「さあ、誰でしょう」

ポリーは机のそばにいた。「この封筒、どうして赤と青のしましまがついてるの？　どうして飛行機の絵がついてるの？」

「あっ、ポリー、いい子だからママの机の物はさわらないで。それは航空郵便の手紙よ。急いで出さないといけないの」メグは封筒をポリーから取り返し、手紙をなかに入れて封をした。

「ヒュー、デヴリンさんは迎えに来てくれるの？」

「うん。三十分後に」

「じゃあ早く支度をしなきゃ。出かけるとき廊下の郵便シュートにこれを投函してね」

それから三十分間は、ヒューの荷造りで全員がはらはらしながら慌ただしく動きまわった。子供部屋ではヘアブラシも櫛も歯ブラシも歯磨きも、翼が生えているかのように目をそらしたとたん消えてしまう。「『床下の小人たち』（メアリー・ノートン作の児童向け物語）みたい」とポリーが言った。

大騒ぎの真っ最中にガスが帰ってきて、穏やかだが無関心な表情で、きりっとした黒い目を全員に向けた。ガスはルイジアナ出身だ。鷹揚な地中海気質の持ち主のため、マッデレーナのスフレ作りの腕前はそれ以外の家事のお粗末さを補ってあまりあると思っている。それに、家具がろくにないみすぼらしい部屋で独身時代を過ごしたので、整頓を心がける気がまったくない。「いいじゃないか、テレビ番組の台本をキッチンのサラダボウルに入れたって。必要なときにはすぐ見つかるんだよ」

メグは夫を愛していたから、北部育ちゆえの整然と片づいた家庭へのあこがれを努めて抑えようとしてきた。けれども完全には抑えられず、たまにいらいらすることがある。面食らって呆然とすることはしょっちゅうだ。南米への船旅のときも、出発直前にパスポートが見つからなくて……

ヒューのスーツケースの留め金がぱちんと閉じた直後、デヴリン夫人とジョーが到着した。続く五分間はゴム製のスノーブーツ探しになり、玄関のクローゼットに入っているはずがどういうわけかダイニングテーブルの下から見つかった。ヒューがようやく航空郵便を持って出発すると、メグは今度はただをこねるポリーに手こずらされた。「ねえ、つまんない。あたしはなにをするの？」

マッデレーナが夕食のデザートのクッキー作りを手伝わせようとポリーをキッチンへ連れていった。

「ふう、やっと二人きりになれた！」ガスはメグを抱き寄せ、彼女が地中海気質も悪くないわと思うようなキスをした。「なにか気がかりなことがあるんだろう？」

「どうしてわかるの？」

「きみのことはなんでも知ってるからだよ、ダーリン。ぼくから見れば、きみの顔はきらめく透明の窓なんだ。どんな気分かはひと目でわかる」

「あ！」メグは突然思い出した。「最初の手紙をまだ出してなかった」

「どんな手紙だい？」

「取ってくるわ」

メグは急いで書斎へ行った。エイモス・コットル宛の封筒はメグがさっき置いたまま机の上にあった。彼女は封筒の脇の手紙を拾いあげ、自分のタイプ文字を見た。便箋で文字が踊っているようだ。

親愛なるヴィーラ
今日の夕刊で……

大変だわ！

しっちゃかめっちゃかの部屋、ペンと便箋を必死で探しまわって……ヒューにいきなり中断されて……ポリーがつまんないとだだをこねて……ヒューがデヴリンさんたちと出ていくまでにまたひと騒動……ただでさえ焦っているときにてんてこ舞いさせられたせいで、エイモス宛の手紙をヴィーラに出す航空郵便の封筒に入れてしまったのだ。

日曜日の朝、ヴィーラはエイモスに届くはずだった手紙を読むだろう。自分が扱いにくい客だの、あきれるほど無能な大根役者だの、性悪女だのと書かれている手紙を。

第二章

フィリッパ・ケインはクリスマスの買い物で街へ出るときは、グランド・セントラル駅近くの〈コモドール・バー〉で夫と待ち合わせ、一緒に列車で帰ることにしている。今夕はお気に入りのテーブル席が空いていたので、彼女はそこに座ってシャンパン・カクテルを注文した。その席からは時計と店の回転ドアの両方が見える。

フィリッパは古めかしい呼び方をすれば貴族である。大小を問わず、生活のあらゆる面で、自分にとって最高級のものを手に入れてきた。彼女が今くるまっているたっぷりとした珍しいラッコの毛皮は、指の入る隙間もないほど毛が密生している。大きな黒い鰐革のバッグは小さな鰐革の靴とそろいだ。身体の線に沿ったベルトなしの黒いジャージードレスは最新流行のギリシャ風デザインで、頭のターバンには雉の斑点入りの胸羽根がついている。手袋は柔らかい雌鹿の天然なめし革、宝石はダイヤモンドを複数あしらった翡翠《ひすい》。小銭入れまでもがダイヤモンドの留め金つきのゴールド・メッシュで、磨きこまれたオリーブ材のシガレットケースは、アテネの花瓶の図柄を模したアポロンと三女神の精巧な象牙細工つきだ。

朽葉色の口紅は明るい栗色の髪が放つ赤っぽい輝きを引き立たせ、淡いエメラルド色のアイシャドーは灰色の瞳にオリーブの色みを添えている。顔はウジェニー皇后の肖像画そっくりだ

――白い肌、理想的な卵形の輪郭、繊細なアーチを描く眉、切れ長の目、高慢そうな鼻、愁いを帯びた口もと。その口もとに冷ややかな微笑が浮かんだ。タイプ原稿の包みを両脇に抱えて、オーバーコートのポケットに夕刊を突っこんだトニーが、店の入口の回転ドアでもたついている。サットン&ケイン出版社の社長にはちっとも見えないわ、とフィリッパは思った。

　フィリッパは結婚によって作家と出版業の世界へ入った。もともとはマンハッタン中心部、五番街のアパートメント、ハンプトンズの豪華別荘といった高級不動産と優良債券の世界に生まれた。三代目女相続人のご多分に漏れず、彼女は祖父母が富を築いた現実的な事業にはまったく興味がなかった。ヨーロッパ仕込みの教育のせいで、ヴィクトリア朝時代の有閑階級の暮らしにあこがれた。政治、スポーツ、芸術という三つの古風な気晴らしのどれかで人生を築くつもりでいた。だが現代では三つとも競争率のきわめて高い職業で、ずぶの素人が入っていけるほど甘くはない。フィリッパは作家を志したものの挫折した。が、それが縁でダニエル・サットン出版社の若き編集助手、トニー・ケインと出会った。

　未亡人となっていたフィリッパの母親は体罰以外のあらゆる手段を尽くし、娘が身分の低い者と結婚するのをやめさせようとした。だがよくある皮肉なめぐり合わせで、一九二九年の株価大暴落により富は紙くずに変わった。トニーとフィリッパは一九三一年に結婚し、彼女の母親はその数年後に亡くなるまで、現在のフィリッパと同じくトニーに頼りきって生活した。

　素人の文学愛好家にはままあることだが、間もなくして彼女は、作家というのは実生活より作品中のほうが魅力的なのだと悟った。才能豊かで、トニーにとって儲けの大きい作家のなかには、とんでもなく常軌を逸した無作法な輩がいる。作家は奇人であればあるほど成功するのかと思いたくなるほどだ――彼女の父親の世界では正反対で、成功するのは常識をしっかりわきまえた者と決まっていた。

今のフィリッパは作家を始末に負えない連中だとしか思っていない。氏素性《うじ》のわからない者ばかりで、パーティーではだらしなく酔っぱらい、金を無心し、ややこしい男女関係に足を突っこみ、ほかの業界ではありえないような話題を平気で口にする。たまにうがった意見を述べることもあるが、そんなものは取り柄のうちに入らない。また、彼らは経済的に不安定で、今日は無一文で明日は大富豪というくらいに極端だ。トニーほど羽振りのいい出版業者でさえ、フィリッパから見れば浮浪者も同然だった。なにしろ、たくわえがまったくないのだから。税引後の収入はすべて、彼女が当たり前と考えている生活の維持に消えていく。おまけに、彼はいつも作家とつきあっているせいで礼儀作法がなっていない。

若い頃の理想のうち、フィリッパが今も持ち続けているのはたったひとつだけ――真の偉大な作家に対する崇敬だ。自分が天才と見なした男ならば、どんなに変人で粗野だろうと大目に見ることができる。我慢ならないのは才能もないのにとっぴな行動に出る人間で、最近のトニーの世界にはそういう連中がうじゃうじゃしている。

トニーはようやく回転ドアを通り抜け、狭いテーブルのあいだを縫ってフィリッパのもとへたどり着いた。

「やあ、フィル!」彼は空いている椅子に原稿の束をどさりと置き、その上に帽子とオーバーコートを重ね、フィリッパの正面の席に腰をおろした。「ふう、やれやれ！　ギブソンのダブルをくれ」

彼は煙草に火をつけたあと、煙を透かして妻を油断なく眺めた。中年になっても彼の目は色あせていない。灰色や薄茶色は少しも入っていない純粋な青で、肉づきのいい丸顔にもしわはない。だが体型は崩れて贅肉がつき、ブロンドの髪は灰を振りかけたように白いものがちらほらまじっている。

「なにかあったの、トニー？」

「いいや、べつに。忙しかっただけ……」

「トニー、長年連れ添ってきた妻に隠し事ができると思って？　その用心深い顔つきを見れば、わたしのいやがることを頼もうとしてるのはすぐわかるわ。今度はなあに？　『全体主義国家での二十年』みたいなものを書く、鉄のカーテンの向こうから来た恐ろしい化け物のこと？　前回の化け物はうちの祖母のドレスデン磁器のティーポットを割ってくれたわよね。行方不明のソルトスプーンも彼が持ってるはずよ。まだ質に入れてなければ」

「そういうことじゃない」トニーはギブソンが運ばれてくると、待ちかねたように手を伸ばした。「エイモスが困ったことになってね」

「エイモスが？　ねえ、彼のためにこれ以上どうしろというの？」彼女はいやみったらしい口調になった。「彼を田舎のうちの近くに住まわせて、あなたが暇なときはいつでもお相手してあげてるのよ。ただの冴えない小男なのに」

「きみは彼の小説を気に入ってるじゃないか」トニーは言い返した。

「今度のはあまりよくなかったわ。下手になったみたい」

「そんなことを言うもんじゃない」トニーは顔をしかめ、カクテルをもうひと口飲んだ。「考えるのもいかん。エイモスはわれわれにとって大事な存在なんだ。きみが思っている以上にな。四年間に四冊書いたうえ、批評家からも読者からも支持を得られた作家はそうそういない。エイモスは非凡な作家だよ。サットン&ケイン社が今日《こんにち》あるのはまさしく彼のおかげだ」

「彼がいないと、やっていけないってこと？」

「正直言って、そのとおりだ」トニーの声は珍しく険しかった。「それに彼なしでやっていくつもりはない。エイモスは義理堅い男だ。なにがあろうとわれわれから離れんだろう」

「ダブルデイ社からお声がかかっても？」

「当たり前だ。他社へ移れないことは本人がよく知っている」

「どうして移れないの？」

トニーはため息をついた。「さっきも言ったように、エイモスは義理堅いんだ。彼のことは信頼していい。わたしがこれまでいろいろとしてやったことを彼はちゃんとわかっている。心配なのは彼の女房だよ」

「ヴィーラのこと？」フィリッパはうつむいて煙草に火をつけた。「離婚したのかと思ってたわ」

「別居しているだけだ。彼女はハリウッドにいられなくなったんで、エイモスのもとへ戻る気らしい。夕刊に出てるよ」

「わたしにどうしてほしいの？　考え直すよう彼女を説得するの？」

「もっと厄介なことだ」トニーは愛嬌たっぷりに笑ってから、意を決したように言った。「さっきハリウッドにいる彼女に電話をかけて、ニューヨークの落ち着き先が決まるまでうちに滞在してはどうかと勧めた。彼女をそばで監視して、エイモスから引き離しておきたいんだよ。彼女はわたしの招待を受けた。なんとか彼女とうまくやってくれ」

フィリッパは火をつけたばかりの煙草を、まっぷたつに折れるほどぞんざいにもみ消した。

「トニー、ひどいわ！　あんまりよ。招待の連絡はわたしからすべきだったし、そもそもあんな身勝手でずるい女とひとつ屋根の下で暮らすなんて、たとえ短いあいだでも無理よ。正気でいられなくなる。絶対に頭がおかしくなる」

「おいおい、ヴィーラが愉快な相手でないのは事実だが、そこまでひどくはないよ。まず、声がうるさくない。あの低音の落ち着いた声は悪くないだろう？　きみは甲高いきんきん声は嫌いだったね。たしなみがないとか言って」

「彼女のぼそぼそした陰険な声も嫌い。彼女のなにもかもが嫌い」

「エイモスも同じだよ。彼のためだと思って頼む。彼女がわれわれのところにいれば、エイモスが彼女と顔を合わせるのは一度きり、日曜日に空港で出迎えるときだけで済む。彼はそれくらいはやらなければと言ってるんだ。だが彼女を車に乗せたらうちへ直行してもらって、歓迎パーティーといこう。そうすれば、エイモスはひと晩中彼女にひっついている必要はなくなる」

「二日前になってパーティーの準備？　そんなの無茶よ、トニー。ニューヨークにはガスとメグがいるんだから、ヴィーラはあそこに泊まってもらえばいいじゃないの」

「ガスはおっとりしすぎて、ヴィーラのようなすれっからしのお目付役は務まらんよ。彼女がエイモスにつきまとうのを防げんだろう。製本協会の晩餐会を控えたエイモスが煩わされては困る」

「エイモスはそれに出席するの？」

「話してなかったか？　エイモスは賞を贈られることになってるんだ。過去十年のアメリカ最優秀作家賞だよ。一万ドルの賞金と五万ドル相当の栄誉と宣伝になる。晩餐会の翌日に出る広告もできあがっている。エイモスは晩餐会の席でスピーチする予定だから、それがうまく行けば、ますます人気が出るだろう」

「あなたがわたしに話してないことはまだたくさんあるわよ、トニー」フィリッパは思案げに言った。「ヴィーラがエイモスを煩わすっていうのは、具体的にどういうこと？　彼女はエイモスの執筆の妨げにはならないはずよ。作家は不幸なときのほうがいい作品を書くもの」

トニーはため息をついた。「どうやら話さないといけないようだな。ただし他言はしないでくれ。わたしとガス以外は誰も知らないことだから」

「なんなの？」

「エイモスは最初の作品を書いたとき、アルコール依存症を克服したばかりだったんだ。もしやと疑ったことはなかったかね？」

「いいえ。お酒が苦手なんだとばかり思ってたわ」

「苦手どころか、本当は大の酒好きなんだ」トニーは深刻そうに言った。「初めてエイモスに会ったとき、彼はまだ治療薬のアンタブースを服用していた。この四年間は薬の助けを借りなくてもだいぶ安定していたが、いっとき再発したことがあってね。ヴィーラと暮らしていた三ヶ月間に」

「ヴィーラにハリウッドの仕事を世話したのは、それが理由だったのね！」

「そのとおりだ。彼女は家に酒を置いて、彼の目の前で飲み、意気地なしと彼をあざけった。それでぶり返してしまったんだ。二度とそうなっては困る。自分のテレビ番組で醜態を演じてしまうかもしれんし、健康にも悪い。いずれは命取りになるだろう」

フィリッパはしみじみ言った。「ヴィーラみたいな女にはエイモスでももったいないくらいだわ……でも本当は釣り合ってるのかも」彼女は微笑した。「男はたぶん、自分にふさわしい女とくっつくものなのよ」

数年前ならトニーはこう答えただろう。「わたしは果たしてきみのようなすばらしい女性にふさわしいんだろうか」だが今はこう答えた。「女は自分に見合った男と一緒になるのかね？」

「ええ、そうよ」彼女のほうもあからさまな意思表示を避け、じらすような笑みを夫に向けた。

「わかったわ、トニー」彼女は急に折れた。「ヴィーラのことはなんとかやってみる。でも喜んでやるわけじゃないわよ。エイモスはもうヴィーラに未練はないの？」

トニーはためらった。「そうであってほしいね。これまでどおり精力的に仕事をこなしてもらうには、一人暮らしが必要だ。禁欲的な生活は作家にとってはつらいが、執筆には都合がいい」

「出版社にとってもね」フィリッパがつぶやいた。「でも、やっぱり彼は下手になったと思うわ。『情熱的な巡礼者』の校正刷りを読んだけど、つまらなかったもの」

「くだらんことを!」トニーはつい声が大きくなった。「初版の四万部は刊行前に完売したんだぞ。おまけにブックオブザウィーク・クラブで七月の推薦図書に選ばれ、キャタマウント社が映画化権獲得に乗りだし……」

「ええ、彼はまだ商業的には成功してるわ。はずみがついてるから。でも作家としての力量は……」

「モーリス・レプトンの意見とは異なるね」

トニーはオーバーコートのポケットから新聞を取りだした。それは次の日曜日に出る《ニューヨーク・タイムズ》の書評欄の見本刷りだった。「これを読んでごらん」

最初のページに〝アメリカ文学の金字塔〟という見出しが掲げられていた。添えてある写真の男は、短い顎髭をたくわえた細面の柔和な顔で、遠くをじっと見据えている。ツイードの服を着て、シャツの襟を開け、きゃしゃな指は黒く焦げた古いパイプの火皿を軽く握っている。

「犬はどこ?」フィリッパは訊いた。「ツイード・ジャケットとパイプの作家とくれば、足もとに犬が寝そべってなくちゃ」

「犬もいたよ」トニーは無念そうに言った。「顔を拡大したほうがいいからと、とをカットしたんだ」

「あら、エイモスは犬を飼ってないのに」

「うちの新しい宣伝係のレッド・ニコラスが写真用に借りてきたんだよ」

「ニコラスさんは優秀なんでしょうけど、独創性に欠けるようね。エイモスは喫煙いっそ彼にアンタブースの小箱を持たせて、足もとにヴィーラをうずくまらせればよかったのに」

「笑えない冗談だよ、フィル」

フィリッパは知らん顔で新聞の書評を音読し始めた。「『情熱的な巡礼者』エイモス・コットル著。四百五十ページ。ニューヨーク、サットン&ケイン出版社。三ドル七十五セント。評者モーリス・レプトン」

　そのあと、彼女の視線はトニーが赤鉛筆で印をつけた段落へ滑りおりた。「エイモス・コットルはアフリカのピグミー族を研究する社会人類学者のごとき冷徹なまなざしで、わが国の安っぽいテレビ業界を鋭くえぐっている……彼特有の神秘性は古典的なヒューマニズムに根ざしており、小手先の懐疑主義にはとらわれず、それでいて洗練され、同情と敬意を含みさえする。現代語法の韻律に対する彼の耳はテープレコーダーのごとく精密なうえ、機械にはできないことをやってのける——意味深長な言葉を選び抜き、含蓄を持たせているのである。これはみすぼらしさも華やかさもある人生そのものだ。コットルはわれわれの前にすべてをさらけだす

――泥、汗、血、醜悪さ、そして生きることにつきまとう欲望と残虐性も。それらすべてがコットルの複雑に組み立てられたベルベットの質感を持つ散文に織りこまれ、見事な技巧によって、ふんだんに価値のある体験へと高められる。〝彼の腕を力いっぱい後ろへねじ曲げたとき、脛骨《けいこつ》が折れる乾いた音が聞こえた〟――きょうび、このような力強く引きしまった文章を書ける作家がほかにいるだろうか……なあに、これ？」

トニーは赤鉛筆で印をつけた理由を説明した。「エイモスの新作のカバーに惹句として使おうと思ってね。まったく、レッピーさまさまだ！　彼がいなかったら、どうなることやら」

「レプトンはエイモスの小説に心底惚れこんでるのね」とフィリッパは言って、書評の最後の行を読みあげた。「レプトン氏は一九〇〇年から一九五〇年までのアメリカ文学に関する研究書の決定版、『青い麦』で知られる文芸批評家。さまざまな新聞雑誌に寄稿している」

「ああ、惚れこんでるとも！」トニーが喜び勇んで言った。「エイモスの作品には文句のつけようがないよ。わたし自身、彼の本を読むのは楽しい。きみもこれまでそうだったろう？　あの男がすばらしい作家であることに疑いの余地はない」

「エイモスの処女作の書評で、レプトンもそれと同じことを書いてたわ」

「いや、厳密にはちがう」トニーは目を細め、記憶を探りつつ言った。「〝最近では珍しいことだが、わたしは本書を読み終えたとき久々に興奮を覚えた。心のなかで、これはめっけものだぞ、とつぶやいた。その直感にまちがいはない――彼はすばらしい作家だ。まだ若いとすれば、初めのうちは技術的な過ちも犯すだろうが、生まれながらの作家にそなわっている名状しがたい素質を持っている。最近の文芸界に庭の雑草のごとくはびこって真の才能の開花を妨げる、素人に毛の生えたような三文文士どもとは明らかに一線を画している〟だよ」

「レプトンはエイモスのためならいつでも庭師を買って出て、除草剤で邪魔っけな草を根こそぎにしてくれそうね」フィリッパは考えこんだ。「彼がここまでほめたたえる作家はエイモスだけ？」

「批評家にはお気に入りの作家がいる」トニーは答えた。「われわれにとって幸いなことに、レッピーはエイモスがごひいきだ。それはもう世間にすっかり知れ渡っているから、レッピーは今さらエイモスをこきおろすわけにはいかない。エイモスがどんな作品を書こうとな」

フィリッパは時計をちらりと見た。「四時三十九分発に乗るなら、そろそろ出たほうがいいわ」

列車に乗って座席におさまると、フィリッパはパーティーのことがまた気になりだした。

「こんなぎりぎりになって、誰を招待すればいいの？」

「当然ながらヴィージー夫妻だよ。ヴィーラはメグとガスをかなり気に入っているようだ。先約があったとしても、それを断ってくれるだろう。なんといってもガスはエイモスのエージェントだからな」

「でも、ほかには？　わたしたちの友人はみんな、数週間先まで予定が埋まってるわ」

トニーは眉をひそめた。「エイモスは今や人気作家だ。彼に会いたがる人間はきっといるだろう。うちの近所に住んでいる作家志望の未亡人はどうだね？」

「女性を一人だけでお招きするの？」

「大学生の息子がいる。クリスマス休暇で帰省しているはずだ。一緒に誘えばいい。あとは、誰か別の作家を二、三人……」

「あら、それはだめよ！」フィリッパは猛反対した。「ほかの作家たちはエイモスをひどくねたんでるし、エイモスのほうも彼らを見下してるわ。あなたの会社とつきあいのあるコネチカット在住のノンフィクション作家はいないの？」

「いるにはいるが、エイモスのことはお気に召さんだろう。彼らは科学者やなにかだからね」

「一応、声をかけてみましょうよ。世話になった出版業者の招きなら、むげには断れないはずよ。ウィリング夫妻なんか、どう？　ご主人のほうの本を何年か前にあなたのところで出さなかった？」

「『政治の精神病理学』だったな」トニーはつぶやいた。「あれはずいぶん昔で、ダン・サットンがまだ生きていた四〇年代の頃だよ。ベストセラーとは呼べないが、いまだにそこそこの印税を稼ぎだしてくれる。いくつかの医学部が心理学の専門課程で補助教材に使っているんだ」

「じゃあ、決まりね。ウィリング夫妻をお誘いしましょう。これでなんとかなりそうよ。エイモス、ヴィーラ、ヴィージー夫妻、ウィリング夫妻、うちの近所の小柄な婦人と息子さん」

トニーは箱からタイプ原稿を取りだして読み始め、フィリッパは独り言を並べながら考え事を続けた。「簡単なビュッフェ式パーティーにしましょう。ハムと七面鳥、ポテトグラタン、サラダ、新鮮なフルーツとスティルトンチーズ。最初にスコッチのソーダ割りね。甘ったるいべたべたしたカクテルは大嫌い。スコッチ・アンド・ソーダなら、エイモスがトールグラスに入ったアイスティーを飲んでいても目立たないわ。クッションを直す時間があるとよかったんだけど。どこかのミステリ作家が煙草の焼け焦げをつけて……」

「トニーじゃないか！」男の太い声に、トニーは原稿からぱっと顔を上げ、フィリッパは張り切ったおしゃべりをやめた。

通路に立っている男は小柄なほっそりした体格で、病人じみた青白い顔で黒い目がきらきらしていた。直毛の黒髪が形のいい頭蓋骨にぴったりと撫でつけられ、つややかに光っている。突きだしかげんの口もとは猿じみて意地悪げだが、目は知性をたたえて声も美しい——光と影と色彩を表現する音質だ。彼はケイン夫妻にまっすぐ顔を向け、もったいぶった態度でほほえんでいた。重鎮のご登場だ、とばかりに。

「レッピー！」トニーが驚いて言った。「いやあ、久しぶりじゃないか。どこから乗ってきたんだ？」

「百二十五丁目だ。コロンビア大学で講演会があってね。喫煙車を探して通路をぶらぶらしていたら……」

「かけたまえ」トニーは立ちあがった。運よく前列の席は空いていた。トニーは背もたれを逆に倒して向かい合わせにした。「妻のフィリッパだ。会ったことがあるだろう？」

「いや、そのようなありがたき光栄に浴するのは初めてだ」レプトンの態度は洗練された気品に満ちているので、小柄な醜男にもかかわらず、お辞儀をしても滑稽には見えなかった。彼がトニーに勧められた向かいの席に座ると、フィリッパは朗らかにほほえみかけた。「わたしたちの結婚式でお目にかかりましたけれど、ずいぶん前のことですわね。今はコネチカットにお住まいですの？」

「いえ、たまたま今週末はシャドボルト夫妻のお宅に呼ばれていましてね。トニー、シャドを知ってるだろう？　去年、ニューメキシコを舞台に『南風』（ノーマン・ダグラスの一九一七年の小説）もどきの小説を書いた」

「エイモス・コットルの最新作について書評を拝見しましたわ」フィリッパは仕事の話題でのけ者にされまいと口をはさんだ。

「おお、そうですか！」レプトンの垂れ下がったまぶたの奥で、切れ長の細い目が一段と輝いた。「彼こそが生粋の作家です。誰のまねでもない、彼ならではの作風を持ったきわめて独創的な作家です。今のアメリカ文学界にとってかけがえのない存在ですよ」

「わたしも、いい作家だと思いますわ」フィリッパは真剣にほめた。

「いい作家？　奥さん、彼はとてつもなくすばらしい作家ですよ。大げさだと思われるかもしれませんが、彼はまさしく天才です。現代文学にコットル流の作品はほかにひとつもありません。よかったね、トニー。きみは果報者だよ」

「ありがとう」トニーはうやうやしい生真面目な表情だったが、フィリッパはつねづね、トニーにとってはエイモスの文学的価値よりも売れ行きのほうがはるかに大切なのではないかと思っている。

「コットルは非常に孤独な男にちがいない」レプトンは思いにふけるように言った。「あれだけ才能があれば、巨万の富を持っているのと同じで――世間からは切り離されてしまうだろう。わたしの想像する彼は、引っこみがちで朴訥とした修道士のような人物で、彼特有の衣をまとっている――いわばそれは……」

「神秘性《ミスティーク》ね」フィリッパは大人の会話に加わろうとする利発な子供のように言った。

レプトンはきらきらしたまなざしをフィリッパに向けた。「わたしの書評をよくお読みですね」

「すてきな言葉。フランス語風のつづりがしゃれてますわ」フィリッパはトニーのとまどいをよそに、ぺらぺらしゃべり続けた。「あなたのお使いになる言葉はどれも気が利いてますわね。たとえば意味深長。わたしだったら意義深いを使ってしまいそう。辞書で無意味の反対語がどうなっていようと、あなたの言葉のほうが《木曜評論》誌にずっとふさわしくて……ところで、実物のエイモスはちっとも修道士っぽくありませんわ。とても愉快な人ですもの」

レプトンは考え深げにトニーを見た。「そのうちぜひ彼と会ってみたいな。さぞかし魅力的な人物にちがいない。彼の小説の登場人物のように」

「まあ、お会いになったことがないんですの？」フィリッパは驚いた。

「レッピーは〈トゥーツ・ショー・レストラン〉での刊行日カクテル・パーティーにちょくち

よく顔を出す批評家とはちがうからね」トニーが言った。

「テレビでエイモスをご覧になったこともありませんの？」フィリッパは訊いた。

「自宅にはテレビを置いていません」レプトンはきっぱりと答えた。「テレビはできるだけ避けています」

「エイモスは半年前から週に一度の自分の番組を持っているんだ」トニーが説明した。「ほかの作家に当人の作品についてインタビューする。批評はしない。単に相手の人となりを紹介し、その作品への思い入れなどを語らせるだけだ」

「批評などするはずない」レプトンは突き放すように言った。「テレビは本格的な批評にはまったく不向きだと方々で言われている」

フィリッパはふと思いついた。「エイモスに本当にお会いになりたければ、今週末お膳立てをしてさしあげられますわ。ちょうどエイモスのために少人数の夕食会を開く予定で、さっきも主人とその相談をしていたんです。日曜日の午後六時、場所はわたくしどもの家です。よろしければ、おいでください。シャドボルトさん夫妻と一緒に」

「それはご親切に」レプトンは再び優雅に会釈した。フィリッパは内心で不思議に思った。批評家たちが決まって、自称小説家の粗野で行儀の悪い人たちより魅力的なのはなぜだろう。

「シャドボルト夫妻もさぞ喜ぶでしょう」レプトンは続けた。「ただ、わたしは日曜の午後においとまするとお伝えてあるので、彼らはその日の晩は別の予定を入れているかもしれません。わたし一人が、タクシーでお宅へ六時頃にうかがうというのはどうでしょう？」

「でしたら、わたしがオースティンでシャドボルトさんのお宅へ迎えにあがりますわ」フィリッパは言った。「あなたが本当にいらっしゃるなら」

「うかがいますとも」レプトンはほほえんだ。「長年にわたって手厳しい書評を書きながら、実物の作家とは決して会おうとしなかった某イギリス人批評家を見習う気は毛頭ありませんのでね」

彼の笑みは猿っぽい顔をフィリッパがうっとりするような顔に変えた。彼女はある昔話を思い出した。エドワード七世時代の道楽者が得意げにこう語るのだ。〝おれはヨーロッパで一番の醜男と言われてるが、誰でもいいから女と三十分間二人きりにさせてみな。世界一の美男子からだって彼女を奪い取ってみせるぜ〟。このモーリス・レプトンと三十分間二人きりになったら、どんなことになるだろう？

それを想像して、心地よくざわついた気分になった。明後日シャドボルト家へ迎えにいくときはなにを着ようかしら、とそわそわした。もちろんモーリス・レプトンは好みのタイプではないし、好感を抱けるかどうかもわからない。だけど……

これまでも彼女の本能にひそむ猫に似た部分が、獲物への欲求も敵意もない、純然たる狩りのための狩りを求めてきた。普段は飼い猫のように管理された生活を送っているので、家庭での平和な贅沢という文明的な充足感と、外で獲物を追いかける野蛮な興奮の両方を得てきたわけだ。それは理想的な生活だと本人は思っている——野性の衝動を抑圧することなく、治安の行き届いた社会のうまみを存分に味わえるのだから。いけないことかもしれないが、フィリッパは抑圧から完全に自由だった。ただ、ひょっとしてトニーに感づかれているのではないかと、ときどき不安になることがある。

レプトンがノーウォークで下車するとき、フィリッパは手袋をはずして彼となごり惜しげに長い握手をした。二人の目が合った。一瞬、フィリッパはさっきよりもさらに強い甘美な胸騒ぎに襲われ、かすかにおびえた。これまで快楽は求めても、情熱はずっと避けてきた。つねに自由に冷静でありたいからだ。

「なあ、レッピーをどう思う?」トニーはウェストポートに向けて列車が動きだすと訊いた。

「よくわからないわ」フィリッパはレプトンの瞳の底知れぬ深さに心を奪われると同時に動揺していた。まったくの直感から、彼女は風変わりな表現を拾いあげた。「無節操で危険な人かもしれない」

「危険? 二十年間太陽を拝んでいない、ちっぽけで哀れな本の虫がかね?」トニーは笑った。

第三章

日曜日の正午、エイモス・コットルは太陽の光で目を覚ました。カーテンのないはめ殺し窓から射しこむ陽光は、彼が汗まみれのもつれたシーツと毛布にくるまっている広々したダブルベッドに降り注いでいた。彼は腫れぼったいまぶたをこすり、寝ぼけ眼で横たわったまま、がらんとした家の静けさに耳を澄ました。漠然とした不安に襲われた。その正体はすぐにはわからなかったが、少しして思い出した。ヴィーラだ。今日の午後、空港へ彼女を迎えにいかなくてはならない。

のっそりと起きあがり、スリッパとガウンを手探りした。壁の鏡のなかで動く自分に目が行った。彼は手を止め、鏡に映った自分の顔を見知らぬ他人の顔であるかのように淡々と眺めた。目は大きく見開かれ、途方に暮れている。まるで道に迷った野良犬の目だな、と苦々しさがこみあげる。陰気な口は無言で苦痛を訴えている。貧弱な細い顎は乱れたまばらな顎髭にかろうじて覆われている。メグ・ヴィージーが母性をくすぐられるのも無理はない。彼女はよるべのない哀れな者を見ると、つい世話を焼きたくなる性分なのだ。しかし誰か知らない者が見たら、この男が今をときめく流行作家の御三家に挙げられる人物だと思うだろうか？　彼の小説の愛読者は、強姦や近親相姦や拷問を苦もなく乗り越えるたくましい登場人物の生みの親がこんな臆病で情けない男だと知ったら、幻滅するのではないだろうか？　そのとき霊感がひらめき、彼は気が楽になった。ヴァン・ゴッホの自画像だ。あれとそっくりじゃないか。もろい器に宿った天才。天才という言葉に、彼はゆがんだ笑みを浮かべた。

ため息とともにのろのろとキッチンへ行き、冷たいオレンジジュースの缶を取りだし、コーヒーをいれた。一人きりでキッチンのテーブルに向かい、冷たい飲み物と熱い飲み物をすすった。自分はいつもこうして一人きりだ。ヴィーラがここに住めば、自分はもっと孤独になるだろう。だが彼女がここに住むことはない。そんなこと誰が許すものか。

突然、なにもかもがいやになった。自分はここでいったいなにをしている？　どうしてこんなことになった？　罠にかかったという思いは、新作が評判になるたびふくれあがっていく。今夜、ガスとトニーにもうやめると告げたら、彼らはなんと言うだろう？　どうやって引き止めるだろう？

ガウンとスリッパのまま、玄関のドアマットへ《タイムズ》と《トリビューン》の日曜版を取りにいった。近所の住人に姿を見られる心配はない。この家は五エーカーの林のなかに建っている。夏はプールのかたわらで裸になって日光浴ができた。

家は現代風デザインの平屋建てで、壁にはガラスがふんだんに使われている。トニーが選んでくれた家だ。マントルピースのない暖炉が、水漆喰を塗った煉瓦の壁に囲まれて赤く輝いている。壁の内部で煙突が二股に分かれているため、火床の真上に普通ならつけられないはずの窓がついている。この型破りな窓はシュールすぎて、いつも落ち着かない気分にさせられる。

ガラス張りの壁面も、自分が丸見えで無防備な感じがしてならない。だがトニーに言わせれば、世間がエイモス・コットルの住まいとしてふさわしいと思うのはこういう家だそうだし、ちょうど最初の映画化で大金が入ったときに安く売り出されていたので——結果的に自分はトニーの美しい地所の近く、つまりはトニーの目の届く場所で、こうして気に入らない家に閉じこめられている。

《タイムズ》の書評欄の第一面で自分の顔に出くわした。巧妙な構図の肖像写真だ。ちゃんと作家らしく見える。レプトンの書評を読んでほっとした。あの作品はかなりいい出来だったようだ。でなければレプトンのようなインテリが真剣に取りあげるはずない。おまけに、ほかの人たちもレプトンの批評を真剣に受け止める。これだけ気前よくほめてもらえば、四万部の増刷はまちがいないだろう。

エイモスは《タイムズ》を置いて、今度は《トリビューン》を手に取った。書評欄の最初のページには、シャドボルトの胸くそ悪いお粗末なロマン小説の書評が、撮ってから少なくとも二十年は経っているシャドの写真とともに掲載されていた。

紙面をめくっていくと、真ん中あたりの四ページ目にようやく、みっともなくにじんだ自分の小さな写真を見つけた。その横には一行きりの文章。

『情熱的な巡礼者』エイモス・コットル著、四百五十ページ。ニューヨーク、サットン&ケイン出版社。三ドル七十五セント。評者エメット・エイヴァリーその下にこう書かれていた。〝エイヴァリー氏は現代小説の新しい風潮を斬る近著、『一椀のあつもの』で知られる文芸批評家〟

これだけで警告としては充分だ。ガラガラヘビがさかんに音を立てている。エイモスはそれ以上読みたくなかったが、読まずにはいられなかった。催眠術にかかったように、目が紙面に釘付けになった。

心ある批評家ならば、働き者というより、疲れを知らないコットル氏の新作を目の前にして言うべき言葉が見つからないだろう。現代文学の稚拙で見かけ倒しの短所がことごとく、この人気作家の冗漫でもったいぶった散文に表われている。表面をてかてかに塗ってごまかした、ブッククラブ会員を引きつける蝿取り紙のごとき小説に。こんなものが売れているとは驚愕に値する。大衆は実際にコットルの本を買って読んでいるのだ。しかし彼の作中人物は単なる類型にすぎず、主題はよそいきの服を着せた偏見、そして物語全体は最初のわざとらしいシーンから最後の陳腐なごまかし――頑丈に見せるため木摺《きずり》に漆喰を塗った壁のようなもの――までぎしぎしときしみっぱなしである。

このお粗末な作品の唯一楽しめる点は、おびただしい誤植である。〝合衆国〟が〝雑衆国〟になっているなど、大いに笑わせてくれる。サットン&ケイン出版社には新しい校正者が必要なようだ。それから一介の書評子として言わせてもらうならば、新しい作家も……

エイモスは怒って新聞を床に投げつけた。ばかばかしくてお話にならない。心配はガスとトニーがすればいい。あの二人ならこんなものは一顧だにしないだろう。ガスはいつも、ブッククラブ会員は書評を歯牙にもかけないと言っている。だいいち、著者と作品の同一視にはなんの意味もない。しかし……

しかし自分の生計が脅かされているという不愉快な予感はぬぐえなかった。エイモスはおのれの憤怒に愕然とした。さっきは一瞬、この手でエメット・エイヴァリーの首を絞めてやりたい衝動に駆られ……

テラスから聞こえたかすかな物音に、彼はぎくりとした。自分の内なる安心感のためにどうしても必要な孤独が、荒らされようとしている。彼は不快な思いで耳を澄ました。

軽やかな足音が板石を踏んでガラスドアへ近づいてくる。ガラス越しに見えたのは、灰色のスラックスと緑色のセーター、緑色の靴の、しなやかな身のこなしの人物だった。青白い卵形の顔に微笑が浮かび、朽葉色の唇が動いたが、防音ガラスなのでなんと言っているかは聞こえない。エイモスはしぶしぶドアを開けにいった。

「エイモス！」首っ玉にかじりついてきた彼女をエイモスが抱き止め、二人の唇が重なった。

しばらくして、エイモスは身体を引いた。

「フィル、トニーはきみがここへ来ることを知ってるのか？」

「まさか。彼のボクサー犬を散歩させてることになってるの。外につないであるわ」

「おい、同じ口実を二年間も使ってるぞ。犬の散歩と言っては毎回のようにここへ来てる。トニーは変だと気づいてないのか？」

「だいじょうぶよ……それよりモス、ヴィーラのこと、どうするの？」

「わからない」彼はソファの端にどっかりと腰をおろした。フィリッパとの関係は初めから悩みの種だった。だがあのときは彼女を拒絶する勇気はなかった。腹いせに彼女がトニーになんと告げ口するかわからないからだ。今は彼女と切れるのが怖いが、トニーの顔を見るたび気がとがめる。トニーと顔を合わせる回数が増えるにつれ罪悪感が恐怖を招き、最近ではなにもかもが耐えがたくなってきた。

「なあ、フィル、トニーは本当にぼくらのことを疑ってないのかい？」

「疑うわけないわよ。わたしはあなたの話が出るたびに言ってるの。彼っていけ好かない人ね、書いてる小説もつまらないって。トニーは本心だと思ってるわ。それどころか、わたしが嫌ってることをあなたに知られたらどうしようと心配してるのよ。頼むから彼には親切にしてくれって言われてるわ」

エイモスはため息をついた。「だけど、もう少し用心すべきじゃないか？」

フィリッパは笑った。「用心なんかいらないわよ。トニーはわたしたちと同じくらいヴィーラのことで頭がいっぱいなんだもの。彼女のせいであなたがお酒を飲みだすんじゃないかと気をもんでるわ」

「そういうことになるとすれば、ヴィーラが原因だろうね」

フィリッパはエイモスの隣に座って肩と肩をくっつけた。「エイモス、アルコール依存症だったというのは本当なの？」

「昔の話だよ」

「トニーから金曜日に聞いて初めて知ったわ。どうして今までわたしに黙ってたの？」

「言う必要があるかい？」

「男はたいがい女に秘密を打ち明けたがるのに。親密な間柄のしるしとして」フィリッパはエイモスに顔を向け、互いの視線が間近でかち合った。「どうしてヴィーラは戻ってくることにしたの？　なにが目的か、心当たりはある？」

エイモスは身体を離して顔をそむけた。

「金に困ってるんだろう。今のぼくは彼女が出ていったときよりはるかに実入りがいい。撮影所で新作に関するレプトンの書評を噂に聞いて、ぼくを利用しようと思い立ったのかもしれない。もしそうだとしても、今朝の《トリビューン》に出たエイヴァリーの書評を見たら、尻尾を巻いて逃げだすんじゃないか」

「逃げださなかったら、どうするつもり？」

エイモスは肩をすくめた。「どうもできないさ。今日の午後、空港で彼女を出迎えて、きみの家へ連れていく。それくらいはしてやらないとね。パーティーがお開きになったら、ぼくはここへ戻り、彼女はきみの家に滞在する。二度と彼女と会う必要はない。トニーとガスで協力して、彼女がぼくにまとわりつかないよう取りはからってくれるだろう」

フィリッパはエイモスをまじまじと見つめた。「あなたってずいぶん消極的ね。それじゃヴィーラにちょっかいを出させてるようなものじゃない。どうして空港へ迎えにいかないといけないの？　トニーに頼めばいいでしょう？」

「彼はそうすると言ったが、ぼくが断った。彼女と一度会って、こっちにはもうなんの関心もないってことを本人にわからせたいからだ」

「わたしがあなただったら、彼女を憎むけど」

「きみならそうだろうね。だけどぼくは――そうだな、若い連中がよく言うように、全然関係ないって感じなんだ」

「そうね、それが一番いいのかもしれない。憎しみは愛情の裏返しで、ほめ言葉にもなるけれど、無関心は相手にとって痛手だもの。なんとも思ってないとヴィーラに本当にわからせることができれば、きっとあきらめるでしょうね。なんだか彼女がかわいそうになってきたわ」

「かわいそう？　ヴィーラがか？」

「あなたと関係のある女性はみんなかわいそうよ、エイモス」突然フィリッパのまなざしが挑戦的になった。「わたしのことも、どうだっていいと思ってるんでしょう？」

「きみといると楽しいよ」彼は慎重に答えた。

「でも、愛してはいないんでしょう？」

再び視線がからみ合う。エイモスの目は見るからに当惑していた。「フィル、きみほどの女性が、ぼくのいったいどこがよくてつきあってるんだい？　ぼくは若くも強くもなく、愉快でも勇敢でもない。愛想もないし、愛嬌もない。もしかして、きみはぼくという人間より、ぼくの書くものに惚れてるんじゃないか？　多くの愚鈍な女性が無意識に莫大な財産やたくましい肉体を求めるように、少数の賢い女性は無意識に偉大な知性をそなえた男を思慕するものだからね。きみがほしいのはそれだろう？　頭のいい男に愛されるという特別な興奮を手に入れたいんだよ。きみがやましさを感じない理由はたぶんそれだな。昔から天才に姦淫はつきものだからね」

「なんて下品な言葉！」

「天才が？　それとも姦淫が？」エイモスは再びため息をついた。「そうだな、ぼくはうぬぼれてたよ。だが言ってることはまちがってないはずだ。きみは天才を愛してるという考えを愛してる。ほかの女が富や権力のある男を愛したがるのと同じさ。もしエイモス・コットルが自動車修理工だったら、きっと見向きもしないだろう。そうに決まってる。

きみは金や地位にはずっと恵まれてきたから、それらをべつになんとも思わない。だが知性の力には引きつけられる。驚異を呼び起こす未知の謎だからね。女は自分を威圧するものが好きなんだ。きみのぼくに対する感情の正体はそれじゃないか？」

「だとしたら、どうだというの？」フィリッパの声がかすれた。彼女はエイモスにもたれかかった。緑色のセーターが胸のふくらみをくっきりとかたどり、唇が開き、とろんとした目つきになった。欲望がいきなりエイモスをとらえた。

「いや、どうでもいい」彼は震える手でフィリッパの服をまさぐった。

事を終えたあと、エイモスは自分たちが冒した危険に気づいて慄然とした。「トニーがひょっこりやって来たかもしれないのに！」

フィリッパはくすくす笑った。「トニーに気兼ねしてるの？」

「彼にはいろいろと世話になってる」

「あなたを小説家としてデビューさせただけじゃない。彼はそれで少しも損をしてないわ」

「だが疑うことを知らない性分だから、もし知ったらかなりショックを受けるだろう。なにをするかわからない。そう思うと気がかりなんだ。きみもだろう？」

「いいえ。わたし、ややこしい分析はしないの。作家は自分の感情を細かく分析しすぎるのよ。でも彼らだってときには作家であることを忘れて、生身の人間である自分を思い出すわ。でもあなたは絶対にそうしないのよね。いつも傍観者で、参加者にはならない。いつも観客で、役者にはならない。恋人と会ってるときでさえ心はどこかうつろで、なんていうか――存在してないみたいなのよ。大事な部分が欠けてる感じなの。そういえば、子供の頃の話を一度もしたことがないわね。お母さんとお父さんのこと、学校の思い出、初めてキスをした女の子のこと。男の人はたいてい自分から話すものなのに、あなたはそうしない。ねえ、正直に答えて。ヴィーラになにか弱みを握られてるの？　脅されて無理やり言うことを聞かされてるの？　もしそうなら、あなたが過去について話さない理由も、ヴィーラが記者会見であなたのところへ戻れると自信たっぷりに思いこんでた理由も説明がつくわ」

「ちがうよ。ヴィーラに脅迫されるいわれはない」声は平静だったが、目には不安がちらついていた。どこだかわからないけれど図星をつかれて、それを隠そうとしているんだわ、とフィリッパは思った。エイモスは立ちあがって窓辺へ行った。

「ヴィーラ以外に脅迫者がいるの?」フィリッパは探りを入れた。「あなたが過去について全然話さないから、ふとそう思って」

「ぼくの過去なら本のカバーに書いてあるだろう」エイモスは自分の著作を一冊手に取ると、フィリッパに放った。彼女はそれを器用に受け止めて笑った。

「これは全部トニーが書いたものよ」

「ぼくが渡した資料をもとにね」エイモスがすかさず言う。「おっと、もう三時だ。シャワーを浴びてくるから、適当に一杯飲んでてくれ。そろそろ空港へ出発しないといけない」

だがフィリッパはバーへは行かなかった。浴室から威勢のいい水音が聞こえているあいだベッドに腰かけ、『情熱的な巡礼者』のカバー見返しにある著者略歴を読んだ。


エイモス・コットルは一九一八年にメソジスト派宣教師の父のもと中国で生まれた。ミッション・スクールに通い、北京大学を卒業。その後の人生は転がる石にはこけが生えないの諺《ことわざ》どおり、作家の道に通ずるさまざまな経験の宝庫である。船乗り、バーテンダー、ハリウッドの広報担当、牧場労働者、薬剤師、建設技師、カーニバルの客引きなどの職を経て、第二次世界大戦中は太平洋上で海軍設営隊員として兵役に就く。その体験をもとに、大きな話題を呼んだ処女作『退却命令なし』を発表。ハリウッド女優のヴィーラ・ヴェインと結婚したが、ほとんどの時間をコネチカット州のモダンな家でガラス張りの壁と書棚に囲まれて過ごしている。

フィリッパは物思わしげに本を置いた。トニーの上滑りで使い古された常套句からは、エイモスがどういう人間かほとんど伝わってこない。それに、エイモスが中国で子供時代を過ごしたことも、職業を転々としたことも、まったくの初耳だ。フィリッパは傷つきやすい性格ではないが、これまでの彼との仲は肉体的な交わりにすぎなかったのだと今初めて気づき、寂しさに襲われた。エイモスが手の届かない存在に思えた。自分は彼のことをなにひとつ知らなかったのだ。そのうえヴィーラという新たな危難が加わってしまい、エイモスがどう反応するかはまったく予測がつかない。

突然、エイモスへの嫌悪感が頭をもたげた。つれない態度、投げやりな諦観、トニーに怪しまれないかとびくびくしているくせに、厚かましく乗りこんでくるヴィーラには無防備――自分はこんな男を愛していたんだろうか？　フィリッパは嫌悪の種が徐々に大きくなっていくのを感じた。ずいぶん昔にトニーへの恋がさめたように、今またひとつの恋が終わろうとしている……

ゆったりとした足取りで居間へ行った彼女は、《トリビューン》の書評欄がくしゃくしゃに丸めてあるのを見つけた。それを広げて伸ばし、今朝ちらりと見ただけのエメット・エイヴァリーによる書評をじっくりと読み返した。トニーがかんかんに怒っていたことを思い出した。

「うじ虫エイヴァリーめ！　やつが著作をうちの社へ売りこみに来たとき、あまりいい出来ではなかったので断って、別の出版社を紹介したんだ。それをずっと根に持ってるんだろう」

浴室の水音がやんだ。静寂のなか、フィリッパは小声で話しかけた。「もう帰るわ、エイモス。またあとで」

「五時頃に行くよ」陽気な声が返った。

「さようなら」フィリッパはテラスをゆっくりと横切り、犬をつないでおいた木へ向かった。

歓迎されざる考えがふと浮かんだ。もし――あくまで仮定だけれど――卓越したベテラン批評家のモーリス・レプトンが今回だけは判断を誤ったのだとしたら？　このエメット・エイヴァリーが『情熱的な巡礼者』について書いた意地悪なあてこすりがすべて正しいとしたら？　エイモス・コットルの神秘的魅力とやらが単なるうわべの飾りで、ありふれた凡作を傑作に見せるためのごまかしだとしたら？

フィリッパは知性を要する問題では自分の判断をあまりあてにしていない。分をわきまえる程度の知性は持ち合わせている。だからモーリス・レプトンのような専門家の意見を信じて、エイモスの才能を本物なのだろうと思っていた。エイモスの指摘はひとつだけ当たっている――フィリッパが彼を求める真の理由については。自分ですばらしい小説を書けないなら、せめて偉大な作家にかしずきたい。古代、女神の男性崇拝者に仕えていた巫女のように。

でもその崇拝者が偽者で、彼の才能が女神にふさわしくないとしたら？　当然ながら巫女はもっと才能のある男を見つけなければならない。

　心をかき乱すモーリス・レプトンの笑顔が脳裏によみがえった。彼の高い知性に疑問を差しはさむ者は一人もいない。エイモスとはちがって、堂々たる自信に満ちあふれている。

ボクサー犬が立ちあがってフィリッパを迎えた。引き綱を解こうとしゃがむ前に、彼女は家のほうを振り返った。なぜか突然、エイモス・コットルに永遠の別れを告げた気分になった。もうレプトンに本気で恋をしているんだろうか？　まだたった二回しか会ったことのない男に。

第四章

同じ日、メグ・ヴィージーもエイモスと同じく明るい陽射しのなかで目覚めた。金曜日に降った雪は氷点をわずかに超える気温で解け始め、泥のぬかるみに変わっていた。寒々とした十二月の昼間、街の光景はユトリロのやや不吉な抑えた色調に彩られる。メグの目にはそれが、これからなにか恐ろしいことが起ころうとしている空っぽの舞台に見えた。

例のことはガスにまだ話していない。金曜日の夕方、タブロイド紙の記事とヴィーラに送るはずだった手紙を見せたら、ガスにこう言われた。「その手紙は出さなくていい。ありがたいことに、ヴィーラはケイン家に滞在することになったよ！　で、ぼくらはあそこへ日曜日に夕食に行く。トニーがすべて手配済みだ」

ヴィーラに誤って別の手紙を送ってしまったと言いかけたメグは、口を開いたまま言葉を失った。ヒューはデヴリン家に行っており、ポリーももうじき寝る時間なので、やっと訪れた夫婦水入らずのひとときだった。それを台無しにしたくない。ガスに打ち明けるのは土曜日にしよう。遅くとも日曜日には必ず伝えよう。

ところが日曜日にポリーが熱を出して喉の痛みを訴えると、メグはしばらくそれにかかりきりになった。医者が往診に来てくれ、最新の抗生物質を処方した。午後になって熱が七度八分を超えたら、アスピリンも飲ませるようにと指示された。

「わたしはポリーについていてあげないといけないわ」メグは夫に言った。「ケイン家には一人で行ってね」

「いや、きみも一緒に来たほうがいい」ガスは譲らなかった。「ポリーのためにもきみのためにもね。医者に診てもらってたいしたことはないと言われたんだし、早めに帰ってくるから心配ないよ。ここに残ったところで、体温計とにらめっこして薬を飲ませること以外することはないだろう？　それならマッデレーナでもできるし、ポリーはきみがいなくてもマッデレーナと一緒ならいい子にしてるだろう。マッデレーナのほうが子供の目線に近いから、かえって喜ぶんじゃないか？」

メグはどうしても気乗りしなかった。「パーティーは楽しいでしょうけど」愚痴っぽく続ける。「でも冬の日に五十マイルも車に乗るのは……それに病気のポリーを置いて遊びにいくなんて……」

「今回のパーティーは遊びじゃない、仕事だ」ガスはきっぱりと言った。「ヴィーラからエイモスをしっかり守らなきゃいけないんだ」

「ママ、心配しなくていいよ。ぼくもいるんだから」ヒューがわくわくした口ぶりで横から言った。「なにかまずいことが起きたら、すぐ電話するよ。そうしたら急いで帰ってくればいいでしょ？」

ガスは息子をにらんだ。「まずいことなんか起きるわけないだろう。そんな大げさなことじゃない。たかだか数時間留守にするだけなんだから」

メグは夫も本当は具合の悪いポリーを置いて出かけたくないのだと察した。ヒューがポリーくらいの頃に熱を出したときは、夫婦そろっての外出は決してしなかった。もちろん子育ても二人目になれば、子供の少々の発熱は深刻な事態ではないとわかっている。喉の痛みは多くの重病の初期症状なので充分注意が必要だが、十中八九、大事には至らないものだ。

メグはしぶしぶ自分の部屋へ行き、古い黒のベルベットの服に着替えた。髪飾りに合わせて鼈甲《べっこう》のペンダントをつけ、ガスがエイモス作品の最初の映画化から得た手数料で買ってくれた大きなルビーの指輪をはめた。だがつぶらな赤い宝石の輝きを見ても、気持ちは少しも浮き立たない。柔らかな厚い毛皮のコートをまとっても、芯から冷えきった不安は温まらない。

ガスに今すぐ話さなければ。どうしても。ついずるずると、ここまで延ばしてしまった。わかっていながら、メグはまだ言いだせずにいた。

あの手紙を読んだら、ヴィーラはどんな顔をするだろう。いつもは甘ったるい彼女の声も、今度ばかりはしゃがれるだろうか？

空想が途切れた。これは率直に詫びれば解決するたぐいの単純な行きちがいではない。「ごめんなさいね、あなたのことを大根役者だの性悪女だのと呼んでしまって。本気じゃなかったのよ、わかってね」などと言い訳して済む問題とはちがう。取り返しのつかない大失策、いうなれば引っこめようのない宣戦布告だ。著作権代理人協会に所属するオーガスタス・ヴィージー社の将来に響いたらどうしよう。

メグはエージェント業の文学的側面は熟知している。編集者の娘であり、自身も短篇を書いていたので、ガスの下読み係として役立ってきた。会社に送りつけられてくる瓦礫の山のごとき原稿をかきわけ、手を入れればなんとかなるかもしれないごくわずかな作品を探しだすのだ。エイモス・コットルを発掘したのも彼女だった。今から五年前のある週末、ガスから読む時間がないので代わりに頼むと言って渡された膨大な駄作のなかから、コットルの処女作を発見したのである。だがエージェント稼業の経営的側面は、メグはいまだにつかめなかった。エイモス・コットルが自分たちの会社にとってどれくらい重要かもまるきり見当がつかない。

もしかしたら、あの手紙はヴィーラの手もとに届いていないかもしれない。彼女は出発前に郵便物を受け取りに撮影所へ立ち寄らなかったかもしれない。キャタマウント社の秘書は、ぷいと辞めていった女優宛の手紙などどうでもいいと思い、本人には渡さなかったかもしれない。郵便配達人が脚を骨折するとか、ヴィーラの乗った飛行機が墜落することもありうる。

メグはそんな物騒なことを考えるのはやめようとしたが、想像は怖いくらい執拗だった。濃霧のなか、大陸横断用の大型飛行機がロッキー山脈の峰に衝突して炎上。鼻にかかった低い声が突如、断末魔の叫びに変わる。

ケイン家へ向かう途中、メグのよこしまな空想が現実になったかのように高速道路は霧に包まれた。あたり一面、薄汚れて湿った脱脂綿に覆われ、車の動きが鈍って視界がぼやけた。ほかの車は形や実体を失った、ぎらつく黄色いヘッドライトと化し、はらはらするような速度で走っている。神経が張りつめたメグは、気がつくと自分の遺言状の内容を思い浮かべ、もし自分だけが死んでガスが生き残ったら、彼は誰と再婚するだろうなどと考えた。その一方で、心のすぐ裏側では罪の意識がもぞもぞとうごめいた。もう耐えられない。早くガスに話さなければ。パーティーの前に。

「ガス」

「なんだい?」

またしても言葉が出てこない。焦らないで、なんとかして少しずつ本題に近づこう。「ガス、エイモスはヴィーラのこと、本当はどう思ってるの?」

ガスは躊躇した。「よくわからない。ヴィーラが家を出たときは、本気でせいせいしてた。それはきみも知ってるだろう? エイモス本人がみんなの前でおおっぴらにそう言ってたから。だが近頃は彼女のことを話したがらない。もちろん、かつて彼女に心惹かれたことは事実だ。そうでなければ結婚しないだろう。再会したときに彼女の魅力がどれくらい効力を持つかはわからないがね。エイモスはときどき彼女がいなくて寂しそうだったが、単に一人暮らしのせいかもしれない」

「かわいそうなエイモス!」メグは胸にじんときた。「今まで気づかなかったけど、考えてみれば彼は孤独なのね。家族もいない、友人もいない、あなたやトニーのような仕事上の仲間しかいなくて、人里離れた大きな家にたった一人で住んでる。パーティーにもめったに顔を出さないし」

「この業界では、アルコール依存症から立ち直った人間が普通に社交生活を送るのは難しいよ」ガスは言った。「酒なしのパーティーなんかまずないし、まわりがジントニックを豪快に飲んでる横で、一人だけジンジャーエールばかりじゃ肩身が狭いからね。だが実際に彼のその弱点を知ってるのは、ぼくらとトニーだけなんだ。きみは誰にも言ってないだろう?」

「もちろんよ。フィリッパにも言ってないわ」

「隠遁生活を送ってるエイモスは賢明だと思うよ」ガスが続ける。「執筆に専念し、たくさん本を読み、トニーとたまにゴルフを楽しみ、週に一度テレビ番組への出演で街へ出る。金の心配や家族の苦労はいっさいない。才能ある作家にとっては理想的な暮らしだよ」

メグは横目で夫をちらりと見た。「エイモスは本当に才能ある作家だと思う? ここだけの話」

「ぼくに訊くまでもないだろう? 彼を発見したのはきみ自身だよ」

「それは最初の作品だし、あのときはほかの原稿にくらべてひときわ光ってたもの。でも二作目以降は……」

「メグ、これまで何度も言ってきたように、きみは一九一〇年以後の小説について理解力が足りないよ。エイモスは時代を代表する作家だが、きみはその時代を嫌ってる。彼は桁外れに多作なうえ、処女作のレベルから少しも落ちていない。それは天才作家である証拠なんだ。彼はデビュー作でいきなり大成功し、批評家たちに期待の新進作家として迎えられた。それはただの偶然じゃない。エイモスは逸材だ。具体的にどこがと訊かれても困るが、きみが気に入ろうと気に入るまいと、処女作以降の作品にも読者を引きつけてやまない不思議な魅力がある」

「それがコットル流ということね」メグはため息をついた。「今日の《トリビューン》の批評家はそれをとことん嫌ってるわ」

「きみは書評にいちいち左右されるのかい？」ガスは〝書評〟という言葉に軽蔑をこめた。「エメット・エイヴァリーはモーリス・レプトンと昔から張り合ってる。レッピーはずっとエイモスを絶賛してきたから、エイヴァリーはレッピーの面目をつぶそうとしてああいうことを書いたんだよ」

「まあ、なんて卑怯なの！」

「エイヴァリーの書評のことは心配いらない。エイモスが主要紙の書評で叩かれたのは初めてだ。これで彼の成功は決定的なものになった。作家は有名な批評家から公然とけなされて初めて一人前と呼べる。それをきっかけに崇拝者たちが一斉に擁護に立ちあがり、論争によって作家をめぐる興奮がますますかき立てられるんだ」

「なんだか《トリビューン》のエイヴァリーの書評はトニーの差し金みたいに思えてきたわ」

「《トリビューン》相手にそんな小細工は通用しないよ。まあ、トニーなら、やってやれないことはないだろうが」

そのあとの二十マイルは、霧に閉じこめられた車内に沈黙が流れた。メグは行き詰まりを打開しようと再び勇気を奮い起こした。

「ガス」彼女は蚊の鳴くような声で呼びかけた。

ガスは前を走る車のぼんやりとにじんだ赤いテールランプに視線を据えていた。「なんだい？」少しいらついた口調に聞こえた。

メグはまたしても寸前でひるんだ。「エイモスのことをそこまで気にかけてる理由はなんなの？　わたしたちが扱ってる作家は彼一人じゃないのに」

「それはそうだが、エイモスは一人しかいない」ガスは今だとばかりに速度を上げ、前方の車を追い越しにかかった。メグは息を止めた。

「うちの会社にとって経営上エイモスがどんなに重要か、よくわかってないみたいだね」ガスは右車線へ無事に車を戻してから続けた。「うちのような小さな出版エージェントもトニーの小さな出版社と事情は同じなんだ。定期的に作品を生み、毎回ベストセラーになる売れっ子作家の存在で、会社の繁栄は決まる。エイモスは名声のある作家にしては珍しく精力的だ。過去四年間に毎年一冊ずつ書いてきた。ぼくは新作が出るたびに今度こそつまずくんじゃないかとびくびくしたが、いつも杞憂に終わった。彼が順調なうちは、ぼくらにとって彼はケーキとジャムであると同時にパンとバターでもある。映画化権の儲けは半端じゃない。わが社の経営の大事な基盤だ。家賃、車の維持費、被服費、交際費、その他もろもろ、すべてエイモスが払ってくれてるようなものだ。エイモスがいなければ、ぼくらは一、二万ドルの年収のためにあくせく働く無数の弱小エージェントのひとつでしかなくなる。税金と諸経費を差し引いたら、手もとに残るのはもっと少ない。メグ、ぼくらは同じ籠に入った卵で、その籠の名前はエイモス・コットルなんだ」

「一、二万ドル」メグはげんなりした笑みを浮かべた。「一九三三年なら充分だと思えたでしょうけど……」

「物価高のこの時代に二人の子供を養っていくには、充分じゃないだろう？　それに、きみは贅沢な暮らしに慣れてしまった。消費は麻薬と同様、癖になる。ぼくらは二人とも中毒者だ」

ガスは顔をしかめた。「だから――ヴィーラをなんとしても追いはらわないといけない」

「ガス」

「なんだい？」

「あの……大事な話があるの」

だがガスは上の空だった。ヴィーラについて考えこんでいた。「彼女に向かってエイモスの前から消えろとあからさまに言うのは一番まずい。思い出してごらん、ポリーが二歳のとき、食べちゃだめと言ったらちゃんと食べただろう？　ヴィーラは二歳の幼児みたいにあまのじゃくなんだ。そこを利用するといいかもしれない。みんなでどうぞエイモスのところへ戻ってくれという態度を示すんだ。彼にはきみが必要だから、是が非でも戻ってもらわないと困ると言ってね。エイモス本人が戻ってほしがっていて、ぼくらもそれに賛成していると思えば、彼女はきっとそっぽを向く」

「彼女にそんな手が通用するかしら」

「通用するさ。現在の状況にはひとつだけ好都合な点がある。それがなければ、ぼくらは完全にお手上げだがね」

「なんなの、好都合な点って？」

「ヴィーラはぼくらにどう思われてるか全然気づいてない」

メグは息を詰まらせた。

「どうかしたのかい？」

メグはなんとか唾をのみこんだ。「いえ、べつに」

「大事な話があると言ったね、ダーリン？」

「あ、ええと……」メグはためらったあとに言った。「度忘れしちゃったわ」

「だったら大事なことじゃなかったんだろう」

渦巻く霧を透かして、ウェストン出口の標識が見えた。ガスはもうひとつ右の車線へ移り、右折にそなえて減速した。メグは安堵のため息を漏らした。高速道路をおりて曲がりくねった田舎道をたどれば、交通量も減るだろうし、速度も自然と落ちるだろう。

十分後、高速道路から森のなかの道へ入った。森を抜けると、丘の上にトニーの屋敷が見えた。もやの向こうで窓明かりが金色に輝いている。ニューイングランドでは珍しい石造りの古い農家で、同じく石造りの大きな納屋もある。トニーは住居も職場もずっとマンハッタンだったが、経済的にゆとりができると最も現代風な贅沢である農場を手に入れ、やる気旺盛な農夫になった。厩舎には乗用馬、畜舎にはジャージー種の乳牛、鶏小屋には雌鶏、豚小屋には豚、鳩小屋には鳩を飼っている――どれも母屋から離れているうえ、高さ十二フィートのビャクシンと栂《つが》の生垣で隔てられている。トニーの便箋では、この地所の名称は〝ヒルトップ・ファーム〟となっている。なにかの申込用紙に記入する際、彼は職業欄に〝農夫兼出版業〟と、決まってこの順序で記入する。もちろん最初に出版業をやらなかったら、農夫には決してならなかったと本人もわかっているが。クリスマスには彼の会社の従業員たちに自家製の七面鳥と手作りフルーツケーキが贈られる。復活祭にはヒルトップ・ファームから新鮮な卵の入った籠が社員全員のもとへ届く。

邸宅は丘の一番高い場所に建ち、睡蓮の池と小川を望んでいる。家の裏手には芝生と牧草地が広がり、丘のふもとの林に向かってなだらかな斜面が続いている。夏には林が葉のとばりをおろし、近隣の家々から目隠ししてくれる。冬になると葉を落とした枝のあいだから、子供の積み木のように散らばった家々がかすかにのぞく。今夜の光景は地面が雪に覆われ、窓という窓にすべて明かりがともり、まるでカーリア&アイヴズ印刷工房の巨大なクリスマス・カードのようだ。

砂利が敷かれた半月形の車寄せには、ほかの車が一台だけとまっていた——フィリッパの小型のオースティンだ。ガスは自分の車をとめ、玄関の呼び鈴を鳴らした。待っているあいだ、暖かいコートにくるまったメグはおびえるように震えていた。

白い上着姿の黒人がドアを開けた。ガスはコートを預けた。勝手のわかった家なので、メグは階段を上がってゲストルームへ向かった。ガスは玄関ホールでメグが戻るのを待ち、二人一緒に応接間へ入った。そこは大変広々とした部屋で、彼らの大きなアパートメントでさえ窮屈かつ雑然として感じられるほどだった。

灰色のベルベットのドレスにエメラルドをつけたフィリッパが、あかあかと燃える暖炉を背に立っていた。すぐ隣に文芸批評家のモーリス・レプトンが気取った態度で並んでいる。顔はまずいけれど魅力的で、上品さと悪意がまざり合ったひねくれ者という感じね、とメグは内心でつぶやいた。

トニーの姿はない。

「主人はエイモスの家にまた電話をかけてるわ」フィリッパの声は緊張を含んでいる。「もうとっくにここへ着いてる頃なのに」

「来る途中、高速道路は霧だったよ」ガスが言った。「きっとみんな遅れるだろう」

フィリッパはため息をついて、淡い緑色のシフォンのストールをさらりといわせ、ほっそりした片腕をマントルピースにのせた。「エイモスが心配だわ！　霧のなかをアイドルワイルド空港（ジョン・F・ケネディ国際空港の旧称）から車で走ってくるのかと思うと、居ても立ってもいられない。人気競走馬の持ち主も、きっとこんな気持ちでしょうね」

モーリス・レプトンはうなずいた。「うまいたとえだ。本も新作ごとに勝てるかどうかわからないレースを強いられる。ひとつレースが終わっても、次のレースまで心配は尽きない。病気にかかりはしないか、事故に遭いはしないか……」彼の目がきらりと光る。「マクミラン社の誰かが皮下注射器を持って厩舎へ忍びこむのではないか、とね」

「子を持つ母親の気持ちにもちょっぴり似てるわ」メグは急にポリーのことを思い出して胸が痛んだ。「大切に思う相手が多ければ多いほど、いろんな災難を心配しないとならないわね」

「その点、エイモスは気楽よ」フィリッパは非難がましく言った。「彼はエイモス以外の人間はまったく気にかけてないもの」

「まあ、フィルったら！」メグはたしなめた。「そんな言い方することないでしょう？」エイモスをせっかく高く評価してくれてるモーリス・レプトンの前で、と心のなかでつけ加えた。

「じゃあ、エイモスは誰を愛してるの？」フィリッパは言い返した。「ヴィーラじゃないことは確かよ」

そのときトニーが部屋に入ってきたので、フィリッパは口をつぐんだ。トニーは見るからに心配げな表情だった。「電話には誰も出ない。十回くらい鳴らしたんだがね。彼らは空港からここへ直行するはずなんだが……」

「ヴィーラが一杯飲もうと言って、寄り道していなければね」フィリッパがつぶやく。

「こういう晩は、いくらヴィーラでもそんなことはしないだろう！」トニーは大声できっぱりと言った。

「ほかには誰がみえるの？」メグは訊いた。

フィリッパはまたため息をついた。「急だったから、適当にそのへんの人をかき集めるしかなかったわ。六十七歳で処女作を執筆中の近所の未亡人と、クリスマス休暇で帰ってきてる大学生の息子さんの、ピュージー親子。それからウェストポートのウィリング夫妻。ご主人のほうの著書をトニーが出したの。ずいぶん前に」

「ウィリング？」モーリス・レプトンが問い返す。「ベイジル・ウィリングのことじゃないだろうね」

「ご存じなの？」

「名前は聞いている。法医学専門の精神科医だそうだが、犯罪学者と呼ぶほうがふさわしい。彼はニューヨークの地方検事局にいたとき、奇異な殺人事件をいくつも解決しているんだ」

「じゃあ、探偵のようなものね」フィリッパが言葉をはさんだ。「そうだと知っていたら、招待しなかったのに。なにか嗅ぎつかれたらどうしましょう！」

全員が笑ったあとにトニーが口を開いた。「だから言っただろう、死体をダリアの花壇に埋めちゃいかんと！　次に誰かを殺したときは焼却炉を使いなさい」

ちょうどそのとき、呼び鈴が鳴った。

突然しんとなり、さっきの黒人がドアを開けに玄関ホールを横切る足音が響いた。

「きっとエイモスだよ！」ガスの声には祈る気持ちがこもっていた。

「ヴィーラも一緒ね」メグは両手が氷のように冷たくなっているのに気づいた。心臓が飛び跳ねている。玄関ホールに続くアーチを凝視していると、ランプの光に輝くヴィーラの真鍮色の髪が現われた。

エイモスは千鳥足で部屋に入ってきた。彼の真っ赤な顔ととろんとした目を、ガスとトニーはあっけにとられて見つめた。

トニーがガスに耳打ちした。「なんてこった。あの阿呆め、酔ってるぞ！」

「コットルは彼特有の神秘性をまとい」フィリッパはつぶやいた。「われわれの前にすべてをさらけだす、というわけね」

第五章

エイモスが空港に着いたとき、太陽は低い灰色の空でぼんやりした光の輪を放ち、雲は霜のおりた窓ガラスから射しこむ光のように形がなく、ほんのり銀色がかっていた。

飛行機はあと十分で到着する。案内係によれば、その便は定刻に十四番ゲートに着陸するそうだ。ゲートのそばにある〈オルヴィル・ライト・カクテルバー〉では、日曜日の午後四時だというのにマホガニー材のカウンターで男が数人だらしなく酔いつぶれ、小さなテーブル席にも女連れの男たちがいた。エイモスは彼らにさげすみのこもった辛抱強いまなざしを注いだ。自分も昔はあんなだったとは！

待っていると寒かった。両手をポケットに突っこんで背中を丸め、髭の生えた顎をコートの襟にうずめるようにして立っていた。空港なんかうんざりだといわんばかりの不機嫌な態度だ。巨大な壁面ガラスの向こうに滑走路が見える。除雪はされていたが、そこらじゅうに残った雪が水面に浮かぶ油のようにぬらぬらと光っている。

そういえば家を出るとき、私道で車のタイヤが滑って空回りしたな。着陸速度は安全範囲内ぎりぎりだろう。もし、もしもだが、油のごとく滑りやすい溶けかかった氷のかたまりが十四番ゲート付近の滑走路に残っていたら？　もし大陸横断用の大型飛行機が着陸速度で横滑りしたら？　おそらく機体は激しくスピンしてひっくり返り、爆発炎上するだろう――ヴィーラの到着によって生じる厄介事はすべて、労せずして解決する。そうなれば、ぼくは自由だ。人生で生まれて初めて自由になる。もう少し稼いでから、引退してマジョルカ島へでも行き……

彼はため息をつくと、縮こまってコートのぬくもりにもぐりこんだ。そんなことを考えてはいけない。いったいどこから湧いたんだ？　精神科医がさかんに口にしている、目に見えない正体不明の知られざる潜在意識というやつか？　それとも中世研究家が悪魔と呼んで擬人化する、自分の外部にある力のしわざか？　潜在意識というのはたぶん、個人の外部の力に通じる導管でしかない。精神科医はそうは考えないんだろうか？　考えないんだろうな。医学研究の尊大な態度にはいつもいらいらさせられる。原始的部族の呪術師を〝メディシン・マン〟と命名した人物も同じ気持ちだったろう……

物思いにふけっていたせいで、飛行機が着陸する場面は見なかったが、ヴィーラの姿は向こうがこちらに気づく前に見つけた。観察されているとは知らない彼女をつかの間観察できた。顔はほとんど変わっておらず、相変わらずしわもたるみもまったくない。だが妙にくたびれた感じが漂い、記憶のなかの印象より老けこんで見える。

ヴィーラはパリっ子のあいだで流行している中国風メイクをしていた。ファンデーションの二色づかいで透明感のある磁器のような肌に仕上げ、目と眉はつり気味に黒くくっきりと描き、唇には輪郭に沿って濃いルビー色の口紅を塗っている。ヴィーラにはあまり似合っていない。目もとは本当なら口もとがよけい小さく気難しげに見え、とがった顎が目立ってしまっている。目もとは本当なら切れ長でけだるげになるはずだったのに、彼女の場合は狡猾そうに見え、あさましい視線を抜け目なく周囲に走らせている印象を与える。太い毛皮のターバンからのぞく真鍮色の髪は、ニューヨークを去ったときよりも色がわずかに薄くなっている。ふっくらした豪華な毛皮のコートが身体をすっぽりと覆い、見えているのは黒いスエードの手袋をはめたきゃしゃで貪欲そうな手と、ハイヒールにちょこんと乗った小さくてもろそうな足だけ。片手に高級そうな箱形バッグを提げている。もう一方の手がいきなりさっと上がった。「エイモス！」

彼はにこりともせず大儀そうに進みでた。「ねえ、これを持ってちょうだい！」ヴィーラはバッグをエイモスに押しつけ、口をとがらせた。「キスしてくれないの？」

「しないよ」つっけんどんな返事は両者のあいだで一瞬宙ぶらりんになった。

「ダーリン、お願いだからだだをこねないで」絹のようになめらかな声は、マイクを使わないと聞こえないほど小さかった。わたしはれっきとした淑女よ、誰がなんと言おうと正真正銘の淑女なのよ、と主張していた。厚化粧の真っ白な細い顔は、険があって怒りっぽく見える。だが彼女が口を開くと、相手はベルベットやヴィンテージものの赤ワインといった、柔らかくて繊細なものを連想する。それは作り声なのか自然な声なのか、エイモスはたびたび疑問に思ってきた。

ヴィーラは一段と穏やかな声音で続けた。「記者はどこ？」

「いないよ。ここはハリウッドじゃないんだから」

「まあ……」彼女は人けのない大きな待合室を見渡し、毛皮のなかで身震いした。「今日はいやな日ね。死人みたいに冷えきって。あなたもこの空気と同じくらい冷たいわ。あたしね、エイモス、ときどきこう思うのよ。あなたはどこか人間らしくないって」

「不人情という意味か？　それとも未熟者と言いたいのか？」二人は歩きだした。エイモスは歩調をゆるめて、ヴィーラの中国風のよちよち歩きに合わせた。彼女は纏足《てんそく》をされているわけではないのだが、靴のヒールが五インチもあるのだ。

「どっちでもないわ」彼女は描いた眉を寄せて顔をしかめた。「ただ、なんとなく不完全なのよ。誰もが持ってるものがあなたには欠けてるの」

「なんだい、それは？」

「さあ、わかんないわ。でもなにかが足りないの。奥行きみたいなものかしら。切り絵の人形と同じで、厚みが感じられないの」

エイモスは言葉どおりに受け取ったふりをした。「ぼくの体重は百四十七ポンドだ。それなりに厚みがあるはずなんだがな」

ヴィーラはエイモスの背後に視線をさっと走らせ、〝バー〟のネオンサインに目を留めた。

「エイモス、あたし、気が滅入ってるの。一杯飲めば元気が出ると思うんだけど、あなたはいやよね……」

「ぼくは飲まないが、一緒に店に入ってもかまわないよ」エイモスは落ち着きはらって答えた。

「まあ、よかった！」ヴィーラは向きを変えて急に歩調を速め、ずるそうな目で肩越しに彼をちらりと見た。「もうバーは怖くないのね？」

「もちろんさ！　今じゃ飲みたいとも思わない」

「アンタブースは？」

「とっくにやめたよ。もう薬は必要ない。はっきり言って、酒を断てないような男は意気地なしだ」

二人は店のガラスドアを入って、空いているテーブルを見つけた。ヴィーラが毛皮をぱっと脱ぐと、とろんとしたクレープデシンの黒いドレスに包まれた身体が現われた。ウェストを細く引きしぼり、腰を大きく張りださせ、以前はふっくらしていた胸はムッシュー・ディオールが〝小さなりんご〟と呼ぶ理想的な形になっている。

ウェイターがやって来た。ヴィーラはエイモスが注文する前に口を開いた。タクシー運転手に行き先を告げるときも、エレベーター係に階を告げるときも、決まってヴィーラのほうが早い。彼女はてきぱきと注文した。「ダブルのスコッチをロックで」

ウェイターはエイモスを見やった。「ぼくはジンジャーエールでいい」

エイモスはウェイターにどう思われたか気になった。連れの女がウィスキーをあおる横で、ジンジャーエールをする男。どうして悪習はことごとく男らしさの証明なんだ？　大半の人間が、男は善良ではありえないと心ひそかに信じているのか？　たぶん女が有史前に秩序という概念を発明したものの、男はそれを真摯に受け入れなかったんだろう。その潜在意識に誰もが気づいているのかもしれない。

エイモスはテーブルをはさんでヴィーラを眺めた。今も男をそそるしぐさをいろいろそなえているが、ふるまいには致命的な欠点がある——親分風を吹かせるのだ。威張りくさった美女か。一種の自家撞着だな。彼女は演技力のある女優ではないんだろう。もしそうなら、舞台裏の私生活での役柄ももっとうまく演じられるはずだ。

「エイモス、どうしてそんなふうにあたしを見るの？」

彼は目を伏せた。

「わかってるでしょ？　記者会見であなたのもとへ戻ると言ったのは本気よ。もう遅すぎる？」

エイモスは顔をそむけた。「無理だよ、ヴィーラ。ぼくは今の生活を気に入ってる。変えたくない。変える理由はないんだから」

彼は視線をヴィーラに戻し、彼女が目を細めてなにか計算しているのに気づいた。「あの人たちが悪いのよ！」

「あの人たち？」

「ヴィージー夫婦とケイン夫婦よ。あなたを自分の所有物みたいに扱ってる——まるでロボットか奴隷みたいに。それに、あたしのことを嫌ってるわ」

「そんなことないよ」エイモスは言い返した。「トニーとフィリッパは今夜きみのためにパーティーを開いてくれるんだし、きみは彼らの家に泊まるんだろう？」

「たぶんね。でもまだ決めてないの」

「トニーはきみが招きに応じたと言ってたけどね」

「気が変わることだってあるでしょ?」

エイモスは別の切り口を試した。「トニーとフィリッパは、きみがニューヨークで女優を続けられるよう全面的に協力するつもりだよ」

「忙しくさせて、あなたと一緒にいられないようにするためでしょ。舞台の仕事はもういらない。ほしいのはあなた。女優は重労働なんだもの。家にいて、売れっ子作家の妻を楽しむほうがいいわ」

彼女の静かだが強情な言い方に、エイモスはぞっとする恐怖に襲われた。「きみは――どうかしてるよ、ヴィーラ。トニーとフィリッパのところで世話になればいいじゃないか。彼らは……」

「見せたいものがあるの」ヴィーラはバッグを持ちあげてテーブルにのせ、蓋の錠をかちりとはずした。宝石箱の上に財布と書類が数枚あった。彼女は手紙を一通取りだすと、テーブルに置いてエイモスのほうへ滑らせた。「読んで」

エイモスはそれを見て面食らった。「封筒の宛名はきみだけど、手紙の書きだしは〝親愛なるエイモス〟になってる」

「そのとおりよ。あなたのすてきなメグ・ヴィージーは、あたしが東部へ来ると知ってあわてふためいたんでしょうね。あたし宛の封筒にまちがった手紙を入れたわ――あなたに書いた手紙を。あたしはこれを読んで、あなたの大事なお友達から本当はどう思われてるか、はっきりわかったの。エイモス、よく聞いて。あたしたちが一緒に暮らすかどうかは別として、新しい版元とエージェントを見つけるべきよ。あたしを大事に敬意をもって扱ってくれる人たちをね。それくらいのことはしてくれてもいいでしょ？　だって、あたしはあなたの妻なんだもの」

　エイモスはメグの手紙にすばやく目を通してから、テーブル越しに押し戻した。「ヴィーラ、残念だが、きみの提案は聞き入れられない。版元やエージェントを変えることはできないんだ」

「どうしてできないの？」

　エイモスはため息をついた。「まず第一に、そうしたくないからだ。第二に、ヴィージーやケインと同じだけのことをしてくれるところはほかにない」

「そんなばかな話、聞いたことないわ！」その声はまだ鳩がクークー鳴いている程度の大きさだったが、言葉を一語一語刻みつけるような口調だった。「エイモス、あたしは自分のプライドだけで言ってるんじゃないわ。あなたの利益を大切に思うからこそなのよ。サットン&ケイン社とあなたの契約書のコピーがあたしの手もとにあることは知ってるわよね。ハリウッドにいるあいだ、それをあたしのエージェントに見せたの。彼によれば、あなたならほかのどんな出版社とだって、もっと有利な契約を結べるそうよ。サットン&ケイン社よりも有力な、ランダムハウスとかドッド・ミードみたいな大手出版社と。ねえ、気づいてた？　ガス・ヴィージーに手数料をごっそり持っていかれてること。どうしてなの？　ほかの出版エージェントはもっと取り分が少ないわ。それからサットン&ケイン社は二次使用権をほとんど独り占めしてるけど、どうして平気なの？　ペイパーバックの印税率だって、びっくりするほど低いわ。ほかの出版社なら、あなたくらいの売れっ子にはもっと払うはずよ。

あたしのハリウッドのエージェント、ジム・カープっていうんだけど、彼はこう言ってたわ。サットン＆ケイン社はいかさま会社にちがいないし、あなたは頭を検査してもらったほうがいいって。あたしはそれもあって、こっちへ来ることにしたの。映画会社があたしの条件を蹴ったのをしおに。ジムの話だと、彼みたいな人に相談すれば、あなたの収入は倍近くになるそうよ。彼はニューヨークにも事務所を持っていて、弟さんのサムに任せてるの。明日、あなたをそこへ連れていくわ」

エイモスの目が険しくなり、こわばった唇のあいだから声が発せられた。「ヴィーラ、これはぼくの問題であって、きみには関係ない。ぼくはきみがこっちで舞台に立てるよう協力を惜しまないつもりだ。正式に離婚して、慰謝料も払おう。だがぼくとガスやトニーとの関係については口出ししないでくれ。今後いっさい……」

「エイモス、いったいどうしたの？　あの人たちにそこまで義理立てするなんて、正気の沙汰じゃないわ。デビュー作をサットン＆ケイン社に出してもらったから、いまだに頭が上がらないってわけ？　ガスかトニーにもっと条件を良くしてくれって頼んでみたらどうなの？　頼んだくらいで放りだされたりはしないんだから」

エイモスは泣きだしそうな顔になった。「ヴィーラ」かすれ声で言った。「きみには関係のないことだ。人のことはほっといて……」

近づいてくる見知らぬ人物にエイモスは気づかなかった。だがヴィーラがさっと表情を変えたので、怪訝に思った。彼女の癇癪《かんしゃく》は鳩のクークー鳴く声に似つかわしい温和な明るい笑顔の裏へ引っこみ、見るからに魅惑的な美女になった。「あら、トム・アーチャー！　あたしの夫のエイモス・コットルをご存じ？」

エイモスは狼狽《ろうばい》しつつ、ぎこちない動作で立ちあがった。現われた男は長身の痩せ型で、なんとなくだらしない恰好だ。のっぺりした長い顔に若さとお人好しの性格が仲良く同居している。「初めまして、コットルさん。ぼくはあなたの小説の熱烈なファンなんです。カウンターにいたんですが、同席させてもらってもいいですか？」

「もちろんよ！」ヴィーラがエイモスに代わって返事をした。エイモスはそれを不快に思った。ぽつねんと立ったまま、背高のっぽの男が大股でカウンターへ引き返すのを見送った。

ヴィーラの声は相変わらず静かだったが、抑制した紛れもない脅しを含んでいた。「トムは《タイムズ》に記事を書いてるの」ささやき声に近い。「演劇と映画のゴシップ記事をね。あたしたちは復縁して一緒に暮らすことになったと彼に言うつもり。それがいやなら、あなたがサットン＆ケイン社とどういう契約を結んでるか話すわよ。彼がそれを新聞に書けば、あなたは版元を変えないわけにはいかなくなるわ」

「彼は新聞に書けない。名誉毀損にあたるからね」

「事実を書いて、どうして名誉毀損になるの？　どっちみちゴシップとして書くのは自由だわ。エイモス・コットルは契約に不満だという話を小耳にはさんだ……とかなんとか」

「演劇情報となんの関係があるんだ」

「あなたの妻は女優だもの、演劇関連ゴシップだわ。彼にこう話してもいいのよ。あなたはサットン&ケイン社の著書の取り扱い方に嫌気がさして、芝居の脚本を書きたがってるって」

「静かに、ヴィーラ。彼に聞こえる」

「聞こえたっていいでしょ。あたしを黙らせようとしたって無駄よ。ケイン夫婦もヴィージー夫婦も大嫌い。彼らがあなたの才能をどれだけ食いものにしてるか、世間にばらしてやるわ」

「ヴィーラ！ 契約について口出ししないでくれるなら、アーチャーに言ってもいいよ……」

言葉を詰まらせた。「ぼくらはよりを戻したと」

ヴィーラは目を丸くした。エイモスの突然の降服に不意を衝かれ、一瞬呆然とした。が、驚きがすぐに打算の表情に変わるのをエイモスは見逃さなかった。彼女はこう考えているにちがいない。〝また一緒に暮らすようになったら、彼を毎日しつこく説得して、トニーとガスから引き離そう〟と。ヴィーラはジム・カープがガスとトニーの契約について言ったことを鵜呑みにしているし、メグのあの手紙のことは一生許さないだろう。ヴィーラは許すということを知らない女だ。

エイモスがここまで追いつめられた気分になったのは何年かぶりだった。ヴィーラの乗った飛行機が着陸に失敗すればいいのにと祈ったことを恥じる気持ちはもうない。自分の身になんの影響も及ぼさずに彼女を殺せるなら、今すぐ実行するだろう。

トム・アーチャーはにこにこしてカウンターから戻ってきた。エイモスの前にある空のジンジャーエールのグラスを見て言った。「おや、おかわりが必要ですね。なににしますか?」

エイモスはためらった。久しぶりに酒が飲みたくてたまらなくなった。アルコール依存症は完全に克服した。もちろん高慢な医者どもはそうは考えていない。彼らは治ったと過信してはならないと警告する。きみのような症例では、最初の一杯が命取りだと。一杯飲んだとたん防御はもろくも崩れ去り、ブレーキが利かなくなるのだそうだ。

そんなことがあるわけない。愚かな医者どもはぼくがいかに自分を鍛錬したか、ぼくの意志がいかに強くなったか、てんでわかっていない。これまでずっと模範的な生活を送ってきた。文壇関係者のカクテル・パーティーでも、この三年間ジンジャーエールかアイスティー以外は口をつけなかった。そうするのにもう努力なんかいらない。そのことで冷やかされたり、禁酒を他者への暗黙の非難と受け取られていやな顔をされても、意に介さなかった。頭痛や失望や疲労に襲われた苦しいときも、酒に頼ることなく乗り越えてきた。テレビ番組で初めて高視聴率を獲得したときは、さすがに祝杯をあげたくなったが、それにも屈しなかった。「シャンパンならいいでしょう? 強い酒じゃないんだから」とテレビ番組のスポンサーに言われても、エイモスは相手の感情を害するかもしれないことを承知のうえで首を振った。貧乏で不安定な生活を送っていた頃にはあれほど激しかった酒への渇望は、もう消え去っていた。今では酒を飲みたいとも、酔いたいとも思わない。完全に征服したのだ。酒を飲むのもやめるのも意のままなのだ。

つまり、自分は医者たちが口をそろえて誰にもできないと断言したことをやってのけたわけだ。〝本物のアルコール依存症が治癒することは絶対にない。たった一杯が引き金になって、必ずや再発する〟それがたわごとだってことは、このぼくが証明できる。アンタブースという松葉杖にみじめにすがっていたのは昔のことだ。心理学上の重大な神秘、言うなれば人間と動物を本質的に区別する意志の力を理解することで、ぼくは完治した。かのユングも、〝意志とは飼い慣らされた本能だ〟と言っている。動物を本能的行為に駆り立てる衝動は、催眠術のあとに効果を現わす暗示のごとく、自由で理性的な選択能力を持つ人間によってあらかじめ決定づけられる。この精緻な概念はおそらく真実だろう。

自分には克己心がある。医者以上によくわかっている。今がそれを実証する絶好のチャンスかもしれない。

製本協会の晩餐会でスピーチをする予定なので、それまでは慎重に行動するようガスから注意されているが……今日軽く一杯飲んだって、来週水曜日の夜の体調には響かないだろう。それに、アメリカ最優秀作家賞だぞ。どんなときだろうと絶対に酒を飲まないなんて、アメリカ人らしくない。

だいたい、今後生きている限り一滴も口にしないとしたら、意志の強さをおのれや他人にどうやって示せばいいんだ？　逆にここで一杯飲んだきり夜まで、今年末まで、あるいはずっと何年も先まで飲まずにいれば、どんなに意志が強いかみんなに見せつけてやれる。今から飲む三年ぶりの酒は残りの人生で最後の酒になるだろう。

その言いまわしはエイモスの頭のなかに居座った。残りの人生で最後の酒……だったらなおさら、思い出に残る一杯にしようじゃないか。

エイモスはトム・アーチャーににっこりと笑いかけた。「妻と同じ、ダブルのスコッチにするよ」

ヴィーラは当惑した。「エイモス、あなた……」

「心配するなよ」彼はむっとして言った。「もう酒に飲まれることはない」

「でも車を運転しなきゃいけないのよ。道路はぬかるんでるし……」

「いいか、ヴィーラ、この際だからはっきり言っておく。ぼくは今後いっさい、誰の指図も受けない」

ヴィーラはカウンターのほうからこっちをじっと見ているトム・アーチャーを気にして、無理やり笑顔をつくった。「ええ、そうよ、もちろんだわ、ダーリン。でも……」

「でも、なんだ?」

「思いもよらなかったわ——だってここに入るとき、あなたは……」

「そんなことどうだっていいだろう」

トム・アーチャーが飲み物を買って戻ってきた。彼は愛想良く笑って自分のグラスを掲げた。

「なにに乾杯しましょうか。あなた方の復縁? それとも新聞に書いてあったことは全部本当なわけじゃないのかな?」

ヴィーラははにかんだふりをした。「本当よ。そうよね、エイモス?」

「ああ、本当だとも」

「活字にしてもかまわないですか？」

「ああ、いいとも」

エイモスはウィスキーをがぶりと飲んだ。相変わらず辛くてまずかったが、たちまち血が騒ぎ、脳が不思議とおおらかに心地よくゆるむのがわかった。高揚感、幸福感、解放感、そして強烈な恍惚感。ぼくは出ていく。どこからだ？　もちろん、自分自身からだ。みすぼらしくてちっぽけな自己を脱して、なんでも可能な苦労のない無限へ向かうのだ。

彼はテーブル越しにヴィーラとトム・アーチャーにほほえみかけ、お気に入りの詩の一節を引用した。

　これを飲めば、聞こえてくる
　遠いカオスが私に語るのを
　後世の王侯たちは私とともに歩き
　そして哀れな草の陰謀と計略を聞くだろう
　人間になったらなにをしようか……
　（ラルフ・ワルド・エマーソンの詩『酒神バッカス』より）

ヴィーラは淑女ぶってくすくす笑った。「それも活字にしたら？」

トムは言った。「著作権者の許可が得られればね……」

エイモスは笑った。「最近の学校では一九一四年以前に出版されたものは教えないんだろう？　著作権はとうの昔に消滅してるよ」彼はグラスの残りを飲み干し、「葡萄《ぶどう》の皮（前述の詩『酒神バッカス』の一節）」とかなんとかつぶやいてから、突然声を張りあげた。「最後にもう一杯いこう。今度はぼくのおごりだ！」

第六章

午後四時、ギゼラ・ウィリングは自分の広い寝室の窓から、暗くなっていく鉛色の空を眺めていた。葡萄棚《ぶどうだな》の向こうでは、葉を落とした柳が小川のほとりに番兵よろしく並び、雪のマントをはおって背中を丸めている。うちひしがれ、見放され、身体の芯まで凍えきったような姿は、ナポレオン軍のモスクワ退却の図を思い起こさせた。こんな晩は家にいて、勢いよく燃える暖炉のそばで温めた香りつきワインでも飲みながらのんびりしたいのに、凍結した危険な暗いでこぼこ道を車で走らなければならないとは。それも、つまらない夕食会のために。ギゼラはうらめしい気分でマンハッタンを思い浮かべた。舗装された平坦な街路は煌々と灯がともって、きれいに除雪され、バスやタクシーや地下鉄もある。ベイジルと自分のような思慮分別のある人間が、なぜ冬に田舎で暮らしているんだろう。

でも夫は古風なボルティモア気質で義理堅く、礼儀を重んじている。いったん応じた招待は、重病にでもならない限り拒むわけにはいかない。悪天候や体調不良や、もっと楽しそうな集まりに誘われたからという安易な理由で土壇場になって断るのは、招待主に迷惑をかける許しがたい行為だと夫は言うだろう……

ベイジル・ウィリングは階下の玄関ホールに立って、家の外で吹きすさぶ激しい寒風の音に耳を澄ましていた。日曜の晩はスラックスとセーターと履き心地のいい古い靴で過ごし、軽い夕食のあとは翌週にそなえて体力をたくわえるため早めに就寝したい。ところが、ケイン家がギゼラを通して伝えてきた招待にうかつにも応じてしまったせいで、この厳寒の季節にウェストンまでの長く険しい夜道を走り、おまけに死ぬほど退屈に決まっている知らない人々と過ごさねばならない。

こんな直前ではあるが、ギゼラに頼んでケイン夫人に電話をかけてもらい、急病を理由に断ってしまおうかとも考えた。だがギゼラはそんな無礼なことはできないと反対するだろう。オーストリア生まれの彼女は、社交を神聖な義務ととらえるヨーロッパ流の考えを持っている。ベイジルはそれを尊重しているので、書斎で単調な病院の書類仕事を一日中やってくたびれていても、妻をがっかりさせたくなかった。

階段に妻の足音が聞こえたので、彼は上を見た。ギゼラの黒髪は白い顔ときらきらした目に暗雲のごとく影を落としている。長い直線的なドレスは、砲金《ガンメタル》色と呼ばれる青みがかった黒に近い変わった色合いで、大きく開いた胸元が肩と腕の白さを際立たせている。かかとの高い砲金色のサンダルにはいぶしたような色の真珠母があしらわれ、首には黒真珠のネックレスをつけている。それ以外の装身具は小粒のダイヤモンドが連なった結婚指輪だけだ。彼女はほほえみをたたえ、長いドレスの裾をくるぶしのまわりで優美に踊らせながら階段をおりてきた。ロマンチックな女性像そのものだ。かすかな衣ずれの音、ほのかに漂う菫《すみれ》の香水――いや、木犀草だろうか――威厳のある足取り、気品あふれる身のこなし、愛らしい笑顔。近頃のアメリカ人女性はドレスを着こなすにはあまりに活発すぎ、高校生のおてんば娘のようになってしまう。ギゼラはもっと繊細でたおやかだ。ベイジルはそのことをひそかに感謝した。

おちびのギゼラが母親のあとから階段を駆けおりてきた。もうパジャマに着替えてガウンをはおり、ふわふわした寝室用スリッパを履いている。おちびのギゼラは階段の一番下の段から父親の腕に飛びこんだ。「こんや、どうしてもお出かけするの?」

「そうだよ。これからすぐにね。すでに遅れているんだ」

「待って、エマに電話番号を渡さなきゃ」ギゼラは足早にキッチンへ向かった。「アントニー・ケインさんのお宅へ行ってくるわ」彼女はおっかさん然とした黒人の料理人に言った。「場所はウェストン。電話番号をここに書いておいたわ。早めに帰るわね。遅くとも十時には」

ベイジルが以前雇っていた使用人のジュニパーは、とうの昔に引退してボルティモアで家族と暮らしており、後釜に座った彼の孫娘のエマにコネチカットまでついてきてもらったのだった。

「安心してお出かけください、奥様」エマは言った。「おいしいチキンとワッフルの夕食が済んだら、七時半には寝かせますよ」

ギゼラは乗り物用の短いブーツを履いて、肩を毛皮のケープで包み、手袋と黒いスカーフをつかんだ。それから娘の温かい小さな唇に行ってきますのキスをして、車のフロントガラスから氷をかき落としているベイジルのもとへ急いだ。

ベイジルは門灯に照らされた妻をしげしげと見た。「一九一四年頃の若いロシア王女を思い出すよ」

ギゼラは笑った。「当時の王女はご自分のイギリス人家庭教師みたいな服装だったわね」

車は薄い雪をかぶった氷で一瞬滑ったが、スノータイヤがすぐに地面をとらえ、ベイジルの慎重な運転で道路へゆっくりと出た。ヒーターが低くうなり、ヘッドライトが暗闇に光のトンネルをうがっていくなか、二人は心地よくぬくまったシートに身を預けていた。今夜はほかの車は一台も走っていない。ここがアラスカかシベリアの荒れ地だったら、さぞかし寂しかっただろう。だが車内はなごやかな雰囲気に満ち、厳しい天候が彼らの冒険心をほんの少しかき立てた。

「どんなパーティーなの？」ギゼラが訊いた。「みんなで芸術と文学について語り合うのかしら」

「出版業者はそうだろうね」ベイジルは答えた。「だが芸術家や作家は、二次使用権や誰かの契約の満期条項を話題にしそうだな。知ってたかい？　リッピンコット社と契約していたトム・ジョーンズは大手のサイモン＆シュスター社に移り、夫人のメアリー・ジョーンズはトムの元エージェントのビル・スミスと結婚するためラスベガスで離婚しようとしているんだ」

「ああいう人たちって自由奔放なの？」

「とんでもない。彼らのような金持ちのボヘミアンほど因襲に縛られている連中はいないよ。まさしく二十世紀が生んだ新人類だな」

道路は谷へ向かって沈んでいき、もくもくと立ちのぼる煙のような灰色に濁った霧が前方に立ちはだかった。ヘッドライトはさえぎられ、まだらになった深い霧のなかで散乱した。四、五フィート先はまったく見えない。車は速度をゆるめて徐行運転になった。

ギゼラは夫の気が散らないよう、おしゃべりをやめた。黙って穏やかに座ったまま、心のなかで祝福の言葉を唱えた。ベイジルと幼いギゼラとエマとすてきなわが家のために祈った。これから行くパーティーも、どうか心配していたほど退屈ではありませんように。

二十分後、ウェストンに入り、郵便受の名前に目を凝らしながら街路を進んだ。「きみが着替えているあいだ、トニーに電話で道順を詳しく聞いておいたよ」ベイジルが言った。「ウィルトン街道を過ぎてから、ふたつ目の信号のあとの三軒目だそうだ」

「トニー？　知らなかったわ、そんなふうに呼ぶほど彼と親しかったなんて」

「ぼくの本のゲラ刷りが出たあと、ちょくちょく会ったんだ。だがたとえそうでなくても、ファーストネームで呼び合う演劇界の習慣はほかの業界にも広まっている」

「彼の奥さんはなんて呼べばいい？」

「ええと、彼女の名前はなんだったかな。表面的ななれなれしさはこういうところが厄介だよ。〝ケイン夫人〟でいいなら簡単なんだが。イゾベルだったかな？　待てよ、フランセスカか？　ううむ……誰かが呼ぶのを聞いて、まねすればいい」

「あそこの郵便受――〝A&F・ケイン・ジュニア〟って書いてあるわ」

「思い出した、アントニーとフランシスだ」車は粗石の門柱のあいだを通り抜けた。「上り坂だな。砂がまいてあるといいんだが」

まいてあった。二人を乗せた車は石造りの家の正面に到着した。縦仕切りのついた窓はどれも室内の明かりで輝いている。おぼろな闇夜のなかで、家は現実離れして見えた――ボール紙でできた家のパラフィン紙の窓を後ろから蠟燭で照らしたみたいだ。ベイジルは呼び鈴を鳴らし、暖かい車から外へ出たせいで二人とも震えながら待った。

ドアを開けたのはワシントン・リンカーンだった。こういう催しで料理だけでなく接客も請け負う、地元で引っ張りだこのケータリング業者だ。彼は黒人執事ならではの自然な威厳と慎みがほどよくまざり合った態度で出迎えた。客のコートを預かる際の儀式張った隙のない動作は祭礼の舞踊を思わせた。リンカーンは三十年間ほとんど毎日、これと同じことを繰り返してきたのかもしれない。

間もなく二人は大きな現代風の応接間へ通された。長さ六十フィートの磨きこまれたオーク材の床、高さ二十フィートの梁のある天井。三方は白い壁で、残りの一方は庭に面した窓ガラス。床の中央には金魚の泳ぐ池がはめこまれ、周囲にめぐらされた銅製の円筒の樋に青々とした長い蔓草があしらってある。アンティークのラスター彩陶器のコレクションは、薄紫やピンクがかった茶や鳩羽紫の光沢を放ち、その基調色である菫色に合わせて、椅子とソファの布地は藤紫や赤紫でまとめられている。全体的に装飾は控えめで、掃除の行き届いた風通しのいい空間という感じだ。ギゼラは、せめてひとつでも場ちがいなものがあればいいのにと思った。たとえば椅子の肘掛けにのっている本とか、炉辺の白い敷物の上のおもちゃとか、ローテーブルに置いてある開封した煙草とか。けれども本や子供に関わりのあるものはどこにも見あたらず、煙草はすべて杉材で内張りしたＡＦＫの頭文字入りの立派な銀の箱におさまっている。

トニー・ケインと別の二人の男が、陰謀でも企てているかのように、ほかの者たちから離れて金魚の池のそばでかたまっている。部屋の反対側では三人の女ともう一人の男が、打ち解け合うことなく、ばつが悪そうに間隔を空けてほぼ一列に並んでいる。そのうちの一人の女が前へ進みでると、男もあとに続いた。女は顎をつんと上げて足取りもしっかりしていたが、こわばった動作からはヒステリーをかろうじて抑えていることがうかがえた。

「ギゼラ・ウィリングさんね。ようこそいらっしゃいました。フィリッパ・ケインです」彼女はギゼラより数インチ背が高く、目は身につけているエメラルドと同じような色に見えた。

「ベイジル、お久しぶりだわ。何年ぶりかしら。こちらはモーリス・レプトンさんよ。ご存じ？」

フィリッパのかたわらにいる男は背が低く、浅黒い顔に快活な笑みを浮かべた。

「お書きになっているものは存じていますよ」ベイジルは答えた。「妻のほうが詳しいですが。彼女は《木曜評論》を毎週読んでいますので」

「モーリス・レプトンさんのエッセイは毎回欠かさず」ギゼラが言った。

「いや、これはどうも。いささか恐縮しますな。書評ではなくエッセイと呼んでくださったとうえ……」

ベイジルは妻がいつもの調子でそつなくふるまうのを見届けてから、招待主のほうへ歩み寄った。トニーは前に会ったときより恰幅がよくなり、髪に白いものが増えていたが、かつて出版界の神童と呼ばれたゆえんである端正な顔立ちと屈託のない笑顔は変わっていなかった。「田舎に居を構えて、執筆に費やせる時間が増えただろう?」トニーはベイジルに言った。「新しい本を書いてみないか? 『反逆の精神病理学』なんてタイトルはどうかな。潜在意識がらみの要素をたっぷり加えて、フックスやヒスやバージェスやマクリーン(いずれもソ連への機密漏洩容疑で告訴あるいは有罪になった人物)の焼き直しをやるんだ」

ベイジルが首を振ると、トニーはそばにいる二人の男を紹介した。「ガス・ヴィージーとはすでに面識があったと思うが。こちらはエイモス・コットルだ」

ガス・ヴィージーは明らかにトニーより年齢も気もずっと若かった。ガスが漂わせている天真爛漫さに、ベイジルはたちまち好感を持った。そしてエイモス・コットルに顔を向けたとたん、池のまわりでのこそこそした寄り合いの意味を悟った。その有名作家は明らかに泥酔していた。エージェントと出版業者は、彼がばかなまねをして物笑いにならないよう護衛しているのだ。

エイモスとしては最善を尽くそうとしているらしい。血走った目は焦点が定まっていないが、まっすぐ立って、不自然に几帳面な口調でしゃべった。「お近づきになれて光栄です、ウィリング博士。ご著書は何年か前、出たばかりのときに拝読しましたよ。ぼくはあなたの——ファ、ファンです」最後の言葉は少しろれつがまわらなくなった。エイモスの目が一瞬閉じ、足もとがふらついた。

玄関の呼び鈴が鳴った。白いレースの服を着た、ふわふわした白髪頭の小柄な女性が、青年と中年の男を連れて部屋に入ってきた。青年はイエール大学かハーバード大学の学生といった感じだ。中年のほうはきつい感じの無表情な面長の顔で、瞳は落ち着いた灰色。青年の通う大学の教授かもしれない。この二人のどちらにも、トニーの目に突如まざまざと浮かんだ恐怖を説明する理由は見あたらなかった。

フィリッパは再び緊張した様子で進みでた。「ピュージーさん、こんな晩によくおいでくださいました」

「ああら、エイモス・コットルさんにお目通りがかなうんですもの、なにがなんでも来なくっちゃ！」ピュージー夫人の金切り声は部屋の隅々まで響き渡った。「うちの息子のシドニーです。それから……ねえ奥さん、わたしよけいなことをしちゃったかしら。ビュッフェ式パーティーとうかがったもんですから、勝手に近所の方をお誘いしたの。エイヴァリーさんを。エメット・エイヴァリーさん。彼も著述家なのよ」

突然の沈黙は、まさしく音のない雷だった。爆発のあとの静寂にも似ていた。ベイジルとギゼラはうろたえて部屋の端と端から視線を交わした。ピュージー夫人の言動のどこが、これほど張りつめた沈黙を招いたのだろう？　当然ながら室内にいるほかの者たちも、事態の急変を察知した様子だった。

フィリッパ・ケインは肩をそびやかし、深々とため息をついた。「よろしいんですのよ、ちっともかまいませんわ、ピュージーさん」だが彼女の声は重苦しく、石のように硬かった。

「彼も著述家なのよ」ピュージー夫人はしどろもどろで繰り返した。「作家や出版関係者の集まりなら、ちょうどいいかと思って……」声がかぼそくなる。

モーリス・レプトンが助け船を出した。「大変けっこうな思いつきですな、ピュージーさん。しかも、この部屋にいるほぼ全員がエメット・エイヴァリーをすでに知っているはずです。わたしも含めて。元気かね、エメット？」

「ああ、おかげさまで、レッピー」二人の男は握手せずに顔を見合わせたが、両者のあいだには敵意のほかに、奇妙な暗黙の了解が存在しているようだった。親愛の情がなくても互いを熟知できる共通の秘密でもあるのだろうか。ベイジルはふと、あるラテン系作家が、古代ローマの鳥占官は街で偶然会うと目配せし合った、と書いていたのを思い出した。

ピュージー夫人のおしゃべりが再び調子づいた。「ねえ、早くコットルさんに会わせてくださいな！」夕食のあとは約束のキャンディをちょうだいねとせがむ子供のようだ。

モーリス・レプトンがエイヴァリーの相手をしているあいだ、フィリッパは夢遊病者のような歩き方でピュージー夫人を金魚の池のそばに避難している小集団のところへ連れていった。

ピュージー夫人は満面の笑みで言った。「コットルさん、『退却命令なし』はとっても面白かったですわ。うちの姪っ子が一九四一年にフォート・モンマスの補給部隊の陸軍婦人部隊におりましたの。ですからわたし、戦争のことはよおく知ってますのよ。あなたの描写は大変見事でした。『戦争と平和』に似てますけど、もちろん、あれよりずっとすばらしいですわ。ラブストーリーの部分も感動的でした。ほんとに、じーんときましたわ。サンドラは好きですけど、アイダはあまり好きになれませんでしたわね。最後にサンドラが彼を射止めたときは、ああよかったとほっとしました。二人は結婚はかないませんでしたけど、そのほうが現実味がありますものね。コットルさん、サンドラはわたしに似てますわよ。もう少し若い頃のわたしですけどね。そうそう、ぜひお尋ねしたいことがありますの、コットルさん。小説の着想はどこから得るんですの？　どうやって物語を書き始めるか、教えていただきたくて。そこが一番難しいんですもの——書きだしの部分が。お友達はみんな、わたしの手紙を上手だとほめてくれるんですよ。本を書いたほうがいいって。でも、なかなか時間が取れませんし、書きだしをどうすればいいか考えあぐねてしまって。もちろん書くことはたくさんあるんですよ。これまでずっと非凡な人生を送ってきましたもの。わたしが継母に遺産をだまし取られそうになった話を聞いたら、あのプルーストやフォークナーも、どんなに苦労しても小説にしたがるはずですわ」

エイモスは冒頭のほめ言葉には満足そうだったが、演説内容が彼女自身の野心に変わったとたん目が生気を失った。

「着想をどこから得るか？」彼の声にはふざけ半分の下卑た響きがこもっていた。「それはですねえ、マダム……」

ガスが急いでさえぎった。「エイモス、トニーは『退却命令なし』を家に何冊か置いてあるはずだよ。ピュージーさんのような熱心なファンのために、サインして一冊進呈したらどうだい？」

「あらまあ、コットルさん、ぜひお願いします。わたしのような貧しい田舎育ちの女にとって、これ以上嬉しいことはありませんわ！　よかったらサインの横に軽くひと言書き添えていただけません？　わたしのひたむきな崇拝者、ペギー・ピュージーの幸福を祈るって。だって、あの……」

エイモスが活字にできないような悪態を吐き、ほかの者たちは聞こえないふりをした。今度はシドニーが事態の収拾に乗りだした。

「ちょっと母さん、エイモス・コットルさんみたいな大作家に対して、そういう少女じみた英雄崇拝は失礼じゃないかな」

「シドニー、おまえ、なんて生意気なことを！」ピュージー夫人は悲しげに顔をベイジルに向けた。「息子をあんな進歩主義の学校へやるんじゃなかったと、ときどき後悔するんですよ」

シドニーは一人前の男を気取って堂々とエイモスに話しかけた。「母のことでお詫びしなければなりません、コットルさん」破れかぶれみたいな率直な口調だ。「母は貧しくはありませんし、田舎育ちでもありません。生まれはナッシュビルで、ぼくの父は生前、ウォール街に勤務する株式仲買人でした」

「まあ、シドニー、母さんはただ……」

「コットルさん」シドニーはおごそかに続けた。「僭越ながら、ぼくはあなたを現代のアメリカが生んだ、最も勇気ある独創的な作家だと思っています。あなたはフォークナーを追い抜いて引き離し、はるか後方に置き去りにしました。彼の文体は混乱していますが、あなたの文体は簡潔かつ壮麗で、あなたの思想は明白な独自の精神を持っています。ですがぼくがなにより敬服するのは、叙述形式に対するあなたの感性です。言うまでもなく、ゴールズワージーは小説家としてはいかさまです。肖像画家のサージェントが絵でやったのと同じことを文章でやっているにすぎません。しかし批評家としてのゴールズワージーは、非常に聡明な考えを持っていました。彼はこう言っています。〝形式は人生だ〟と。ぼくはそれを借りて、〝形式は文学だ〟と言いたい。輪郭を描くうえでのあなたの有機的感性は、生物学の法則を思わせ……」

エイモスはトニーをずる賢そうに見てから、きっぱりと尋ねた。「いつになったら一杯飲ませてもらえるんだい？」

シドニーは話の途中で口をぽかんと開けた。頰をひっぱたかれたかのように呆然とエイモスを見つめている。

トニーはエイモスをなだめるように言った。「すぐだよ、もうじきだ」

彼はベイジルの腕を取って、集団から引き離した。「わたしも一杯ほしくなったよ。きみはどうだね？」

「ああいう酔い方を見たあとでは……」

トニーはうなった。「まったく、とんでもない醜態だ。エイモスはずいぶん前にアルコール依存症を克服して、小説を書き始めてからもずっと禁酒してたんだ。ところが今日の午後、急に歯車が狂ってしまってね。まったく先が思いやられる。そうだ！　きみは精神科医だったね。彼にもう一度酒を断たせる方法はないだろうか？」

「眠らせるしかないでしょう。突然ぶり返した原因はなんです？」

「そこなんだよ、頭が痛いのは。詳しいいきさつはわからんが、ヴィーラのしわざにちがいない。彼の女房なんだ。うちの親父がよく語ってた、りんご売り婆さんの話を思い出すよ。〝彼女に危害を加える気はないよ。これっぽっちもね！　ただ、彼女が転んで首を折ればいいと願ってるだけさ〟と婆さんは言うんだ」

ベイジルはその話をトニーから何度も聞かされていた。お義理に笑みを浮かべてトニーの視線の先をたどり、長いほっそりした首と小さな平たいブロンドの頭を見た。前方へ蛇のようにくねったさまはなにやら邪悪な空気を放っている。

「あの女と一緒にいるのはメグ・ヴィージーだ。なにを話してるんだろうな。メグは元気がなさそうだが」

ベイジルは茶色の髪のぽっちゃりした女性へ視線を移した。雌雉のように警戒した表情だ。トニーの言うとおり、笑みをたたえてはいるが楽しそうではない。

バーは部屋の向こう端にあった。ちょうどリンカーンがトレイにグラスをのせて運んできた。全員が彼のほうへ移動し始めた。

「コットルにはなにを飲ませるんですか？」ベイジルは訊いた。

「いつもここで飲ませてるもの、アイスティーだよ。それなら見た目はスコッチ・アンド・ソーダそっくりだから、面目を保てる。わたしが作ったほうがいいだろう。リンカーンはまちがえてわたしにアイスティーを渡し、エイモスにスコッチを渡すかもしれんからな」トニーはバーの後ろへまわった。「リンカーン、カナッペを配ってもらえんか？」

リンカーンはすでにすべてのトールグラスに氷を入れ終えていた。トニーはそこにデカンタからスコッチを注ぎ、ガスが炭酸水を足し、レプトンとエイヴァリーとベイジルがご婦人方に配った。トニーは次のグラスにカットグラスのピッチャーから色の濃い液体を注いだ。「ほら、できたよ、エイモス」実に手際がいいので、誰もエイモスの飲み物がほかのとちがうことに気づかなかった。エイモス本人さえも。彼は待ってましたとばかりに受け取った。

トニーはさらに六つのグラスにデカンタの液体を注ぎ、ガスがそれらを炭酸水で割った。ベイジルはレプトンとエイヴァリーにひとつずつ渡し、残りの者たちは自分で取った。

エイモスはグラスからひと口飲んで、露骨に顔をゆがめた。一瞬、トニーの顔に飲み物を浴びせるかに思えたが、そうはせず、無言で中身を床に空けた。そのあとグラスを手にバーへ行き、デカンタから生《き》のウィスキーを注いだ。

ガスがエイモスのほうへ行きかけたが、トニーは静かに制した。「放っておけ、ガス。今はなにをやっても無駄だ」

エイヴァリーは大声で笑った。「製本協会の晩餐会が楽しみだな。エイモスは今度の水曜の晩、出席するんだろう?」

モーリス・レプトンの普段は青白い顔が赤く上気し、エイヴァリーを憎々しげににらみつけた。「エイモス本人に訊いたらどうだ? そんなに興味があるなら。ついでに、今朝の《トリビューン》に載った書評についての感想も訊いてみるといい。今の彼なら本音で答えてくれるだろうよ」

「今の彼なら、ぼくの顎に拳骨を食らわすだろうね」エイヴァリーはやり返した。「そうなればいいと思ってるんだろう、レッピー？　つねづねきみがやりたがってることだから。あいにくきみのような腰抜けには無理だがね」

フィリッパはベイジルのそばに立っていた。「ベイジル、こういう険悪な状況はどうやって切り抜ければいいの？」彼女は小声で訊いた。「あの迷惑おばさんが、よりによってエメット・エイヴァリーなんか連れてくるからよ。でもエイモスはまだエイヴァリーに気づいてないと思うの。エイモスが酔いつぶれてくれるまで、別のことに気をそらしておかなきゃ。なにかいい室内ゲームはないかしら」

「ジェスチャーゲームは？」

「いいえ、エイモスが椅子で眠りこけるまで座ったままできるゲームがいいの。そうだ、あれがあったわ！　〝幽霊の三分の二〟」

フィリッパはきびきびした足取りで歩きだした。ほかの者たちはリンカーンが自慢のホット・カナッペを配っている金魚の池のあたりに再び集まっていた。

フィリッパが声を張りあげて一同の注意を引いた。「みなさん、〝幽霊の三分の二〟というゲームはご存じ？」

「まあ、すてきな思いつき！」ペギー・ピュージーが大声で賛同した。「そのゲームはテネシーにいた少女時代によくやったわ」

「それは初耳だな」息子のシドニーが横で言う。

「簡単なゲームなんだ」トニーはフィリッパの意図を即座に察した。「親になった者が各プレイヤーに順番にクイズを出題する。それに答えられなければ、一回目は幽霊の三分の一、二回目は幽霊の三分の二になる。三回答えられないと、幽霊の三分の三、つまり完全な幽霊になる。要するに死ぬわけで——ゲームから脱落する。最後まで生き残った者が勝者となり、次の親になる」

「ずいぶんと子供っぽい遊びですね」シドニー・ピュージーが物憂げに言った。「ぼくは産業社会における美的体験の意義について、コットルさんと語り合ってるほうがいいなあ」

「エイモスはわれわれと一緒にゲームをやるんだ」トニーの口調には焦りが表われていた。

「それに、うまいクイズを出せば子供じみた遊びになどならんし、エイモスは頭の回転がよくて博識だから、このゲームが大の得意なんだ」

「ああ、いいとも、参加しよう」エイモスがもぐもぐと言った。見るからにピュージー青年にうんざりしている。トニーはエイモスが酒の勢いで再び醜態を演じるのを寸前で食い止めたのだ。

「よし、それじゃあ始めよう」トニーはテレビ番組の司会者よろしく、さりげないが独断的な口調で言った。「手本代わりに最初はわたしが親をやる。では問題だ。『イギリス詩人とスコットランド批評家』の著者は誰？」

エイモスは持っているグラスを透かしてトニーを見た。「そんなの知るもんか！」

エメット・エイヴァリーは信じられないとばかりにエイモスを凝視した。

「不正解」トニーが言った。「きみは幽霊の三分の一だ、エイモス」

部分的な幽霊はウィスキーで自らを慰めた。モーリス・レプトンはバーから氷のバケットを持ってきて、ほかの人たちのグラスに足した。メグ・ヴィージーが一巡目の最後の解答者になった。

「メグ、ランゲルハンス島の場所は？」トニーが出題した。

メグは目をぱちくりさせた。「ええと……オランダ領東インド？」

「不正解。きみは幽霊の三分の一だよ。あと二問答えられなかったらきみは死ぬ。さあ、エイモス、きみの番に戻った。ランゲルハンス島の場所は？」

「人体の内部に決まってるさ（ランゲルハンス島は膵臓内の細胞）。ランゲルハンスという医学者にちなんでつけられた名称だ」

だがエイモスは三巡目はツキに恵まれなかった。〝『人間の絆』を書いたのは誰か〟という、ばからしいほど簡単な問題に答えられなかったのだ。

ベイジルはトニーの困惑が手に取るようにわかった。彼はエイモスをゲームから抜けさせたくないのだ。やることがなくなれば、エイモスはまた酒を飲むかもしれない。四巡目に入り、再びエイモスに番がまわってくると、トニーは泥酔したおつむでも容易に答えられる問題を出した。「ゲラ刷り《ギャリー・プルーフ》とはなにか？」

エイモスはきょとんとした。「奴隷たちが一列に並んで座り、鎖でベンチにつながれてる。大きな長い鞭を持った出版業者とエージェントの連中がそばに立って、奴隷たちを死ぬまで打揶する。それがいわゆるガレー船漕ぎの奴隷《ギャリー・スレイヴ》だ」

「面白い答えだが、不正解」トニーは努めて静かに言った。「これで幽霊の三分の三になったよ、エイモス。きみは死んだ」

　エイモスはどんよりした反抗的な目をトニーにちらりと向けた。「ふん、やなこった」空っぽのグラスが彼の手から滑って床に落ちた。彼は椅子にだらしなく腰かけたまま、がっくりとうなだれた。

　最初のゲームはベイジルが勝ち、次の出題者になった。楽しくはなかった。内心で、哀れなシドニー・ピュージーの言うとおり子供じみた遊びだと思った。それに、有名作家が生のウィスキーで朦朧《もうろう》としている姿を見るのは、いくら脳が危うい微妙なバランスで正常を保っていると知っていても、興ざめだ。これはエイモスの次作に対するモーリス・レプトンの評価に影響するのではないだろうか。トニーも同じ心配をしているかもしれない。

「ベイジル、質問を」

　トニーが急かした。

　初回の一人目の解答者はエイモスだった。二回目もクイズはまずエイモスに出題される。だが彼は目を閉じたままだった。

「コットルさん」ベイジルは静かに呼びかけた。

　エイモスはぴくりともしない。

　ベイジルははっきりした口調で言った。「外国の歴史の教科書で、アメリカが負けたことになっている戦争は？」

　エイモスは依然、身動きひとつしない。

　トニーが立ちあがった。「酔いつぶれたんだろう。ベッドに寝かせてくる」

　トニーがエイモスに触れないうちに、ヴィーラがかたわらに駆け寄った。彼女の長くて細い貪欲な指がエイモスの肩を乱暴に揺さぶった。「エイモス、なにをすねてるの！　トニーが言ったのはただの冗談……」

　エイモスの頭がぐらりと傾いた。目は閉じ、口は開いていた。

　ヴィーラは息をのんでトニーをぱっと振り向いた。

「彼を幽霊だと言ったわね」彼女の声がかすれた。「彼は死んだと言ったわね。本当に――死んでるわ」

第七章

ダイヤモンドのような日ね、とメグはケイン家の居間の窓辺に立って思った。空気はきりっと冷えて明るい。光を受けたダイヤモンドの青と黄の輝きのごとく、デラ・ロッビアの彩釉テラコッタさながらの青い空とレモン色の陽光が、雪と氷の銀世界に偶然の彩りを添えている。眼下の谷間の白い家々は冬の風景に溶けこみ、黒い鎧戸がオコジョの尻尾の黒いぶちのように、それぞれの家にアクセントと趣《おもむき》を与えている。

電話が鳴ったので、メグは急いで玄関ホールへ行った。「ニューヨークへ電話がつながりました」

「マッデレーナね？　ケインさんのお宅からかけてるの。昨夜――事故があって、コットルさんが亡くなったわ。それで警察にもう一日ここにいるよう言われてるの。あなたやポリーを起こしたくなかったから、昨夜は電話しなかったけど、あの子の具合はどう？」

「よくなりました」マッデレーナは答えた。「今朝はたんと食べましたよ。熱も平熱よりほんの少し、五、六分《ぶ》高いだけです」

マッデレーナは体温計の読み方を知っているのだろうか？　わたしを心配させまいとして、ポリーの病状を軽いように言っているのではないだろうか？　が、メグはそうした疑念は胸にしまっておいた。「お医者様に電話して、今日もう一度往診をお願いしてちょうだい。本当によくなったかどうか確認してもらうために。わたしたちは今夜早いうちに帰れると思うわ」

「お嬢ちゃんが話したがってます」

「ベッドから出させないで」

「電話のそばの奥様のベッドに寝てるんです」

「ママ！」たとえポリーが元気でも、受話器を通した声は小さく頼りなげに聞こえるのだろう。

「おみやげ買ってくれた？」

ポリーは両親が泊まりがけで出かけると、決まって罪滅ぼしの贈り物をねだる。そういう癖は厳しく叱らなければいけないとわかっているが、ポリーが全快してからにしようとメグは決めた。「まだよ、甘えん坊さん」

「買ってくれる？」

「たぶんね、カポネ」

「カポネってなあに？」

ヒューが電話口に出た。「ママ、たった今、朝刊を見たんだけど……」

「ヒュー！　マッデレーナとポリーの前では黙ってて。あなたは大きいんだからわかるでしょう。二人に心配をかけたくないの。マッデレーナにはエイモス・コットルが亡くなったとしか伝えてないわ」

「うん、わかったよ。でもマッデレーナが朝刊を読んだら、どうする？」

「ポリーには内緒にするよう彼女に言ってちょうだい」

ヒューはため息をついてから、嬉しそうに続けた。「今日は学校でみんなにいろいろ訊かれるだろうな」

「休んだほうがいいかもしれないわね」メグは顔をしかめた。ヒューははらはらどきどきする状況が大好きだから、面倒なことになったわ。

「そんなのやだよ、ママ。よりによって今日休んだりしたら、逃げたみたいに思われるじゃないか」

「それもそうね」メグは途方に暮れ、ますますしかめ面になった。「いいわ、ヒュー。行きなさい。でもこれだけは忘れないで。あなたはエイモスを少ししか知らないんだから、学校で彼の噂話はしないこと。実際より親しかったのかと誤解されるわ。誰のことについても、なるべくしゃべらないで」

「わかった、黙ってるよ。〝ノーコメント〟って言おうかな、上院議員みたいに。きっとみんな、よけい知りたくなるよ。わあ、面白い一日になりそう。先生たちも知りたくてうずうずするだろうな。たぶんなにも訊いてこないと思うけど」

メグは居間へ戻ってカップにコーヒーを注いだ。ケイン家ではパーティーを開いた翌日の朝食はイギリス式で、サイドテーブルにこんろつき保温器の料理とホットコーヒーが並ぶ。客は正午までのいつでも好きな時間に起き、自分で好きなものを取って食べる。

メグがサイドテーブルから離れようとしたとき、フィリッパが部屋に入ってきた。こざっぱりした濃紺のスラックスとセーターを着て、はつらつとして見える。メグは自分が着ているフィリッパに借りたシルクのパジャマとローブが急に気になりだした。どちらも大きすぎ、薄緑というくすんだ色も自分の肌には似合わない。

「メグ、ちゃんと食べなきゃだめよ！」

「とても無理」メグはコーヒーをかきまぜた。「ねえ――ヴィーラはまだ寝てるの？」

「そうだといいけど。彼女が起きる気配がしたら、寝室へ朝食のトレイを持っていくようノーラに言っておいたわ。ああ、おなか空いた」フィリッパはチャイブ入りスクランブルエッグとトーストを皿に盛った。「ショックの反動でこうなるのね。でもヴィーラと一緒の朝食だったら、食欲がなくなりそう」

階段をおりてくるトニーとガスの話し声がしたが、この距離では声が不明瞭で、話の内容は聞き取れなかった。彼らは口をつぐんでから部屋へ入ってきた。二人とも憔悴した様子だ。ガスはただげっそりしているだけだが、トニーはいかめしい表情だった。

「おはよう！」フィリッパはあくまで元気で朗らかだ。

「よく眠れたかとは訊かないのかい？」ガスが言った。

「よく眠れて？」

「ああ、ぐっすりと。さすがに田舎は空気がうまい……」

トニー以外の全員がにっこりした。

「わたしね、製本協会の賞のことが気になってるのよ」フィリッパが言った。「こういう場合はどうなるのかしら……」

トニーは冷ややかに妻を見た。「いつここに現われるかわからない客がほかに二人いるんだぞ。ヴィーラとレッピーがな。彼らの前ではショックを受けて悲しんでいるふりをしないといけない。実務的な話は持ちださないでくれ」

「ふり？」メグはとまどって彼を見た。「これは実際にショックな出来事だし、わたしはエイモスの死を心から悲しんでるわ」

「ああ、もちろんそうだ。しかし誰かが後始末をしなければならん。やるべきことがたくさんある」

「かわいそうなエイモス！」フィリッパはため息をついた。「死んでもなお、あなたたちのチェスの駒でしかないのね！」

ガスはぎくりとした様子だった。トニーが言った。「どういう意味かわからんが、わたしは……」足音が聞こえたので彼は黙った。

モーリス・レプトンが朝刊を手に入ってきた。彼はサイドテーブルの料理には見向きもせず、食卓で新聞を広げた。「エイモスの写真、なかなかいいね。かわいそうに、犬はどうなるんだろう」

「犬？」ガスは首をねじって新聞を横からのぞきこんだ。「ああ、あれか」彼はその宣伝写真を見てつぶやいた。「死亡記事の出来はどうだね？」

「上々だよ。フレッド・ニューウェルが書いてるからね。彼は参考資料室の資料を使って、文壇関係者の死亡記事を一手に引き受けてる。内容は短いが申し分ない」
レッピーは専門家として一語ずつ吟味するように、記事を声に出して読んだ。

十二月十六日、コネチカット州ウェストン。ベストセラー作家のエイモス・コットル氏が、彼の版元であるサットン&ケイン出版社社長、アントニー・ケイン氏宅で開かれた夕食会の席上、毒物により死亡した。初動捜査にあたったコネチカット州警察のジェイムズ・ドルー警部が昨夜遅く語ったところによれば、目下は事故死とみているが、殺人の可能性も視野に入れているとのこと。

コットル夫人はヴィーラ・ヴェインの名で知られる女優で、コットル氏とともに夕食会に同席していたが、コメントは得られなかった。悲嘆に暮れていることは察するにあまりある。ほかの出席者は、ともに著名な文芸批評家であるモーリス・レプトン氏とエメット・エイヴァリー氏、コットル氏のエージェントのオーガスタス・ヴィージー氏など。

エイモス・コットル氏は代表作の戦争小説『退却命令なし』で知られる作家。四作目となる『情熱的な巡礼者』は先日サットン&ケイン出版社から刊行されたばかり。《ニューヨーク・タイムズ》の日曜版書評欄で、現代アメリカ文学における金字塔とたたえられた。コットル氏は毎週放送のテレビ番組〈エイモス・コットル・ショー〉の案内役としても人気があった。氏の略歴は十二面。

静寂に新聞をめくる音がやけに大きく響いたあと、レッピーは十二面の記事を読みあげた。「エイモス・コットル氏の不可解な状況での急死は文壇に多大な衝撃を与えた。一九一八年三月一日、父マーティンと母アマンダの一人っ子として中国で生まれる。両親ともオハイオ州アクロン出身のメソジスト派宣教師。エイモスは北京大学で学び、卒業後はアメリカへ帰国して数年間さまざまな職業や臨時雇いの仕事を経験する。マイアミの古くからの住人たちは、彼が〈ブルー・グロット・ナイトクラブ〉でバーテンダーをしていたことを今でも覚えており、彼が作家を志していたことは当時の常連客のあいだで知られていた。

彼のさすらい人生は〝真珠湾〟で終わりを告げ、海軍設営隊に入隊して戦時中は太平洋上で軍務に服した。終戦後は除隊手当を利用してアディロンダックの小さな丸太小屋にこもり、そこで最初のベストセラー小説『退却命令なし』を執筆した。これは南洋の島で敵国日本に包囲された十二人の海兵隊を、簡潔かつ緊迫した写実的筆致で描いた戦争小説で、一九五二年春の発売直後から大好評を博した。ストーリーは二十四時間の戦闘を克明に追い、上陸拠点へ援軍が到着した直後に最後の兵士が息を引き取る場面で幕を閉じる。実話の凄惨さを、兵士一人一人の徴兵前の人生をフラッシュバックさせることで和らげている。

この作品は軍部批判と過剰な生理描写を含むという理由でごく一部の人々から酷評されたが、現代の戦争を大胆につづった意欲作として巷で高く評価された。のちにハリウッドで映画化され、原作には登場しない従軍神父と日本人芸者をそれぞれスペンサー・トレイシーとリタ・ヘイワースが演じて話題を呼んだ。

この処女作の成功に続き、三年間に三冊が発表され、最新作の『情熱的な巡礼者』はブックオブザウィーク・クラブで七月の推薦図書にも選ばれた。先日の《ニューヨーク・タイムズ》日曜版に掲載されたモーリス・レプトン氏の書評によると……

この先は必要はないだろう」レッピーは慎み深くしめくくった。「だがほかに、もうひとつ披露したいものがある」

彼がポケットから取りだしたのは、フィリッパのゲストルーム用の高級便箋の束だった。蜘蛛の巣みたいな細かい手書き文字で一面びっしりと覆われている。「昨夜、諸君の就寝後にリューから電話があって、エイモス個人にまつわる感想を至急書いてくれと頼まれた。次号の《木曜評論》に載せるそうだ。内容が事実と反していないかどうか、ここにいる一同に確認してもらいたいんだ」

レッピーは咳払いしてから、再び朗読を始めた。

「わたしが知るエイモス・コットルの人となり。モーリス・レプトン。

親しい間柄の者たちからはモス・コットルの愛称で呼ばれていた彼は、おごり高ぶったところも気取りもない、真面目で謙虚な男だった。外見からは、彼の作品の特徴である鋭敏な知性や力強い創造力はまったくうかがえない。小柄で細身の体格、夢想家の静かな瞳、繊細な口もととまばらな髭に半分覆われた顎。ヴァン・ゴッホの自画像を思わせる容貌だ。とりわけ芸術的理想におのれを捧げる男特有のこけた頬と孤独で辛抱強いまなざしはそっくりである。

モスのいたましいアルコール依存症については詳しく語らない。彼が六年の長きにわたって誘惑との過酷な闘いを続けてきたことは、友人ならばみな知っている。そしてそれに見事打ち勝ったことは、彼がこの四年間に四作を上梓し、いずれも現代文学の名作として後世まで残るであろう事実から充分おわかりいただけるはずだ。

モス・コットルをひと言で表現するならば、〝謙虚〟という言葉を選びたい。じかにお会いした際、彼は自身の作品にからむ議論を極力避け、過去の人生についても黙して語らなかった。若い頃の豊富な経験はどの程度作品に表われているのかと尋ねると、彼は悲しげに笑い、〝ぼくはこれまで出会ったもののすべての一部分だ〟と引用した（テニスン『ユリシーズ』のなかの一節）。彼はまわりから仲間扱いされたいと哀れなほど切望していた。同世代の人々のなかで抜きんでた天才作家としてではなく、人間らしい弱点を持った平凡な男として。

　才能ある男のご多分に漏れず、彼は無邪気で子供っぽい好みを持っていた。形式ばったパーティーを嫌い、内輪の小さな集まりを好んだ。単純な室内ゲームがいたくお気に入りで、大の大人にしては珍しい熱中ぶりで楽しんだ。彼の行動はつねに率直であけっぴろげ、ときには天才特有の奇行に及ぶこともあった。たとえば気に入らない飲み物を渡されると、無言で中身を床に捨て、自分で好きなものを作った。普通の人間がこれをやれば、傲慢でみっともない行為に映るが、エイモス・コットルの場合はそうではない。素朴さの表われとして、逆に好感をもたれるのである。

　彼がパーティーに顔を出すことはまれだった。蔵書に囲まれて田舎でひっそりと暮らし、外出は彼の版元であり隣人でもある男とたまにゴルフをするくらいだった。彼の妻は有名なハリウッド女優の麗しきヴィーラ・ヴェインである。二人とも仕事に忙殺されてすれちがいが多く、夫婦関係はややぎくしゃくしていたものの、根本的には互いに忠実だった。モスが亡くなったときにヴィーラがそばにいて、二人が完全に仲直りしていたことだけが、彼の友人たちにとってせめてもの慰めである。彼に子供はなく、これについては本人も心残りだったろう。彼なら優しい子煩悩な父親になったにちがいない。

モス・コットルの旧友たちは口をそろえて、彼が怒ったりいらだったりしたところは見たことがないと言う。内面の静穏は、厳しい人生の浮き沈みにおいてつねに彼の支えだった。〝彼ほど自己中心的でない作家はいない〟と彼の版元であるサットン&ケイン社のトニー・ケインは言う。モスは自分の作品に関する書評はほとんど読まなかった。批評家になにを書かれようとも、机に向かって粛々と執筆に打ちこんだ。もちろん好意的な書評が出れば、キャンディをもらった子供のようにはしゃいだ。だが好ましくない書評が出ても決して立腹することはなく、むしろ傷ついて困惑した。〝ぼくが言わんとするところを理解してもらえなかったんだろう〟と穏やかに言っていた。〝次回はもっと努力するよ。どんな人とも心を通わせるのがぼくの望みだから〟

モスにとって、作家の一番重要な役目はコミュニケーションだった。〝凡人に世の中を大物の視点で見てもらいたいんだ〟とよく言っていた。〝そして大物には凡人のことを理解してもらいたい。双方が互いを知るための手助けができるなら、ぼくの仕事は無駄にはならないだろう〟

彼は万能薬と主義のすべてを軽蔑していた。〝不可知の世界における人間の悲しむべき苦境の解決法は、人間自身のなかに存在する〟というのが彼の持論だった。〝信条や法典のなかではなくて〟

彼は若手作家に対して日頃から協力的だった。エイモス・コットルほどの人物なら読まないような凡作であろうと、送られてきた原稿は懇切丁寧な批評を添えて返送した。彼が寛大にも生活の苦しい若手作家を経済的に援助していたことは出版界でも広く知れ渡っている。

アメリカ文学における彼の功績の位置づけを評価するのは時期尚早だろうか。温かい心、観察にも省察にも長けた強靭な理性、鋭い眼識、聡い耳――エイモス・コットルにはこれらすべてがそなわっていた。すなわち、彼はわれわれの言語が持つ無比の音楽に対して独特の才能を発揮し、一行一行妙なる調べを奏でた。すぐれた作家にとって欠くべからざる強い克己心で、文章を徹底的にそぎ落とした。人間の心にひそむ暗い秘密を、千里眼のごとく洞察した。彼はまさしく偉大なる存在であり、現代において彼のような人物は二度と望めないだろう」

レッピーは朗読を終えた。長い沈黙が続いた。メグは感に堪えず、目頭が熱くなった。フィリッパはもう少し冷静で、コーヒーのおかわりを注ぎ、煙草に火をつけた。

レッピーはトニーとガスを見た。「どうだい？　どこかまずい箇所はあるかな」

「わたしは申し分ないと思うがね」トニーはガスに目配せした。「的確なうえ感動的で、エイモスへのたむけの言葉にふさわしい」

ガスはためらい、真剣に考えこんだ目つきで最初にトニーを、そのあとレプトンを見た。

「まさしくモーリス・レプトン節だね」ガスはようやく口を開いた。「ただ、ひとつだけ訊きたい。エイモスの飲酒について触れなければならない理由があるのかい？」

「あるとも」レッピーはきっぱりと答えた。「昨夜のことはいずれすべて明るみに出る。だからあらかじめ布石を打っておくんだ。人間らしい哀れを誘う問題と世間に印象づけたい。それに、そのことを避けて書けば、不正直のそしりを免れない。それではわたしが困る」

「レッピーの言うとおりだ」トニーが言った。「人は死ねば、多少の悪癖は大目に見てもらえる。有名作家ならば、なおさらだ」

ガスは釈然としない様子だったが、口をつぐんだきりそれ以上なにも言わなかった。

「それで？」誰一人、ヴィーラの足音に気づかなかった。全員がぎくりとして顔を上げ、部屋の入口にいる彼女を見た。彼女は空港から荷物をすべて運びこんでいたので、シルバー・ミンクの襟がついた薄青色のサテンのガウンは本人のものだろう。髪はきれいに梳かし、念入りに化粧していた。顔には疲労やショックはみじんも表われていない。冷ややかな目はあくまで鋭く、陰険そうな小さい口はきつく引き結ばれている。

「ヴィーラ、コーヒーは？」トニーが立ちあがった。

「いいえ、けっこうよ。お宅のメイドが朝食を部屋まで運んでくれたから」彼女は煙草を取りだし、ガスがそれに火をつけた。「そろそろエイモスの件を話し合いたくて、おりてきたわ」

トニーは顔をしかめた。「わたしの書斎へ行こう。レプトンには興味のないことだから……」

「ここで話したいの、立会人がいる前で」ヴィーラが言った。

トニーの青白い肌が次第に赤みを帯びた。

「言いたいことはたくさんあるけど、まず最初にエイモスの遺言について知りたいわ」

トニーは頬を真っ赤にして、懸命に感情を抑えた。「はっきり言っておくが、エイモスは遺著管理者にガスとわたしを指名している」

トニーが先を続ける前に、メイドがやって来た。水色の服と白いエプロンのお仕着せは、彼女の顔をはつらつと、ういういしく見せていた。彼女はアイルランド訛りで言った。「ウィリング様がお会いしたいそうです」

「書斎へ通しなさい」トニーは慌てて言った。

「えっ！」小柄なメイドは息をのんだ。「こちらでコーヒーをどうぞとご案内してしまいました！」

トニーはフィリッパを目でとがめた。メイドをもっとしっかり教育しないとだめじゃないか、と言いたげに。だが今さら手遅れだ。ベイジル・ウィリングはもうドアのところに立っていた。テーブルのまわりの六人を見たとたん、ベイジルの顔にありありと興味が浮かんだ。「お取りこみ中でしたか？」

「いいえ、ちっとも！」ヴィーラが即座に答える。「あなたがいらしてよかったわ。ちょうどあたし、エイモスの遺産をどれくらいもらえるか確認するところなの」

「ノーラ、新しいコーヒーを持ってきてちょうだい」フィリッパはメイドに指示した。「おかけになって、ウィリング博士。ヴィーラ、エイモスの件はあとまわしにできない？」

「できないわ。自分がこの先どうなるのか、今すぐ知りたいの。まずテレビ番組は打ち切りよね。エイモスはもう本を書けないから、そっちの収入も途絶えるわ。なにか残るものはあるの？」

ガスが口をはさむ。「当面はかなりの額の印税収入がある。前の三作すべての重版が現在も発売中だし、最新作はハードカバーで出したばかりだ。エイモスの死で売れ行きが落ちる心配はないだろう。逆に売り上げを伸ばす牽引力になると思う」

トニーがうなずいた。「わたしは今朝からずっと、エイモスが亡くなったので彼の全集を出してみてはどうかと考えていた。金箔押しの装幀とモーリス・レプトンの序文つきで……」

「あっそう」ヴィーラが途中で割りこむ。「でも新作はもう出っこないんだから、そんなの長く続かないわ」

「いや、実を言うと、ほかに一、二冊新作を出せそうなんだ」トニーはガスを振り向いた。「エイモスは未発表の原稿を大量にとってあると言ったね？」

ガスはうなずいた。「彼は『情熱的な巡礼者』の次の作品をほぼ書き終えていた。ほかにもうひとつ下書き段階の長篇と、本人が発表するつもりのなかった短篇集、さらに海軍設営隊に入る前に書きためた原稿が二、三冊分ある。生きているうちは出版すべきじゃないと本人に助言したんだが、今ならもうかまわない――軽く手を入れれば刊行できる。そのほか、ぼくがまだ読んでいない執筆ノートもどっさりある」

「彼が死んでも、売れ行きに影響はないと言いきれるの？」

「もちろんだ」トニーが請け合う。

「死は映画界では致命的よ」ヴィーラは深刻な面持ちで言った。「観客は死んだ俳優の亡霊が動いたりしゃべったりするのは見たがらないの」

「出版界ではまったくちがう」レプトンが口を開く。「トニー、その未刊の原稿をどれか見せてくれないか？　わたしのできる範囲で編纂を手伝わせてもらおう」

「ありがとう、レッピー」トニーが言った。「ガスとわたしでいずれ協力を仰ぎにいくよ。きみの秀でた批評眼は大いに信頼しているからね」

「エイモスの円熟した作品レベルに満たないものは出版しないほうがいいだろう」レプトンは意見を述べ始めた。「仮に……」

ヴィーラがそれをさえぎった。「いいえ、利益になりそうなものはなんでもいいから出して。あたしにだって出版に関する発言権はあるんでしょ？」

「ない。きみは本が出るごとにエイモスの印税の小切手を受け取るだけだ」トニーが言い返す。

「ちょっと、そうはいかないわよ」ヴィーラは唐突に怒りをぶちまけた。「考え直すのね、ケインさん！　あなたにはあたしのニューヨークでのエージェントのサム・カープと話し合ってもらうわ。あたしはエイモスみたいに律儀なお人好しじゃないの。二次使用料をあなたにごっそり持っていかれるような契約は結ばないわよ。それから――」ガスを振り向いて続ける。

「契約にエージェント条項は入れたくないの。あなたは今すぐ馘《くび》よ」

「きみがガスを馘にすることはできん」トニーがうんざりして言う。「エイモスとわたしの契約に盛りこまれたエージェント条項は現在も効力がある。当契約のもとで支払われるべき金銭はすべてエージェントのオーガスタス・ヴィージー社を通して著者へ支払われる、と平易な英語で明記されているよ」

ヴィーラはじゃれつく雌虎のように食ってかかった。「それが適用されるのは契約済みの作品だけよ。これから出る遺作に対しては効力がないわ。今後はサム・カープがあたしの代理人よ」彼女はガスにきっぱりと言い渡した。「あなたが遺著管理者だろうとなんだろうと、あたしのエージェントには絶対ならないわ」

「いいかげんにしてくれよ、ヴィーラ」ガスは言った。「ウィリング博士に聞かせる話じゃないだろう……」

「わたしのことならおかまいなく」ベイジルはフィリッパから注ぎたてのコーヒーを受け取りながら、静かに言い添えた。

ヴィーラはふと別の考えが浮かんだ。「トニー、エイモスは製本協会の賞をもらうことになってると言ってたわ。賞金は一万ドルなんでしょう?」

「ああ、しかし……」

「あら、彼が死んだってべつに変わりはないでしょう? 没後出版があるなら没後受賞があってもおかしくないわ」

「なるほど、そうだな」トニーは認めた。「午前中に協会会長のスローン・シヴィアリングに電話して、エイモスの版元が代わりに賞を受けられるよう取りはからってもらうよ。わが社はすでに広告を準備してあるし……」

「エイモスの版元が？」ヴィーラは不自然な笑い声を放った。「どうしてエイモスの未亡人じゃないの？　あたし自身のニューヨークでの宣伝にもなるわ」

「賞金をもらえなくてもいいのか？」トニーは言った。「スローンは絶対に承服しないぞ。きみは喪に服しているべき身なんだから」

メグはヴィーラを憤然とにらんだ。「あなたはエイモスのお金のことしか考えてないの？」

ヴィーラが口を開く前にトニーが代わりに答えた。「訊くまでもないよ。われわれ全員が知っているとおり、エイモスは才能に恵まれた男の例に漏れず、不幸な結婚をしたんだ。もし彼が生きていたら、ヴィーラと離婚していただろう」

「そんなことはないわ！」ヴィーラが叫んだ。「なんてひどい……」

レプトンはおやという顔でトニーを見た。「今日の朝刊から、エイモスとヴィーラはてっきりよりを戻したものと思っていたが」

「それは早合点だ」トニーは言った。「ヴィーラはキャタマウント社に契約を打ち切られて、エイモスのもとへ戻ると勝手に言いだした。彼は寛大すぎるというか――まあ、気が弱いんだろう、だめだと突っぱねることができなくてね」

これを聞いてレプトンは納得した。「偉大な芸術家はえてして救いがたいほど小心で、しかも、こと女に関しては見境がないからな」と彼はつぶやいた。

だがヴィーラは引き下がらなかった。

「失礼ね、トニー・ケイン。あたしはいつだって好きなときにキャタマウント社へ戻れるのよ！」

トニーはベイジルに詫びた。「まことに申し訳ない、お見苦しいところを」

「いえいえ、お詫びしなければならないのはこちらのほうです」ベイジルも詫びた。「つい引きこまれて言いそびれました。わたしはエイモス・コットルの死を調べているのです。盗み聞きしたような恰好になって恐縮ですが、あんまり面白いので誘惑に勝てませんでしたよ。捜査陣は普通、証人たちがここまで本音でしゃべるところはめったに聞けませんからね」

「捜査……？」トニーはほかの者たちと同様に面食らった。

ベイジルは説明した。「ご存じかと思いますが、わたしは長年、精神医学顧問としてニューヨークの地方検事局と関わってきました。今でもそうです。ニューヨークにオフィス兼住居のアパートメントを持っている、正式なニューヨーク市民です。今回の殺人はコネチカットで起きましたが、関係者のほとんどはニューヨークに自宅かオフィスがあります。よってコネチカット州警察とニューヨーク市警が緊密に協力して捜査を進めなければなりません。この殺人事件によって生じた疑問の答えは、多くがニューヨークでしか見つからないでしょう。それでドルー警部から、双方の警察の連絡係をやってくれと頼まれました。これからみなさんにいくつかお尋ねしますが、それは昨夜の州警察による質問とはまったく異なるものです」

メグはおびえてベイジルを見た。「殺人と——おっしゃったわね。朝刊には事故死だろうと書いてあったわ」

「朝刊のしめきり時点では、わずかな事実しか判明していませんでした」ベイジルが答える。「今はもっといろいろなことがわかっています。警察が入手した情報は関係者全員に知らせたほうがいいというのがわたしの考えです。そこでドルー警部から許可をもらって、彼が把握している事実の大部分をみなさんにお伝えすることにしました。まず、エイモス・コットルは青酸化合物で毒殺されました。アルコールを摂取したため、青酸中毒の一般的症状である呼吸困難と痙攣が目につきにくかったのです」

室内の静寂は重たく、実体をなしているようにさえ感じられた。

ベイジルは続けた。「青酸化合物がスコッチのグラスに偶然混入するはずのないことは、言うまでもありません。また即効性があって味も強烈なため、自殺に用いるとは考えにくい。そうなると当然、殺人――それも計画殺人を疑うべきでしょう」

レプトンの猿じみた笑いは普段にもまして意地悪げだった。「青酸化合物を持参して夕食会に出席するのは、誰が考えても殺人犯だけでしょう」

「わたしの説明は少しまわりくどかったようですね」ベイジルは言った。「誤りを指摘してくれる批評家はありがたい存在です」

「一般人が青酸化合物など手に入れられるんですか？」ガスが詰問する。

メグはベイジルを疑わしげに見た。「アイスティーに青酸化合物が入っていたということですの？　アイスティーはエイモスのために用意されていました。わたしたちではなく、彼だけのために」

「昨夜、コットルはアイスティーを飲みませんでした」ベイジルが言う。「彼はアイスティーを床に空け、自分でウィスキーを注ぎにいきました。わたしは犯罪捜査人として異例の立場にあります。犯行現場に居合わせ、実際に起こったことを細部までこの目で見ているのですから。わたしが推測するに、殺人犯は当初アイスティーのピッチャーに毒を入れるつもりだったが、コットルが酔っているのを見て、アイスティーは飲まないだろうと判断したのでしょう。そこで計画を急遽変更し、コットルが自分でウィスキーを注いだあとのグラスに毒を盛ったものと思われます」

「コットルに気づかれずに?」ガスが不満げに訊く。

「あれだけ酔っていれば、気づくはずありません」ベイジルが言い返す。「それに、毒が入れられたのは彼のグラス以外には考えられないのです。アイスティーのピッチャーからも、ウィスキーのデカンタからも、ソーダ・サイフォンからも、青酸化合物はまったく検出されませんでした。検出されたのはコットルのグラスだけです」

「しかし、犯人はなんでまた毒をアイスティーに入れようと考えたんだ?」トニーが興奮して言った。「コットルがアイスティーを飲むことになっていたのは、フィリッパとわたしとヴィージー夫妻しか知らなかったんだぞ」

「ヴィーラもよ」フィリッパがつけ足す。「エイモスと暮らしてた頃、彼がわたしたちのパーティーで決まってアイスティーを飲むのを見てたもの」

「でも、彼が昨夜もそうすることになってたなんて、あたしには知りようがなかったわ」ヴィーラが言う。「それに、実際はアイスティーを飲まなかったじゃないの」

「悪あがきはやめて、事実に面と向かおうじゃないか」ガスがきっぱりと言った。「ウィリング博士が言わんとしているのは、要するに——アイスティーのことを知っていた五人のうちの誰かがエイモスを毒殺したってことだ」

「そうとは断定できません」ベイジルが言う。「エイモス・コットルがパーティーでいつもアイスティーを飲んでいたことは、居合わせた誰かが気づいて、以前から噂になっていたかもしれません。それは誰もが知り得た事実なんです。たとえ理由はわからなくても。ただし、犯人はコットルがグラスにウィスキーを注いだあと、そばにいた人物でなくてはなりません」

「ということは夕食会の出席者全員だ」ガスがつけ加えた。

メグは身震いした。「青酸化合物は——即効性があるとおっしゃったけれど、どのくらいで効くんですか？」

ベイジルは重々しい口調で答えた。「ほんの数秒です」

「でも、エイモスが亡くなる前の数分間は誰も彼のそばにいなかったわ。わたしたちは全員椅子にかけて、あのくだらないゲームをやってたんだもの。覚えてらっしゃるでしょう？」

ベイジルはうなずいた。「警察は毒物がカプセルかなにかに仕込まれていたのではないかとみています。エイモス・コットルの体内には大量の青酸化合物が残留していたにもかかわらず、グラスからはごく微量しか検出されなかったからです」

「溶けるカプセルか」レプトンが好奇心を浮かべる。「殺人犯がアイスティーに毒を入れるつもりだったとすれば、水に溶けるカプセルを用意していたはずだ。犯人はそれがアルコールにも溶けるとどうやって確信したんだろう。エイモスのグラスはウィスキーしか入っていなかった。ソーダはなしで、水もウィスキーの含有分のみだった」

ベイジルはレプトンの目のつけどころに感心し、ほほえんだ。「そこが警察の鑑識課を悩ませている奇妙な点でもあり、興味深い点でもあります。殺人犯がアイスティーに入れる予定だったカプセルがウィスキーにも溶けると判断した根拠はなんでしょう？　これについてつじつまの合う答えを見つけない限り、コットル殺害の手口は解明できません。しかし、カプセルのようなものが使われたことは確かです。コットルは数秒で効く毒が体内にまわる前に、グラスの半分以上を飲んでいました。そしてメグの指摘どおり、〝幽霊の三分の二〟を始めてから彼が死ぬまで、誰も彼のグラスに近づきませんでした。時間にして十分か十二分程度です」

「どれもこれも単なる憶測だ！」トニーが怒鳴った。「自殺に決まってる。殺人ならば動機がなけりゃおかしい。エイモスを殺す動機のある者がいったいどこにいる？　少なくとも昨夜のパーティーには一人もいない。いみじくもヴィーラがさっき言ったように、ガスもわたしもエイモスのおかげでしこたま儲けていた。われわれや、われわれの妻たちが……」

「金の卵を産む鵞鳥を殺すわけがない、でしょう？」フィリッパがさらりと言ってのけた。

トニーはそれを無視して続けた。「批評家のレプトンも、エイモスの最も熱烈な崇拝者だった。日曜日の《タイムズ》に載った『情熱的な巡礼者』の書評を読めば一目瞭然だ」

「読みましたよ、ゆうべ自宅で」ベイジルは言った。「動機がありそうには思えませんでした。

実は《トリビューン》のエイヴァリー氏の書評も読んだのですが、あっちはどうでしょうね」

「うむ、エメットはエイモスの作品をあまり買ってなかった」トニーは認めてから、やんわりと言い添えた。「しかし、作品が気に食わないという理由で批評家が作家を殺すかね？」

「あのきつい書評にくらべれば、殺すほうがまだしも親切というものだ」レプトンが専門家らしい意見をはさむ。「最も親切な者はナイフを使う。死者はすぐに冷たくなるから（オスカー・ワイルド『レディング監獄の歌』の一節）……」

「エメット・エイヴァリーが、ああいう書評が出た直後にパーティーへやって来たいきさつは？」ベイジルが尋ねる。

「あの迷惑なピュージー夫人が、招かれてもいない彼を勝手に連れてきたんです」フィリッパがとげとげしく言った。「ペギー・ピュージーは文学通を気取ってるのに書評には目もくれないし、息子のほうも昨日の朝は寝坊して朝刊を読まなかったそうですわ。ほんとにおめでたい人。彼女、昨夜こう言ったのよ。物書きはみんな仲良しかと思ってたって」

「やれやれ！」ガスがつぶやく。

「ピュージー親子はエイモスとは初対面だった」トニーが続ける。「エメットやレッピー、つまりレプトンもエイモスとは面識がなかった」

「レッピー？」ベイジルは顔を上げた。「あなた方は旧知の仲なんですか？」

フィリッパは笑い声をあげた。「ベイジル、文芸出版の世界はとっても狭いんです。みんな昔からの知り合いなの。先代から事業を引き継ぐ者も多いし、二代目、三代目になると、結婚相手選びは中世の王朝かと思うほど身内志向ですのよ」

「にもかかわらず、コットルはエイヴァリーさんやレプトンさんと一度も会ったことがなかったんですか？」

「エイモスは真のひたむきな芸術家でね。できるだけ一人でいて、作品に専念したがっていたんだ」トニーが説明する。「それに、彼はわれわれとはちがう道からこの世界に入った。作家になるまで出版業者や作家とのつきあいはまったくなかった。作家になったのもつい四年前だ。対照的に、メグの父親は由緒ある《エニバディーズ》誌の編集者だった。エメット・エイヴァリーの父親は出版社や作家を専門とする公認会計士で、業界では誰よりも契約に詳しかった。エメットも父親の会社で何年か働いてから批評家になったんだ。レッピーの父親はシカゴで小さな製本屋を営んでいた。レプトン・デラックス版は今日ではコレクター垂涎の品だよ。残念ながらレッピーは金儲けに熱中するにはあまりに芸術家肌で、製本は彼にとって趣味でしかないがね。わたしの父はニューヨークのさまざまな出版社と契約し、西海岸で本のセールスマンをしていた。ガスの父親は長年スクリブナー社の編集者だった。つまりわれわれはフィリッパを除く全員が、文学にたかる虱《しらみ》みたいなものなんだ」

「ヴィーラもよ」フィリッパが言い添えた。「それからピュージー親子も」

「エイモス・コットルは親族にも文学関係者がいないんですか？」ベイジルが訊く。

「いない。『退却』のカバー見返しにある略歴を参照してもらえばわかる」

「退却？」

「彼のデビュー作、『退却命令なし』のことだよ。長ったらしいので、われわれのあいだでは『NCR』か『退却』と略して呼んでいる。今朝の新聞の死亡欄に彼の著書一覧が出ているよ。しかしね、文学に無縁な土壌で作家が誕生することはよくあるんだ。われわれ本の編集や出版や販売に関わる者からは、批評家が出ることはあっても小説家はめったに出ない。作家の出自に絶対条件はないんだよ」

「風は思いのままに吹く（新約聖書『ヨハネによる福音書』第三章第八節より。〝あなたはその音を聞いても、それがどこから来て、どこへ行くかを知らない〟と続く）」レッピーがつけ加えた。「好みや能力は遺伝するが、天才は降ってくるもの」

「コットルは天才だと？」

レッピーは肩をすくめた。「わたしはそう思っています。エメットとは意見が異なりますがね。まあ、時が経てばわかるでしょう。そこが出版業が投機的であるゆえんでね。判断基準はどこにも存在しない」

「だがエイモスは売れる本を書くコツを心得ていた」トニーがつけ足す。「出版業者としてそれ以上なにを望む？」

ベイジルは二人が口をつぐむのを待って、静かに言った。「今朝、その『退却』のカバーの著者紹介を読みましたよ。昨夜のあなたの話では、エイモス・コットルはペンネームではないとのことでした。そこでさっそくドルー警部に、カバーに書いてあるのはあくまで略歴だが、それを糸口にして調べれば詳しい事実がつかめるはずだと伝えました。警部と相談した結果、北京大学は現在地理的にも政治的にも遠いため省くことにしましたが、オハイオ州アクロンの警察、プロテスタント教会の関連団体、ワシントンの海軍省、さらにマイアミの〈ブルー・グロット・ナイトクラブ〉の従業員とは連絡を取ることができました」

ベイジルはいったん黙ったが、誰も言葉を差しはさまなかった。彼はさっきよりゆっくりした口調で続けた。「アクロンにはコットル名での住民登録はありませんでした。マーティン・コットルの出生記録も、彼がアマンダという名の女性と結婚した記録もなしです。メソジスト派教会のほうは、三〇年代に中国にあったふたつの伝道所いずれの記録にもマーティンとアマンダのコットル夫婦や、その息子のエイモスの名は残っていませんでした。マイアミで一九三五年から営業している〈ブルー・グロット・ナイトクラブ〉では、エイモス・コットルがバーテンダーとして雇われていたことは一度もないそうです。また海軍省に関しても、海軍設営隊の名簿にエイモス・コットルなる人物は載っていません。ワシントンで戦時中に発行された徴兵カード、社会保障カード、配給切符、どれを探してもエイモス・コットルの名は出てきません。調べうる記録すべてをあたった結果、エイモス・コットルはどこにも存在しないのです」

ベイジルはガスとトニーを真っ向から見つめた。「エイモス・コットルと名乗っていた男は誰ですか？　いったい何者なんです？」

第八章

トニーの顔は無表情のまま、まったく変化しなかった。もう少し敏感にできているガスの顔は皮肉っぽいあきらめの表情を浮かべ、山腹を風が吹きおろす前にさす雲の影のようにさっとかげった。モーリス・レプトンの異様なほどどらんらんとした目が、トニーからガスへ移り、再びトニーに戻った。メグは事態の急展開に反射神経が追いつかないのか、ぼやけて見えるほどの高速映像を前にしたかのように面食らった様子だ。フィリッパはベイジルの質問で新しい考察と推測の世界が開けたとばかりに、彼をじっと見つめている。声に出して反応したのはヴィーラだけだった。さっきまでは柔らかだった彼女の声音は、ぞんざいで鋭くなった。「どういうことなの、ウィリング博士？」

ベイジルはトニーを見つめた。「質問に答えていただきましょう」

トニーはガスをちらりと見た——参謀長が部下の将校に、いよいよX計画を実行に移す時が来た、全力支援と側面防御を頼んだぞ、と合図するような視線だった。

ガスはトニーに非難めいた視線を送った。「エイモス・コットルはペンネームだと言っておけばよかったのに！」

「まさかエイモスが殺されるとは思わなかったんだから、しょうがないだろう」トニーが言い返す。「あんなことが起こらなければ、エイモスがペンネームだろうとなんだろうと誰も気にしなかったはずだ。カバーの略歴が本当かどうか確かめる者など、普通はいやしない」

ガスは深いため息をついた。「あの内容はエイモス本人が提供したものだから、彼が死んだ今……」

トニーもため息をついた。「無駄だよ、ガス。遅かれ早かれ、警察はクリントン医師とわれわれの関係を探りだす。法廷ではベイジルがわれわれの唯一の味方だ。手遅れになる前に、彼に包み隠さず話したほうがいい」

ガスは肩をすくめた。「了解。任せたよ」

「ということは」レプトンが言った。「カバーの著者略歴はきみがこしらえたのか、トニー？きみにそんな創作の才があったとはね！」

「〝風は思いのままに吹く〟だわね」フィリッパがつぶやいた。「その作品のテレビ化権はあなたにあるの？」

トニーは妻の憎まれ口には耳を貸さず、肩をいからせてベイジルを振り向いた。まるで肉体同士のぶつかり合いにそなえ、勇を鼓して身構えるかのように。

「では打ち明けよう、ベイジル」トニーの捨て鉢な口調は率直さを感じさせた。「なにもかも話すよ。エイモス・コットルの真相はガスとわたしだけが知っている。エイモス本人はもうこの世にいないし、フィルやメグさえも知らない事実だからね。秘密は誰かと共有すれば、秘密ではなくなる。相手が女であればなおさらだ。よってわれわれは最初から女には決して話すまいと決めたんだ。なのにこれからここにいる大勢の面々に知られると思うと、残念でならんよ。これ以上広まらないことを願うばかりだ。エイモス・コットルは今でも価値ある資産だからね。ベイジルとレッピー以外の全員が、エイモスに利害関係がある」

「レッピーも多少はあるよ」ガスが横から割りこんだ。「彼はエイモスの天稟に批評家としての名望を賭けたんだからね。エイモスの才能に対する眼識が揺るぎないものなら、エイモスの個人的事情がどうあれ、彼の作品への評価を変えるわけにはいかないだろう」

「そのとおりだとも」レプトンは言った。「安心したまえ、エイモスへの忠誠心は忘れないつもりだ」

「きみはどうだね、ベイジル？」トニーが返事を迫る。

「わたしはなにも約束できませんよ」ベイジルが答える。「エイモス・コットルを殺した犯人が逮捕されたときに、検察側がコットルの過去は関係なしと判断して法廷で取り沙汰されないことを祈るだけです」

トニーは大きくため息をついた。「エイモス・コットルは過去を持たない男なんだ。彼がどこの誰か、われわれはまったく知らんのだよ」

「そんなばかな」

「詳しい事情を説明するには、一九五一年までさかのぼらねばならん。メグ、きみがエイモスの最初の作品を発見するに至った経緯を、ベイジルに話して聞かせてくれんか？」

「ええ、簡単な話なんです」メグの声は緊張のあまり、途切れそうなほど細かった。「戦前、ガスはラジオの台本を書いていました。終戦後は除隊手当を丸ごと投じてエージェント会社を設立しました。当時わたしたちが住んでいたのはロングアイランドの狭苦しい集合住宅でしたので、ガスはすでにエージェント会社をやっていた友人のオフィスに間借りして、エージェント業が軌道に乗るまではとフリーの台本書きを続けていくことにしました。ラジオが数年以内にテレビに追い抜かれることは目に見えていましたが、テレビの技術に適応する自信は彼にはありませんでした。しかも彼が海兵隊にいたあいだ、映画の脚本家たちは実入りのよさにつられてテレビ業界へこぞって流れこみましたから、彼らと競争しても勝ち目はありません。

そんな事情で、エージェント業がわたしたちの頼みの綱だったのですが、ガスは送られてくる作品を全部読む時間はとてもありませんでした。ほとんどがお話にならないくらいひどいもので、ピュージー夫人のようなずぶの素人による暇つぶしか、方々の編集者に断られたプロ作家の反古《ほご》原稿でした。ですからガスがラジオの台本を書いているあいだ、わたしが夜、赤ん坊たちを寝かせて食器洗いを済ませてから、持ちこみ原稿を読んでいたのです。

ある晩、ガスがとっくに就寝したあと、居間で駄作の山をこつこつと片づけていたときのことです。タイプ用紙が入っていたらしい使い古しの箱におさめられた原稿に行き当たりました。箱の蓋には〝『戦場』エイモス・コットル作〟と書いたシールが貼ってありました。作家にしてはおかしな名前ね、と思ったことを覚えています。そして、作品を読み始めました。つまらなければ最初の五十ページだけざっと目を通して、翌朝ガスにこのコットルさんに原稿を送り返してと伝えるつもりで。批評家たちが言うように、卵が腐っているかどうかは全部食べなくてもわかりますから。

ところがウィリング博士、わたしは朝の四時近くまでかかって、その作品を最後まで読み通したんです。疲れは感じませんでした。ポリーが毎朝六時に目を覚ますことも忘れていました。家計が苦しくて絶望しかけていることすら忘れていました。読み終えて本を閉じた瞬間、雲雀《ひばり》のさえずりが聞こえました。自分では雲雀だと思いました。都会育ちなので鳥のことはあまり詳しくありませんが、その鳴き声は高く清らかで、はしゃぐように陽気でした。ですから雲雀にちがいありません。ふと目を上げると、カーテンを開けたままの窓から見える空が澄みわたった薄青色に変わっていました。夜明け三十分前の色です。鳥の歌声と霊妙な青空は、音楽と色彩といううちがいこそあれ、同じことを告げているのだと思いました。わたしは十二、三歳以降はめったに感じることのなかった生きる喜びに包まれたのです。

まさにそのとき、エイモスの作品の並はずれた魅力を悟りました。そしてそれが、わたしたちの人生に大きな転機をもたらしたのです」

「朝食の席で妻からその話を聞いた」ガスが続きを引き継いだ。「さっそく通勤列車のなかで最初の五十ページを読んでみた。メグほど感動はしなかったものの、初めてプロの水準に近い原稿を受け取ったと確信した。ただし長すぎるので百ページほど削ったほうがいいと思った。それから、タイトルが気に入らなかった。『戦場』ではいかにも陳腐だ。『戦いの地』のほうがまだましだろう。

そこで作者宛に慎重な内容で手紙を出した。悪くない出来なので、二、三の出版業者に意見を聞いてみるつもりだ、と。たとえ駆けだしの作家でも、エージェントに百ページ削れと言われたら従わないが、乗り気になった出版業者が目の前に契約書をちらつかせれば、おとなしく言うことを聞くだろうとわかっていたから」

「ガスはメグが読んだ二日後、原稿をわたしのもとへ持ってきた」トニーが言った。「当時のわたしはダニエル・サットン社の編集長で、ダン・サットンはまだ存命だった。わたしはガスとメグの夫妻とは長年の知己だったが、ガスのエージェント業はあまり信頼していなかった。その業界で足場を固めるまで持ちこたえるだけの資金力に欠けるとみていたからだ」

「欠けるどころか皆無だったよ！」ガスがぼやく。

「彼がそれまでにわたしのもとへ持ってきた作品は短篇集ひとつだけで、目も当てられないほどひどい代物だった。ほとんど滑稽ともいうべき内容だが、戯作集として出版できるほど滑稽ではなくてね。そんなわけで、わたしはコットルの原稿を、社の下読み係として育てていた若い女性にまわした。彼女はサラ・ローレンス大学を卒業したばかりの小生意気な娘で、フィリッパの裕福なウォール街の友人のお嬢さんだった。約二週間後に提出された彼女のレポートは、冷ややかで淡泊だった。英文学を優秀な成績で修めた彼女は、どんな原稿だろうと文法や句読点のまちがいは修正し、散文体の特徴や変形は徹底的に削除すべきという考え方でね。だが知識があって安い給料で雇える者は彼女しかいなかったんだよ——彼女には金は必要なかったから。そんなわけで、まだ修業中ではあるが出版に値する作品をボツにしないだけの常識は持っているだろうと期待したんだ」

「プルーストの原稿をボツにしたジッドを思い出すよ」レプトンが感慨をこめてつぶやく。「ジッドはアシェット社とガリマール社、どっちの下読み係だったかな？」

「あいにくと」トニーは続けた。「その娘はわれわれが照準を定めていた一般読者よりも教養が高すぎた。だから彼女のレポートは慎重に慎重を重ねて検討しなければならなかった。

エイモスの処女作に対する彼女の評価は、〝読める〟だった。あちこちにいらついた鉛筆の書きこみが入り、〝非常に〟をことごとく削除し、〝するはずだ〟と〝するだろう〟の混同を直し、〝危うくする〟を〝危険にさらす〟に変えるなど、言いまわしをだいぶいじっていたがね。英語教師なら彼女をよくできましたとほめるだろうが、登場人物の海兵隊員がそんな完全無欠の英語をしゃべるわけがない。おまけに彼女はレポート中で、四文字からなる卑語の意味を上品ぶって質問していた。

しかし彼女が〝読める〟作品は、わたしも自分で読むべきだということだ。彼女がつまらなくて読めなかった作品なら、念のため一ページだけ見て不採用にするがね。わたしはその晩読むつもりでエイモスの作品を当時フィルと暮らしていたアパートメントへ持ち帰ったが、ちょうどフィルがパーティーを開いていた。その後もなんやかやと忙しく、原稿のことは失念したまま三週間が過ぎた。すると会社にガスから催促の電話があった。彼とは古いつきあいだったから、これは申し訳ないと思い、今夜必ず読むと約束した。夕食後はフィルを書斎から締めだし、もしこの作品が予想どおり駄作だったら、気の毒なガスにどう言えばいいだろうと悩みつつ、ブランデーのソーダ割りを用意して椅子にかけた。

そうしたら、なんと……」トニーは再びため息をついた。「マンハッタンに雲雀はいないし、厚いスモッグのせいで夜明けでも青空は見えないが、牛乳配達車が通りをがたごと走る時刻になっても、わたしは原稿を読み続けていた。実を言うと、ベストセラーの予感をすでにつかんでいたんだ。ガスが指摘したようにいささか長いし、タイトルも変えたほうがいいとは思ったがね。朝食のとき、フィルにその作品について話した。彼女は喜んだ。ガスとメグを気に入っていて、二人のエージェント業にはヒット作が必要だと知っていたからね。彼女はコーヒーを注ぎながら、さりげなく言った。〝戦争小説なら、『退却命令なし』というタイトルはどう？『怒りの葡萄《ぶどう》』もぴったりだと思うけど、もう使われてるから〟

わたしはいったん聞き流したあとで、はっと思った」

レプトンが小さくつぶやいた。「彼は退却命令を出すことのないらっぱを吹き鳴らしたのだった……」

「わたしは背筋が震えたよ」トニーは話の続きに戻った。「『フィル、それだ！『退却命令なし』にしよう、と叫んだ。そして会社からガスに電話をかけ、今日の午後三時くらいに作者を連れてこられるかと尋ねた。

十五分もしないうちにガスから折り返し電話があり、ちょっと問題があるので午前中に二人だけで相談したいと言ってきた。わたしはかまわんよと返事をし、詰まっていた予定の隙間にガスとの面会をなんとかねじこんだ。やって来たガスは、ヘスペラス号の難破（ヘンリー・ワーズワース・ロングフェロー の詩）みたいなありさまだった」

「そりゃそうだよ！」ガスは興奮して言った。「原稿は郵送されてきたんだが、差出人住所がウェストチェスター郡で、誰かの田舎の別荘らしかった。〝ニューヨーク州ストラットフィールド、ウィロウ荘〟となっていたからね。番号案内で調べて電話したら、はきはきした女性の声で、〝おはようございます、ウィロウ荘です！〟と出た。コットルさんと話したいのだがと告げると、相手は言った。〝患者さんは電話を使用できないことになっています。コットルさんにご用なら、午後二時から四時までの面会時間にこちらへおいでください〟ぼくは驚いて訊いた。〝ちょっと待った、そこは病院なんですか？〟彼女はこう答えた。〝診療所です。コットルさんの親類か友人の方ですか？〟ぼくは彼女に、自分は出版エージェントで、彼から原稿が送られてきたと説明した。すると彼女に、ではクリントン医師とお話しくださいと言われたんだ。

ぼくはそうした。クリントン医師の声は静かで堂々として、もったいぶっていた――神が黒い甲虫に話しかけている感じだったよ。彼によれば、ウィロウ荘というのは神経症専門の診療所とのことだった――精神病ではなくて。そこの入院患者はほとんどが金持ちのアルコール依存症患者だったが、クリントン医師が症例研究のために無料で面倒をみている患者も数人いた。文章を書いたり絵を描いたりするのは効果的な作業療法なので、医師はエイモス・コットルに本を書くよう勧めたそうだ。だが書いたものをエージェントに送ったことは寝耳に水だった。どうやら看護人を買収して自分の代わりに郵送してもらったらしい」

トニーが続きを引き取った。

「で、ガスとわたしはその日の午後、ストラットフィールドまで出かけていった。知り合いの出版業者が獄中の男の作品を出したことがあったから、精神病院にいる男の作品も出せないことはないと思った。それに、成功した作家のなかには精神病院に入ったほうがいいような輩が大勢いる。だったら実際に入っている者がいてもおかしくはない。とにかくエイモス・コットルについて詳しく知りたいので、まずクリントン医師とじっくり話し合った。

彼はエイモスの小説に出版価値があると聞いて心底驚いたが、喜んでもいた。エイモスが整合性のある文章を書けるまでに快復したことを誇らしく思ったようだ。だがわたしがエイモスの病状を尋ねると、言葉を濁して答えようとしなかった。わたしはこの本を出版するつもりだから、本当のことを知りたいのだと促した。エイモスが今後も小説を書いていけるのか、それともこれ一本限りなのか、はっきり見定めたいのだと。

クリントン医師は、通常なら患者の容態については明かせないが、エイモスの場合は特殊事情ゆえやむをえないだろう、と前置きして次のように語った。二年前、エイモスは頭に怪我をして顔が血まみれの状態で路上をさまよっていたところを、州警察官に保護された。路面には車のタイヤのスリップ痕が残っており、エイモスの衣服には泥が付着していた。だが当人は脳震盪か酒酔いのせいで支離滅裂なことを口走り、まるで要領を得ない。警官は、酔っぱらった彼が猛スピードで走ってきた車の前へふらふら出ていったのだろうと推測した。運転者はよけようとして横滑りし、エイモスに衝突した。そのあと動転して、慌ててその場から逃走したのだろう。運転者はまだつかまっていなかった。一九五〇年十月十四日の出来事だ。

エイモスは最寄りの医療施設だったその診療所へ運びこまれた。医師たちは、慢性的なアルコール中毒により悪化した明らかな脳震盪と診断した。傷の手当てが済むと、脳震盪が治って眠りから覚めるまで、警察の事情聴取はお預けになった。警察も医者も近所で彼を見かけたことは一度もなかった。本人の財布に身分証明書のたぐいはいっさい入っておらず、着ていた服にも身元確認に役立つものはなかった。およそ三十六時間後に意識を回復したとき、彼はただ一点を除けば正常に見えた——その一点とは、記憶喪失にかかって自分の素性も過去もまるで覚えていなかったのだ。名前さえ思い出せなかった」

「ではエイモス・コットルという名前は？」ベイジルが訊く。

「小説を書き始めて数週間経ったときにエイモスが自分で選んだ。なぜそんな変わった名前にしたのかは誰にもわからん。あまり作家向きとは言えないが、われわれはそのままにした。クリントン医師が、下手に変えると彼が精神のバランスを崩すおそれがあると言ったからだ。クリントン医師によれば、エイモスは個人の記憶を失っている点以外はいたって正常だった。高等教育を受けたことは明らかで、過去に習得したことはしっかり覚えていた。ひどい記憶喪失になると、読み書きや歩き方、話し方まで忘れ、幼児のように人生を最初からやり直さなければならない。だがエイモスはそういう患者ではなかった。さらにアンタブースの助けを借りて強い意志でアルコール依存症を脱した。クリントン医師はこう言った。〝いつまでも彼をここに置いておくわけにはいかないんだが、退院させるのも心配でね。世間で就職するには、労働組合員証、卒業証書、あるいは職歴など、それなりの資格を求められる。そんなご時世に過去のない男が生きていけるのか、はなはだ不安だ。わたしにわかる範囲では、エイモスは特にこれといった技能は持っていない。科学や薬物や精神医学に対して嫌悪感のようなものも示す。本人がここで生活費を稼ぎたいと言いだしたので、この数ヶ月間、本館の用務員を手伝わせてみた。その結果、従順で働き者だが、その種の仕事にはそぐわないほど教養が高いことがわかった。どうやら小説を書く才能はありそうだね。もし書くことで生計を立てられるならば、当院にとどまる理由はなくなる。わたしとしてもそのほうが肩の荷がおりるよ。彼はもうわたしを必要としていないし、わたしもこれ以上彼のためにできることはない〟

言うまでもなく、わたしは訊いたよ。エイモスがいつか記憶を取り戻す可能性はあるのかとね。クリントン医師はこう答えた。〝カスパー・ハウザーと同様、もう過去を思い出すことはないだろう。一時的な記憶喪失はアルコール中毒の付随症状である場合が多いが、これだけ長引くということは頭部の負傷が原因にちがいない。事故による脳震盪は当時のわれわれの診断より重かったようだ。あるいはアルコール中毒と脳震盪が重なって、記憶がぬぐい取られてしまったのかもしれない。一番可能性が高いのは、彼は過去のなんらかの記憶から逃れようとしてアルコール依存症になり、脳震盪が最後の仕上げをしてくれた、というあたりだろう。健康な人間でも、忘れてしまいたい不愉快なことに対して記憶障害を起こすことがある。復員兵が十年経つと決まって戦争にロマンを感じるのは、当時はロマンとはほど遠いものだったからだよ。しかしエイモス・コットルの記憶喪失は、精神医学用語で遁走と呼ばれるものだ。つまり過去が耐えがたいものになると、そこから衝動的に飛びだすわけだ〟

そう聞いて、わたしはふと、エイモスは過去になんらかの犯罪に関与したのではないかと疑った。それを尋ねたところ、クリントン医師はまさかと鼻で笑ったが、こうしてエイモスが殺害されたわけだから完全に否定することはできない。おそらく彼は過去の恐ろしいなにかから逃れようとしたが、昨夜そいつにとうとう追いつかれてしまったんだろう」

「彼は犯罪者には見えなかった」ガスが言った。「あの日の午後、クリントン医師にエイモスの部屋へ案内されたとき、まず感じたのはそれだ。当時のエイモスには顎髭がなかった。顎はきゃしゃで、口もとはさも気弱そうな感じだった。やつれたようなほっそりした体型で、ぼうっとした、不思議そうなまなざしをしていた。あの頃の彼にはどこか子供っぽいあどけなさがあってね。しかも普通の子供よりはるかに物静かで控えめだった」

「要するに」トニーが再び口を開く。「エイモスは薄っぺらだったんだ。心が半分空っぽの不完全な男で、本来なら過去の長い記憶、すなわち時間という次元の広がりによって加わるはずの奥行きや厚みというものがまったく感じられなかった」

「幽霊の三分の二か」ガスがつぶやいた。「エイモスはまさにそれだったんだな」

「三分の一かもしれん」トニーが言った。「四年前にわれわれが初めて会ったとき、彼の年齢は少なくとも三十を超えていた。たぶん三十五くらいだろう。診療所に来てからは二年が経っていた。つまり人生の大部分が失われてしまったわけだ。知力と肉体は大人だが、感情は六歳くらいだった」

「従軍記録で身元をたどれたのではないですか?」ベイジルは尋ねた。「初めて書いた作品は戦争小説だったわけですから」

「キップリングは属したことのないイギリス陸軍の話をたくさん書いている」トニーが切り返す。「クリントン医師の説では、エイモスが太平洋へ行っていたとすれば、米軍慰問協会《USO》やキリスト教青年会《YMCA》といった民間組織の一員としてだろうとのことだった。彼はたとえ戦時中でも徴兵検査には合格できなかったはずだからだ。レントゲン検査で、昔からの欠陥らしい背骨の変形が認められたらしい。椎骨と椎骨のあいだでクッションの役目をする椎間板がかなりすり減っていた。そのため非常に疲れやすく、軍隊の訓練に耐えられそうにないことは徴兵局の担当医師でもすぐに気づいただろう。だが軍隊の給食施設かどこかで働いて、それで兵士のさりげない会話を耳にしたという可能性は充分考えられる」

トニーは皮肉な笑みを浮かべて続けた。「書いたことを実際に体験している作家など、ほとんどおらんよ。そこが玄人と素人の差だ。素人はじかに体験したことでないと書けないが、プロの作家はどんなことでも書ける――それが商売だからね。描写が細部にいたるまで残らず正確かどうかなど誰も気にしない。肝心なのは、平均的な作家よりも専門知識の乏しい一般読者に本物らしく見せることだ。よって小説家が重視すべきは事実ではなく感情だ。読者が心のなかの事実にどう反応するかなんだ。その鍵を握るのが想像力だよ――事実にもとづく知識よりはるかに貴重と言えよう」

「作家がじかに体験していない事柄を書く際には視野《パースペクティヴ》が必要になる」レプトンが意見をはさむ。「東インドの画家たちは記憶だけをもとに絵を描く。直接的な視覚体験ではなくてね」

「というわけで……」トニーは話の続きに戻った。「わたしは思惑買いすることに決めた。エイモスとクリントン医師に、ダニエル・サットン社からエイモスの本を出版すると伝えたんだ。成功するかどうかは予測できなかった。予測できる出版業者などどこにもいない。わたしはエイモスに印税の前払金を気前よくはずみ、彼はその一部をクリントン医師に渡して、しばらく本の売れ行きを見守るため診療所に置いてもらうことになった。また用務員として食い扶持を稼ぐ必要がなくなったので、次作の執筆を始めることに同意した」

「そのあとはみんなが知っているとおりだ」ガスが言った。「エイモスの処女作は出版業界でハットトリックの快挙を成し遂げた――ベストセラー、ブックオブザウィーク・クラブの推薦、映画化の三つだ。刊行から半年で、金がどんどん転がりこんできた」

「われわれはクリントン医師と最後の相談をした」トニーがつけ加える。「クリントンはエイモスはもういつでも退院できると太鼓判をおしたうえで、エイモスの過去についてはすべて忘れるようにと忠告した。記憶喪失が快復する見込みはまずないからだ。また、アルコール依存症については注意が必要だと言った。エイモスは完治しているように見えたが、クリントンの意見では、誘惑の多い都会より田舎で暮らすほうが望ましいとのことだった。わたしがそばで見守れるよう、エイモスをうちの近くに住まわせてはどうかとも提案された。わたしは前々からコネチカットへ居を移したかったので、潮時かもしれないと思った。そこでニューヨークのアパートメントを引き払い、二束三文で売りに出ていたこの家を購入し、荒れ果てた農家だったのをこのとおり改築した。それからエイモスに近所の別の家を買わせ、当人もすべてに満足している様子だった」

「そんなわけないでしょ！」ヴィーラがかっかして叫んだ。「どうして満足できるのよ。彼は——あなたがさっき自分で言ったとおり、価値ある資産でしかなかった。ご主人様のために働く人形よ。自分の人生なんか全然なかったわ」

「過去の記憶がないことは本人から聞いていましたか？」ベイジルが訊く。

「いいえ」ヴィーラは悔しそうに認めた。「でも今わかってみると、これまでエイモスについてどうしても理解できなかったことに合点が行くわ。トニーと縁を切って版元を変えるよう勧めたのに、エイモスはうんと言わなかった。トニーにはいろいろと世話になってる、ほかの人なら絶対にあそこまでできないだろうって。金銭面だけでなく、精神的にもトニーに依存してたわ。まったく、どこまでお人好しなの。トニーにいいように操られて、まるで夢遊病者みたい。ガスが言ったとおり、〝幽霊の三分の二〟だったのよ」ヴィーラはトニーを憎々しげに見た。「あなたは彼とあたしの結婚が気に入らなかったんでしょ？　だからあたしをエイモスから引き離そうとハリウッドの仕事をあてがった。結婚してまだ三ヶ月でも、その話に乗るような愚かな女とふんだわけね」

「ヴィーラ、きみがそばにいたら、彼は大酒飲みに逆戻りしていただろう」トニーが淡々と言った。「きみのせいで彼は殺されかねなかった」

「じゃあ、ああいう殺され方なら彼は本望だっていうの？」ヴィーラがぴしゃりとやり返す。

「彼はあなたといたって面白くなかったわよ。独りぼっちで暮らして、過酷な労働を強いられて、みんながスコッチを飲んでるときもアイスティーを飲まされる。あなた、ほんとはエイモスを嫌いだったんじゃない？　欲得ずくで利用してただけなんでしょ」

図星をつかれたのか、トニーはうろたえた。だがフィリッパはそう簡単には動じなかった。

「あなたこそ、彼が嫌いだったんじゃない？」なめらかな口調であてこする。「欲得ずくで利用してただけなのよ。あるいは、そうするつもりだったんでしょうね」

ヴィーラは憤怒のあまり顔から血の気が引いた。「よくもそんなひどいことを！　あたしはエイモスを愛してたわ。当たり前じゃないの、彼の妻なんだから」

「それはあくまであなたの主張よ」フィリッパの微笑は刃物のごとく鋭い。

ヴィーラは言い返そうとしたが、途中で口をつぐんだ。

「あら、察しがついたようね」フィリッパが言った。「もしエイモスが記憶をなくす前に結婚していて、その奥さんが今も生きていれば、あなたは彼の妻ではないのよね」

ガスはベイジルを振り向くと、むきになって弁解した。「トニーもぼくもエイモスに害を及ぼした覚えはない。それどころか助けてあげたと思ってる。彼が記憶喪失にかかったのはぼくらのせいじゃない。にもかかわらず、クリントンの診療所で床掃除してるよりましな生活を彼に提供した。そりゃ、エイモスに対して心からの友情を抱いてたとは言えないが、過去を忘れた男に普通に接しろというほうが無理だ」

「わたしは彼が好きだったわ」メグが言った。「記憶喪失のことは知らなかった。だからでしょうね。彼はまったく正常な人で、ほかの人たちよりちょっぴりおとなしくて無口なだけだと思ってたわ。いつも――途方に暮れているように見えた。そこがなんとなく気の毒だったわ。作品はあんなに生き生きしているのに、彼自身は生気がなくて、不憫に思えたの。彼は身代わりとして、自分のものでない人生を送ってたのね。それが成功の秘訣だったんだわ、きっと。自分の人生がないから、すべてを作品に注ぎこめた。自分の過去の記憶を持っている人には不可能な超然とした態度で書くことができたのよ」

「つまりあんたたちは、よってたかって彼の弱みにつけこんだわけね」ヴィーラがくちばしをはさむ。「彼が正常だったら、映画やテレビの収入をごっそり横取りされて、黙ってるわけないわ」

「われわれにはもらうだけの権利がある」トニーがすかさず言い返す。「テレビ番組を広告代理店やテレビ局と一緒にお膳立てしたのはこのわたしだ。広告代理店のためにスポンサーを見つけたのもわたしだ。番組全体の構成までわたしが手がけた。一回ごとの台本もわたしが下書きをして、放送作家がそれをまとめたんだ。わたしはテレビの報酬を受け取って当然の働きをしている」

「でも映画はちがうでしょ！」ヴィーラが食ってかかる。「それともなあに、キャタマウント社の脚本もあなたが下書きを書いたっていうの？」

「いいや。だがトニーとぼくは、普通の状態の作家にはしないことまでエイモスのためにやっていた」ガスが言い張る。「ぼくらはエイモスがいつまたアルコール依存症に陥るか気が気じゃなかった。だからほかの仕事を削ってでも、彼を監視するために膨大な時間を費やしたんだ。

彼の利益を多めにもらっても罰は当たらないだろう。彼もべつに反対しなかった」

「あたしが反対するわよ！」ヴィーラが叫ぶ。「彼のためって言うけど、それはあんたたちが勝手に決めてやったことでしょ。彼が頼んだわけじゃないわ。どっちにしろ、彼はほかの作家たちと同じだけの印税をもらうべきだったのよ。サム・カープがエイモスの印税率を見て、ふざけた数字だって言ってたわ。トニー・ケイン、あんたはエイモスから身ぐるみはいでたのよ！」

「昨夜より以前に、彼の飲酒癖がぶり返したことはありますか？」ベイジルが尋ねた。

「一度だけ」トニーが答える。「ヴィーラと結婚して最初の三ヶ月間に。わたしが彼女にハリウッドの仕事を与えたのはそういうわけなんだ」

「ほかに一度、彼がお酒を飲もうとして、思いとどまったことがありました」メグが言った。

トニーは驚いて彼女を見た。「それは知らなかった」

「二年くらい前のことです」メグが話す。「ある春の日の夕方、エイモスがニューヨークに出てきて、一緒に五十七丁目を歩いていました。マディソン街の角で止まって信号待ちをしたんですが、信号が青に変わっても彼は動こうとしませんでした。数秒間立ちつくしたままで、そのあと唐突に〝喉が渇いた〟と言って、〈シュラフト〉へ入っていったんです。てっきりアイスティーかレモネードみたいなソフトドリンクを飲むのかと思いました。暖かい夕べでしたから。でも席に着いたとたん、彼はウェイトレスにスコッチのロックを注文したんです。わたしはスコッチが運ばれてくる前に彼を急いで諭《さと》しました。そして彼が当時ポケットに持ち歩いていたアンタブースを飲ませて、寸前で食い止めることができたんです。それ以降、昨夜までは二度とそういうことはなかったと思います」

「立ちつくしていたとき、彼はなにを見ていました？」ベイジルが訊く。

「ぼうっとして、なにも見ていなかったと思います」メグが答える。「考え事にふけってる感じで」

「彼の視線の方向は？」

「ええと、通りの反対側の角です。まっすぐそっちを向いていました。当時はそこに薬局がありました」

「薬局のショーウィンドーを見ていたんですか？」

「いいえ、目線はもう少し上でした」

「空ですか？」

「それほど高くはありません。正面の角に建っているビルの、上のほうの階です。でも実際にそこを見ていたかどうかはわかりません。彼の目はうつろで――そうね、なにか思い出そうとしているようでした」

「あるいは、すでになにか思い出した？」

あたりを包む沈黙で、ベイジルは自分とメグとの会話に聴衆がいたことに気づいた。全員がひと言も聞き漏らすまいと耳を澄ましている。そこでベイジルはメグが質問に答える前に、べつにどうでもいいとばかりに再びトニーに向き直った。

「エイモス・コットルの過去の知り合いが彼に気づいたことはありませんでしたか？」

「思い当たるふしはないな」トニーが答える。「きみはどうだ、ガス？」

「ぼくもない」

「テレビに定期的に出演していたにもかかわらず？」ベイジルは念を押す。

「うむ」トニーは眉間にしわを寄せた。「実はわれわれもそれを心配していたんだ。願ってもない話だから断るわけにはいかないが、かなりの危険を伴うことは否定できない。それでエイモスに顎髭をたくわえさせた。そうしたら顔の印象ががらりと変わってね。しかもアルコール依存症で十年かそこら前とは面相がだいぶちがっていたはずだ」

「あなた方の知らないうちに、誰かがエイモス・コットルの正体に気づいたとは考えられませんか？　彼は過去から来た人物に殺されたのかもしれませんよ。エイモス・コットルであることとは無関係な動機で」

「まあ、そうだな。しかし殺意がそうも長く続くだろうか？」

「財産がらみの動機なら続くでしょう」ベイジルは言った。「彼がエイモス・コットルだった少なくとも六年間、本来の彼は行方不明だったわけです。死んだと見なされ、誰かが彼の遺産を相続したかもしれません。妻がいたとすれば再婚したかもしれません。彼が死亡したと推定されたことにより利益を得た人物や再婚した人物は、テレビで生きている彼を見た瞬間から毎日戦戦兢兢とするでしょう。誰かほかの者が彼に気づいたら、一巻の終わりですからね。そうした状況は強い殺人の動機を生みます。しかも犯人の正体を暴くのは容易ではない。その人物はエイモス・コットルの人生とは無関係で、コットルとの接点はなにもないわけですから」

「そのとおりだ」トニーが認めた。「しかし結局のところ、エイモスは昨夜ここにいた誰かに殺された。そうなると、エイモスの忘れられた過去から登場した人物は、ピュージー親子かエメット・エイヴァリーと推測できるわけだな」

「それか、わたしだ」レプトンはにやりと笑った。「ほかの諸君はエイモス・コットルとしての彼の人生になんらかの関わりを持っているが、われわれ四人は彼と顔を合わせるのさえ初めてだった」

「初対面の席に青酸など持ってくるだろうか」トニーが疑問をはさむ。

「殺人犯はすでにテレビで彼に気づいていたのかもしれない」レプトンが言い返す。「わたしはテレビを持っていないが、エメットとピュージー親子はお持ちだろうな」

ベイジルはレプトンに笑みを返した。「今のは興味深いご意見として心に留めておきましょう」

レプトンはその挑戦を一礼して受けた。「わたしは精神科医でも、精神科医の息子でもないが、もうひとつ思い浮かんだ。エイモスが記憶を取り戻し、それをみんなに内緒にしていたのかもしれない。守護天使たるガスやトニーにさえも」

トニーはあっけにとられた。「彼がぼくらに黙ってるわけない」

レプトンは肩をすくめた。「ささやかな自分だけの秘密がほしかったんだろう。きみやガスにとって神秘的な存在でいたかったとも考えられる。記憶を持たない謎の人物のままでね。でなければ、あまりに不面目な過去ゆえ、誰にも知られたくなかったのかもしれない」

ベイジルは興味をそそられた。「彼は記憶を取り戻したことを新しい仲間に黙ったまま、昔の仲間を捜しにいった可能性があるということですね？　その結果、知ってか知らずか、自分を殺す動機と機会を犯人に与えてしまったと」

「筋は通ってるだろう？」レプトンは面白くなってきたぞ、という口調で言った。「公式記録のない男ほど脆弱なものはないからね」

ベイジルはヴィーラを見た。「彼とはどうやって知り合ったのですか？」

「テレビ番組よ。あたしはテレビ局でインタビュー番組の演出助手をしていたの。エイモスの番組を二度目に担当したときだったわ。ちょうど彼の二作目が出たばかりだった。彼はいつもならガスと一緒にスタジオ入りするんだけど、あの晩は一人きりで現われた。番組がスタートして五ヶ月くらい経った頃よ。ガスは小さい娘さんが扁桃腺を切ることになって、来られなかったの」

「ぼくの責任だ」ガスがつぶやく。

「おかげさまで」ヴィーラが得意げにほほえむ。「エイモスと初めて親しくなれたわ。番組終了後に夕食をご一緒したの。彼はその晩は全然飲まなかったけど、あたしのためにシャンパンを一本注文してくれて、自分がどんなに孤独か切々と語ったわ。あとは簡単よ」

「かわいそうなエイモス！」トニーはヴィーラを恨みがましく見てから、ベイジルを振り向いた。「アッシュヴィルからエイモスの電報が届いたときのガスとわたしの驚きようは、詳しく話すまでもないだろう。二日前に婚姻届を出したと書いてあった。わたしは現地へ飛んでいって、なんとか次の番組までにエイモスをしらふに戻した。しかしヴィーラについては、ハリウッドへ厄介払いすることを思いつくまでなにも手を打てなかった。彼女がエイモスと暮らしていた三ヶ月間、エイモスは一行も書かなかったよ。飲んだくれてたせいで」

「あたしは彼に書くよう言い続けたわ！」ヴィーラがいきりたつ。「仕事を辞めてほしくなかったから。どうしてあんなに飲むのか、さっぱりわからなかったわ」

「あなたのことがうっとうしかったからよ」フィリッパが言う。「あなたが出ていったあと、彼からそう打ち明けられたわ」

「嘘よ、そんなこと！」ヴィーラの口調は激しかったが、目には迷いが表われていた。「エイモスはあんたを嫌ってた。全然信用してなかったんだから！」

レプトンは話をそらそうとした。「才能ある芸術家は決まって独りよがりで気難しく、一緒に暮らすのは苦労する。ヴィーラ、きみがエイモスの気にさわったとしても、きみに非があるわけじゃない。誰だろうと結果は同じだったろう。彼は一人で生きるべき男だったんだ。きみはあれやこれや口うるさく言って彼を怒らせたんだろう？　彼は知的な男だから、きみに求めていたのは——まあ、いうなれば、知性とは関係ない身のまわりの世話だけだったんじゃないかな。きみは愛人としてなら彼とうまく行って、長続きしたかもしれない。だが妻としては最初から失敗する運命にあった。彼は毎日女性の相手をするのには耐えられなかったからだ。男はなぜ、わずか数分の快楽と引き換えに大きな代償を払うんだろうな」

「筋金入りの独身主義者らしいご意見ですわね」フィリッパが感想をはさむ。

ヴィーラは堂々と立ちあがった。「ウィリング博士、この人たちは全員あたしを憎んでるわ。これ以上ここにいて侮辱にさらされるのはまっぴら」

「憎むとはまた、大げさだな」ガスが抗議する。「たしかにぼくらはきみとエイモスの結婚に賛成じゃなかったが、そこまで言われる筋合いは……」

「あるわよ。大ありよ！」ヴィーラがつっけんどんに言い返す。「あんたの奥さんがあたしをどう思ってるかご存じ？　彼女はね、あたしを大根役者の性悪女だと思ってんのよ！　はっきりそう言ったわ」

「メグがそんなことを言うはず……」ガスは椅子にかけたまま妻を振り返った。

メグの顔がきれいなピンクに染まった。「本当のことなの。わたし――謝って済むとは思わないけれど、ごめんなさい」

「済むわけないでしょ」ヴィーラはすねた子供のようにメグをにらんだ。もう完全に自制心を失っている。甘ったるい作り声などどこかへ行ってしまっていた。「このお返しはたっぷりさせてもらうわよ。絶対に容赦しないから！」

「いつそんなことを言ったんだい、メグ？」ガスが訊く。

「ヴィーラが戻ってくると知った日、エイモスに手紙を書いたの」メグは苦しげに説明した。「そのときヴィーラにも、うちに来てもらうことを勧める手紙を書いたんだけど、慌ててうっかり――エイモスへの手紙をヴィーラ宛の封筒に入れて、彼女が西海岸を離れる前に間に合うようにと航空便で送ってしまったの」

「おわかり?」ヴィーラはベイジルに向かって勝ち誇った声で言った。「あたし、いつニューヨークへ戻れるのかしら、ウィリング博士?」

「いつでもお好きなときに」ベイジルは答えた。「ドルー警部からの伝言で、ニューヨークに戻りたければ、どうぞご自由にとのことでした。ただし警察は、今後数日間はニューヨークまたはコネチカットのどちらかにとどまってもらいたいそうです」

「やったわ!」ヴィーラが歓声をあげる。「すぐに二階へ行って支度しなくちゃ」一同をざっと見渡して続ける。「あたしがあんたたちのことをどう思ってるか、教えてあげましょうか?」

「けっこうよ」フィリッパがすばやく止める。

ヴィーラは芝居がかった態度で一人一人の顔を順ぐりに見た。「今回の事件はどこか怪しいわ。なにか匂うのよ。あんたたちは全員、エイモスの生き血を吸って生きる寄生虫よ! このなかにいる誰かが彼を殺したに決まってる。あたし、絶対に犯人を突き止めてみせるわ。メグ・ヴィージー、無能な女優で悪かったわね。でもあたしがどんなにいやな女になれるか、これからじっくりお目にかけてさしあげるわ」彼女の視線がトニーとガスに移る。「サム・カープから午前中に遺著管理者のあんたたちに電話があるはずよ。エイモスの契約書を変更するか、訴訟を起こされたいか、選択を迫られるでしょうね」

「訴訟の根拠がどこにある!」トニーが怒鳴る。

「サムには有能な腕利き弁護士がついてるわ」ヴィーラはサテンの衣ずれの音とともにさっと

背を向け、意気揚々と部屋を出ていった。誰も引き止めようとはしなかった。彼女の靴音が階段にこつこつと響き、やがて消えるまで、誰一人口をきかなかった。

「典型的なハリウッド式退場ね」フィリッパが皮肉る。「舞台設定もハリウッドもどきだったわ。青いサテンとミンクの毛皮のシンデレラ、つまりは庶民に生まれた麗しく勝ち気な娘が、うまい汁を吸う傲慢な金持ちを遠慮会釈なく大声で罵倒する、の場面ね」

「ヴィーラも声を荒げることがあるのね」メグがつぶやく。

「目の当たりにしたからまちがいない」

メグはガスを申し訳なさそうに見た。「手紙のこと、ごめんなさい」

ガスは妻の手をぎゅっと握った。「もう気にしなくていい。もともと、たいしたことじゃないんだから」

メグはかぶりを振った。「わたしの手紙を読まなかったら、ヴィーラはあそこまで意固地にならなかったかもしれないのに。契約のことで彼女が悶着を起こすんじゃないかと心配だわ」

「どっちにしろ彼女はやるつもりだったろう」トニーが言う。「だがまちがいなく法律の壁に阻まれるはずだ。わたしにも何人か有能な弁護士の知り合いがいて、サインする前に契約書を隅々まで点検してもらったからね」

メグは数日ぶりに晴れやかな表情で立ちあがった。「ウィリング博士、なるべく早くポリーのもとへ帰ってやりたいんです。これ以上ご用がなければ、着替えにいきたいんですが」

「よかったらスーツをお貸しするわよ」フィリッパが言った。

「ありがとう。でも車だし、まっすぐ家へ帰るから、ベルベットのドレスでかまわないわ」

ベイジルはフィリッパにいとまを告げた。彼のあとに続いてトニーとガスも玄関へ向かった。

「ニューヨークでまた会うことになるだろうね」トニーがあまり嬉しくなさそうに言った。

「ええ、たぶん」ベイジルは慎重な思慮深いまなざしでトニーを一瞥した。「この事件は、コットルの本当の正体を突き止めない限り解決しないでしょう。ところで、六年前に発見されたときに彼が着ていた服はどうなったんですか？」

「さあ、知らんな」トニーが答える。

「ストラットフィールド警察が保管してるんじゃないかな」ガスが意見をはさむ。

「さすがに今はないでしょうね」ベイジルは言った。「エイモスをはねた車の泥が付着したスリップ痕も、当然もう路面から消えています。物的証拠がここまで乏しい事件も珍しいですよ。しかし手がかりはなにもタイヤ痕や個人の所持品だけではありません。目につきにくいが、時の経過とともに変化することのない証拠も存在します」

「たとえば？」トニーが探りを入れる。

「エイモスが書いたものです」ベイジルが答える。「しかもそれは大量に残っています。彼の出生地や以前の職業、家族、友人、趣味を調べるうえで役立つ無数のヒントが、彼が四年間に書いた四作の小説や、それ以外の未刊原稿に詰まっています。小説には自然と作者の過去がおびただしく流れこむものですからね」

「でも彼は過去の記憶を完全に失ってたのに！」ガスが驚いて叫ぶ。

「記憶を失ったといっても、記憶が消滅したわけではありません。本人が生きている限りはね。潜在意識に埋もれてしまって、意識的に思い出せなくなっただけです。しかし作家は潜在意識に大いに頼ります。そうした手がかりは無意識であるがゆえにきわめて能弁で、しかも嘘偽りなく、ありのままです。〝おお、わが敵が告訴状《ブック》を書く!（旧約聖書『ヨブ記』三十一章三十五節より）〟というわけですよ」

「なるほど」トニーにとってはあまり都合のよくない意見のようだ。「作家は文章の端々に自己を投影するが、その肖像は決まって裏切り者ということか。嘘とは人なり、だな」

ベイジルはうなずいた。「日常のどんなささいな嘘も、その人間の性格と関心事を表わします。夢に代表される、心がこしらえた手の込んだ作品と似ていますね。つまりあらゆる創造的行為と同様、半意識的で半無意識的なものなのです。四つの長篇小説はもっと赤裸々でしょうね。心理学的にいえば、四つの長い嘘と同じですから」

「嘘は短い虚構、くらいのほうが無難じゃないかな」ガスが言う。「うちの娘のたわいない作り話のような」

ベイジルは笑った。「ではこう言いましょう。小説も嘘も創造力の産物であり、つねに作者を投影している。というわけで、コットルの遺著管理者であるあなた方に、彼が残した未刊原稿の調査を許可していただきたいのですが」

ガスとトニーは不安げに視線を交わした。「断るわけにはいかんだろうな」トニーがしぶしぶ答える。「断ったところで、捜査令状やら差押令状やらを用意して乗りこむんだろうから。

原稿はすべてエイモスの家にあり、鍵は警察が持っている。遺作の売れ行きにさしさわるものをほじくり出されないことを願うばかりだ」

ベイジルはトニーの無表情な顔を探るように見た。「エイモス・コットルをあまり信用していないような口ぶりですね」

「わたしは誰のこともあまり信用しない」トニーが言い返す。

ベイジルの車が去ったあと、ガスが言った。「ぼくがヴィーラをニューヨークまで送っていくべきかな」

「いいや」トニーが答える。「メグとヴィーラを同じ車に乗せたら、手紙のことでやり合うに決まっている。わたしが彼女を駅まで送ろう。ウェストポートとノーウォークにあと一時間列車が来ないようなら、スタンフォードまで行くよ。一緒に書斎へ来てくれ。時刻表を調べよう」

居間ではフィリッパが火をつけたばかりの煙草をもみ消していた。「さんざんな朝ね！」彼女は大きくため息をついた。「これで内輪の秘密が全部さらけだされたわ！」

「本当に全部かな？」レプトンが静かに言う。

フィリッパは立ちあがっていた。レプトンもおもむろに席を立ち、机をまわりこんで彼女のそばへ行った。黒い瞳がフィリッパをとらえ、とりこにした。彼は低い声でぶっきらぼうに言った。「彼と寝てたんだろう？」

フィリッパは不意討ちに慣れていなかったため、うっかり口を滑らせた。「どうしてわかったの？」

「彼が不完全な人間だったと知った瞬間の、きみの目の表情だ」レプトンが好奇のまなざしになる。「どんな感想だい？　幽霊の三分の二と寝てみて」

フィリッパはぶるぶる震えだし、顔を両手で覆った。

レプトンの声がささやきに変わる。「わたしは幽霊ではないよ」

彼はフィリッパの手を顔から離した。彼の抱擁は激しく性急で、フィリッパは鋭い痛みにも似た快感で気を失いそうだった。レプトンの唇が敏感な唇に重なる。

「モーリス……」フィリッパはおののきのつぶやきを漏らし、身体を引いた。

彼女の視界でなにかが動いた。レプトンの肩の後ろに視線を向けると、そこには外出着姿で戸口に立ち、敵意と勝利感に頬を上気させ、こちらをじっと見ているヴィーラがいた。

抱き合っている二人が声を取り戻す前に、ヴィーラは立ち去った。

第九章

ベイジルの車がエイモス・コットルの侘び住まいだった家の私道へ乗り入れたのは、午後二時のことだった。ベイジルはエメット・エイヴァリーとそこで三時に落ち合う約束をしていた。よってあと一時間はエイモス・コットルの謎めいた幽霊と二人きりで語り合える。

警察から借りた鍵でドアを開けたとたん、ベイジルは室内の水を打ったような静けさに気圧《けお》された。トニーの話では壁はすべて防音になっているそうだ。現代文学の瑕疵の多くはもとをたどれば産業社会の騒音である、というのがベイジルの持論だった。自宅の窓の外で空気ドリルがうなり、部屋の薄い間仕切りの向こうでラジオが大音量で鳴っていたら、シェリーが雲雀《ひばり》に寄せるすばらしい叙情詩をものすることはなかったろう。しかしエイモスはほんのひと握りの現代作家しか持てないもの、すなわち静寂という贅沢を手に入れていた。彼はこの真空の世界で、神秘主義者や作家が忘我の境地に達したときに語りかけてくる静寂の声を呼び起こしていたのだろう。

だがこうした完璧な環境にあっても、エイモスは酒で憂さを晴らしたくなるほど不幸だった。そして彼が書いた作品は、二人の秀でた文芸批評家のあいだで論争が生じるほど評価の定まらないものだった。彼が死んだ今、静けさは人間の聴力ぎりぎりのところでざわめくこだまの群れに乗っ取られているようだ。時間の壁を突き破って、消えゆく昨日の声を拾いあげてくれる超高感度の集音装置があればいいのに。ベイジルはこの家が明白ななにかを自分に伝えようとしているような不思議な気配を感じ取った。

大きな窓がいくつも切ってあるため、居間は戸外にいる気分にさせた。陽射しはまだデラ・ロッビアの釉薬の鮮やかさを失っていない。雪に覆われた世界は空の淡い青を背景に、冬の日光を浴びて純白の輝きをまとっている。ベイジルの視線が室内をゆっくりとめぐり、暖炉の上方の奇妙な窓に留まった。その意図的な不合理さは頽廃的で不吉にさえ感じられ、故意の狂気をはらんでいるようだった。もちろんこの家を選んだのはトニーで、家具も家についていたものだ。これらは偽りの人格の表面に精巧に積み重ねられた装飾にすぎない。寝室のクローゼットにぎっしり詰まった上等な服もそうだ。当人の真の姿を知る手がかりはひとつもない。

書き物机の脇のくずかごに、赤茶色のしみで汚れたティッシュペーパーがくしゃくしゃに丸めて捨ててあった。乾いた血だろうか？　間近でよく見ると、個性的な朽葉色の口紅だとわかった。つける者を選ぶ色だが、フィリッパ・ケインなら似合いそうだ。彼女は今朝もこれと同じ色の口紅をつけていた。なんの証拠にもならないが、示唆に富んでいる。エイモスの暮らしは友人たちが思っていたほど寂しくはなかったのだ。

ベイジルはキッチンをざっと調べた。エイモスは食道楽ではなかったようだ。冷凍品であれ生鮮品であれ、珍しい食料は見あたらなかった。朝食は卵とベーコンで、夕食はソースも薬味も添えない肉か魚で済ませる男だったのだろう。食事の質に対する無関心はパンとコーヒーの選択にはっきり表われていた。エイモスの国籍については疑いの余地がない。もっとおいしい物がスーパーマーケットでも手に入るのに、ブラジル産のコーヒーを飲んで干からびたパンを食べるのはアメリカ人だけだ。

家のなかはベイジルが予想していた以上に物質的な手がかりに乏しかった。ほかに期待できそうな捜索場所はふたつだけ——机のなかの書類と書棚の本である。

居間の立派な本棚には、エイモスの過去四年間の著作がずらりと並んでいた。けばけばしい表紙のペイパーバック、ブッククラブ版、重版分。ほかには少量の書簡と、大量の書評や広告の切り抜きを日付順に整理したスクラップブック。

机の一番上の抽斗は整然としていて、めぼしいものは見つからなかった。タイプ用紙、カーボン紙、大小の封筒、ペン、鉛筆、消しゴム、支払済みと未払いの請求書、銀行の預金通知、所得税記録、小切手帳。二番目の抽斗には厚紙でできたフォルダがしまってあり、〝契約書〟とラベルがついたのと、〝書簡〟とラベルがついたのがあった。三番目の抽斗には、ホチキス留めされた四百二十一枚のカーボン複写による写し原稿が青い厚紙フォルダにおさまっており、エイモス自身の手書き文字でこう記されていた。

小説『地の果て』　エイモス・コットル作

ガスとトニーが言っていた次の作品にちがいない。インクや鉛筆による修正はどこにも入っていない。印刷所用や校正者用でないことは明らかだ。タイピストに仕上げてもらったばかりなのだろう。あるいはエイモスが自分でタイプしたのだろうか？

三番目の抽斗にはほかにもフォルダがあり、既刊本の写し原稿と、放映日が入ったテレビ番組の台本の写しがぎゅうぎゅうに詰まっていた。最新の台本は来年一月の放送予定分だ。番組は夏の改編期の七月と八月を飛ばして三十九週にわたって続く予定だった。

おかしいな。まだ下書き段階だという長篇はどこだ？　それから執筆ノートや未発表の短篇は？

ベイジルは最初に書簡から手をつけた。ガスかトニーかテレビ番組に関わる広告代理店からのビジネスレターだとすぐにわかった。エイモスが個人的な手紙を受け取っていたとすれば、返信を書いた直後に破棄したにちがいない。記憶のない男は感傷的にはならないものだ。そういう感情はおもに記憶の産物であり、歳月を重ねるごとに増えていき、〝はかなき人の世の哀れに涙する（ウェルギリウスの『アエネイス』より）〟のである。だがエイモスは子供か動物のように、大人の情緒とはほとんど無縁だったはずだ。

書簡の入っているフォルダを一番下の抽斗へ戻そうとして、ベイジルは初めて本物の発見に行き当たった。

その抽斗は大きく開けようとすると少し引っかかった。前後になめらかに動くよう溝がつけられた側板に、なにかはさまっているらしい。外からでは見えないので指で探ると、なにか触れたので引っ張りだした。くたびれて表面がひび割れた蛇革の小さな財布だった。まだらに色あせて、くすんだ黄褐色になっている。口金をはずすと、黄ばんだ薄紙にくるまれた物が入っていた。薄紙を慎重に開くと、幅が広くて地味な金の結婚指輪が出てきた。内側に〝A・SからG・Mへ　6―10―48〟と彫ってある。ほかに美しいまっすぐな茶色の髪がひと房、白い綿糸で束ねてあった。髪は光を受けて明るい薄茶色になり、ブロンズ色がかった玉虫色にきらめいた。染めた髪にはない色調だ。細くてつややかなので、若い娘か子供の髪だろう。小さな財布にはもうひとつ入っていた。使い古された金の指ぬきだ。縁にはピンクとブルーに彩色された忘れな草の浮き彫り模様がついている。さらに縁の金の部分に凝った書体で〝G〟の一文字が刻まれている。ゲートルード？　グレイス？　グロリア？　グレタ？　グレチェン？　グリゼルダ？　ジョージアーナ？　ギルダ？　ガーネット？　もしかしてベイジル自身にとって深い関わりのある名前、ギゼラ？

ベイジルはその三つの物を見つめたまま、長いこと立ちつくした。女性の指輪、女性の指ぬき、そして女性のものらしき髪。女性が結婚指輪を手放すのはいつだ？　死んだときか離婚したときのどちらかだ。しかし夫が離婚した妻の結婚指輪を、彼女の髪と一緒に後生大事にしまっておくだろうか？

この家の前の住人のものか？　いや、それはまずないだろう。こういう物をわざわざとっておくような者が、家を売却する際にうっかり忘れていくとは考えにくい。よってこれらはエイモスのものだ。彼はその品々の意味することがわかっていたのだろうか？　記憶を伴わない感傷は心理学的には不合理だが、こういう小物を保管しようと思う理由は感傷以外にもある。彼はなくした自己につながる唯一の手がかりとして、とっておくことにしたのだろう。おそらく頭部を負傷して道端をさまよっているのを発見された際、本人が身につけていたものなのだ。それを警察が見つけて捜査に用いたが、彼の身元確認が完全に行き詰まったため本人に返却したのだろう。これらは失われた過去を生々しいものに思わせるから、エイモスとクリントン医師がトニーやガスに内緒にするのは当然だ。もしトニーがこれを見たら、危なっかしい不可解な人物が書いた本の出版に尻込みしたかもしれない。いつなんどき爆発するかわからない、時限爆弾のごとき過去を持つ男だと思っただろうから。

ガラスドアをこんこん叩く音に、ベイジルは我に返った。財布とそこに入っていた小物類を自分のポケットにしまった。

エメット・エイヴァリーがガラスの向こう側に立ち、薄れかけた陽射しの逆光で影絵になっている。ベイジルは部屋を横切って彼をなかへ入れた。

「ここが敵の要塞か！」エメットの冷たい灰色の目があからさまな好奇心を浮かべて居間を見渡したあと、エイモスの未刊作の写し原稿に吸い寄せられた。「コットルの遺作ですか？」

ベイジルはうなずいた。「ほかに長篇の下書き原稿が一本と執筆ノート、それから短篇もいくつかあるはずなんですが、まだ見つかりません」

「〝死者を鞭打つな〟か……」エメットはため息をついた。「死者には胸くそ悪いほど遠慮しなきゃならない。そこが死んだ作家にとっての強みですよ……駅でトニーとレッピーにばったり会いましてね。エイモスの家へ行くと言ったら、二人ともいたく興味をそそられてましたよ。

目的を訊かれたんですが、ぼくもなにも知らされてないから、答えようがなかった。ウィリング博士、ぼくはどうしてここへ呼ばれたんです？　容疑者としてですか？　それとも異議申立人としてですか？」

「どちらでもありません。専門家の鑑定人としてです。トニー・ケインの話では、あなたのお父上は出版関係者専門の公認会計士で、業界の誰よりも契約に詳しく、あなた自身も文芸批評家になる前はお父上の事務所に勤めていたそうですね。そこで、ここにある手紙を読んでいただき、率直な感想をお聞かせ願いたいのです。どうぞおかけください」

エメットは別の安楽椅子に腰かけ、ベイジルに渡されたスクラップブックの最初のページを一瞥した。そのあと俄然興味が湧いた様子で声に出して読み始めた。それぞれの語句にこめられた意味を堪能するような名調子だった。

一九五二年一月十四日

ダニエル・サットン出版社
ニューヨーク州ニューヨーク市十六丁目四番街256A

エイモス・コットル様
ニューヨーク州ストラットフィールド、ウィロウ荘

拝啓

小社は貴殿の『戦場』をぜひ出版させていただきたく存じます。ただしこのままでは全体的に長すぎますし、小社の下読み係、スーザン・グレイの意見を尊重してタイトルももっと売れそうなものに変えるべきと考えます。そのほか、見直しをご検討いただきたい箇所が多多ありますので、下記をご参照ください。

まず第十章は丸ごと削除。第八章は日本人軍曹の視点で書かれていますが、第二章で戦死するアメリカ兵の視点に変更。彼の死を第十四章まで延期し、それまでは生きた人間として登場させるのはさして難しくないはずです。それから、深南部出身者を作品の中盤あたりで一人登場させたい。作中のアメリカ兵は全員が北部か東部か西部の出身です。ここに南部の人間を一人加えれば、メイソン・ディクソン線（アメリカ合衆国の北部と南部を隔てる境界）以南での売れ行きが伸びるでしょう。登場人物を一人増やして、兵士の数をきりのいい一ダースにするのは比較的容易な作業のはずです。さらにもう一点。この物語に出てくるアメリカ戦闘員を歩兵ではなく海兵にしたほうが新鮮でしょう。昨今、歩兵隊がらみの戦争小説は数多く出まわっていますが、海兵隊のものはひとつも見あたりません。こうした変更にご異存はおありですか？

もちろん、最終的な判断は著者にゆだねられるわけですが、ダニエル・サットン社一同、海兵隊の小説にとって機は熟したと考えております。

以上の点について修正版を六日以内にご用意いただければ、小社の春の出版目録にひとつだけ空きが残っておりますので、そこに間に合わせることができるでしょう。この機会を逸すると、刊行は丸一年延びることになり、作品の時宜性が薄れはしないかと危惧いたす次第です。　敬具

編集部アントニー・ケイン

写し送付先：オーガスタス・ヴィージー社

一九五二年一月二十日

拝啓
出版目録の空席はまだ貴殿のためにとってありますが、一両日中に決定を下さねばなりません。修正版はいつ仕上がりますか？　敬具
アントニー・ケイン

シュウセイバン　モウシブンナシ　ヴィージー　ト　ケイヤク　ニ　カンシ　キョウギチュウ　トニー・ケイン

一九五二年二月二日

エイモス・コットル様
ニューヨーク州ストラットフィールド、ウィロウ荘

親愛なるエイモスへ

ダニエル・サットン社のトニー・ケインと昨日、『退却命令なし』のタイトルに決まったきみの本の契約について話し合った。契約書を三部同封するのですべてに署名し、一部はきみのところで保管、二部は当方に返送してほしい。

条項6Bの、ダニエル・サットン社が全二次使用権料の五十パーセントを受け取るという内容にはどうしても納得がいかなかったので、トニー・ケインと交渉に交渉を重ねたが、向こうは頑として譲らなかった。彼の挙げた根拠は次のとおりだ。デビュー作は賭博と同じであること、大々的な宣伝活動を計画していること、戦争以降生産コストの上昇で経営が苦しく、二次使用権の取り分を増やさないと会社がもたないこと。また、出版業者がきみの作品のような売れる本で儲けられないなら、芸術性の高い売れない本を出す体力がなくなり、ひいてはアメリカ文学の衰退につながるだろう、とも主張した。要するにトニーは、大衆的なベストセラー小説が、難解だが高度な作品を刊行するうえでの経済的負担を補うべきと考え

ているわけだ。しかしそれはベストセラー作家にとってあまりに酷じゃないかとぼくが反論すると、トニーはそれもそうだと潔く認めた。そして、五十パーセントの二次使用権と引き換えに、イタリア語版とフィンランド語版の権利はすべてきみが有するとの追加条項を提案したよ！　ぼくはこれを先方の大いなる譲歩と評価した。きみもこれに同意し、契約書に速やかに署名してくれることを願う。

メグもぼくも心からきみの幸福を祈る

ガスより

追伸・最終条項はエージェント権に関するもので、当契約から派生するあらゆる問題についてぼくがきみの代理人を務め、その報酬として二十五パーセントの手数料を受け取ることが定められている。この数字は普通より若干高めだが、きみに代わって立て替えた原稿タイプ代が入っている。それから西海岸への長距離電話代、ヨーロッパへの電報代、ハリウッドとロンドンとパリのエージェントへ支払う手数料などの諸経費も含む。内訳を記した請求書をその都度きみに送ってもいいが、二十五パーセントの手数料にまとめたほうが長期的に見れば有利で、われわれ双方の帳簿を簡略化するうえでも役立つだろう。

G・V

エメットは残忍な笑いを浮かべてスクラップブックを置いた。「へえ、驚いたな！」彼は悪意たっぷりに喜んだ。「てっきりサットン&ケイン社はまっとうな出版社だと思ってたよ!」

「今はそうは思わないと?」

エメットは真面目くさった顔になった。

「名誉毀損で訴えられる心配がなければ、最低最悪のペテン師野郎どもと呼びたいね。トニー・ケインは抜け目ない策士だ。だがガス・ヴィージーはもっとずる賢い。二十五パーセントのエージェント料で双方の帳簿を簡略化する? なんて勝手な言いぐさだ! 長期的に見れば有利? 誰にとってだよ。この主張を正当化しようと思ったら、四年間毎日欠かさずハリウッドへ長距離電話をかけないといけない。契約書を見せてもらえますか?」

ベイジルは契約書を手渡した。エメットは悪趣味なユーモア雑誌でも読んでいるようにときおりくすくす笑いながら、契約書に目を通した。「コットルはアメリカ作家協会の契約を知らなかったのかな……満期条項がどこにもなくて、二作目、三作目も同条件で履行する選択権がついてる。映画やテレビの映像権がまだなかった五十年前の契約みたいだ。婚姻と同様、終わりのない無期限の奴隷契約となんら変わりない……印税は実売に応じた上乗せもなく、ペイパーバックの定価の十パーセントか……初版、重版、要約権、新聞雑誌掲載権、映画化権、テレビ化権、海外販売権、さらにはイタリア語とフィンランド語以外の翻訳出版権も五十パーセントがトニーに行く……まさに金脈だな! エイモス・コットルを殺したのが誰であれ、トニー・ケインとガス・ヴィージーでないことは確かですよ!」

「つまり、これは例外的な契約ということですね? 今の商慣行にはあてはまらないと?」

「あてはまるもんですか！　昔ならば、デビュー作を出版してもらうためなら著者はどんな不利な条件でものんだから、そこにつけこんだ出版業者もいたでしょう。しかし現在ではありえない。それにたとえ昔でも、エージェントの手数料は十パーセントが普通でしたよ。ガス・ヴィージーがその二倍以上もせしめるにはそれ相応の根拠が必要だ。ところが実際はどうです？　彼は手紙のなかで正当な根拠をなにひとつ示していない。二十五パーセントだったら、彼の挙げた諸経費なんか一年やそこらで軽く超えますよ。なにやらうさん臭いですね。それと、もうひとつ気になる点が。エイモスが商業的に成功したあと、ガスはエイモスにもっと有利な契約に変更するようトニーを説得してしかるべきです。ところがそんな経緯はどこにも見あたらない。時代遅れな奴隷契約が、同条件選択権をいいことに延々と継続されるがままにしている。この理由として考えられるのはただひとつ、ガスの通常より十五パーセント多い手数料はトニーの案だからでしょう。自分が映画やテレビの権利を半分もらう契約にエイモスを同意させる謝礼としての。なんてあくどいんだ！　もし本当にそうなら、ガスは依頼人の金を着服する悪質エージェントで、トニーは紛れもない詐欺師じゃないか」

「エイモスはだまされていたと気づいて、反抗したのかもしれませんね。だとすれば、それは殺人の動機になりうるでしょうか？」

エメットは沈思黙考のあとに答えた。「なりませんね。ガスやトニーを違法行為で訴えるのは無理です。べつに出版エージェントの手数料は十パーセントと法律で定められてるわけじゃないですから。それに、トニーが賄賂をつかってガスに依頼人を裏切らせたことをエイモスはどう証明するんです？　まあ、二人の不正の噂が業界に広まれば、長期的には事業に多大な損害を被るでしょうが、それはあくまで最悪の場合です。未然にそれを防ぐために、ご両人が殺人まで犯すとは思えません。今の彼らは裕福です。もう仕事を続ける必要がないくらいに。もちろんエイモスが自分の不利益に気づけば、エージェントと出版業者を乗り換えようとするかもしれません。しかしその場合も、満期条項なしの契約を破棄するにはかなりすご腕の弁護士が必要です。エイモスがそれまでの契約について口外しないことを条件に、トニーがあこぎなやり方を自主的にやめてくれれば話は早いでしょうが。エイモスの今後の作品を扱えなくなるのは、ガスとトニーにとって経済的に痛手です。しかし金の卵を産まなくなった鵞鳥を殺しても、将来の利益を守れるわけじゃありません」

「本当に金の卵を産む鵞鳥だったんでしょうか？　個人的な好き嫌いは別にして、エイモス・コットルは作家としてどの程度の実力なんですか？」

「なぜレッピーに訊かないんです？」

「別の意見がほしいのです。反対意見を」

エイヴァリーは煙草に火をつけた。「では正直に言いましょう。昨日の《トリビューン》の書評は少々頭でっかちだったと自分でも思います。しかしエイモス・コットルが偉大な作家どころか、秀でた作家ですらないという見解に変わりはありません」

「では、なぜこんなに売れるんでしょう？」

エイヴァリーは肩をすくめた。「それがわかれば出版業で大儲けできますよ。だが実際には財を成した出版社はほんのひと握りです。本が売れる本当の理由は誰にもわからないからです。売れ行きは時と場所によって全然ちがってくるんですよ。たとえば『ジキル博士とハイド氏』はクリスマス時期に出した初版はさっぱり売れませんでした。ところが数ヶ月後に出し直したところ、たちまち評判になり、R・L・スティーヴンスンは一躍有名になりました。

ほかの業界ならば、質を判断するうえでなんらかの尺度があります。たとえば鉄鋼地金や歯磨き剤の製造業者は、一定の品質基準を満たし、なおかつ市場に鉄鋼や歯磨き剤の需要があるなら、製品は売れると事前に予測できます。よって生産コストがかさみすぎなければ、利潤を得られると確信できるわけです。ところが出版業者はそうはいかない。出発点から、つまり原稿の出版可否を決めるときから、出版業者自身と読者の好みや気分に大きく左右されます。わかりやすさなどもはや判断基準にはなりません。今は難解なのがもてはやされますから。よって芸術的成功はある程度確信できても、商業的成功はもっと微妙で予測不能です。高尚《ハイブラウ》な小説には文学上の様式がありますが、通俗的《ロウブラウ》な小説にはそれさえありません」

エイヴァリーが煙草の煙を長々と吐きだすと、今度はベイジルが口を開いた。「あなたのようなコットルと対立する人に、彼の成功について分析してもらえるとありがたいのですが」

エイヴァリーの顔に残忍な笑みが戻った。「大衆小説というのは、前の時代の主流文学の亜流と相場が決まっています。三番街が二年遅れでパリをまねるのと同じですよ。ただし小説のほうは三十年近い文化のずれがありますけどね。

エイモスはたまたま、大衆小説が二〇年代の主流小説の技巧を踏襲する時期に現われたんです。すなわち文体は支離滅裂で主観的だが、不可解ではない。雰囲気は官能的で情緒的だが、ありきたりの官能と情緒だから深みはない。大衆作家は知的要素に肝胆を砕く必要はないので、それが欠如した新しい装いをまとう大衆作家はフロイト流象徴主義にぴったりあてはまったんです。ただし賢明にもフロイト流象徴主義はもっぱらハイブラウな文学に任せ、暴力と貧困と野蛮性とセックスの描写だけはハイブラウな文学並みに自在に使いこなす。会話文はそんなにくだけてはいないが口語体。大衆作家にとって真の改革はプロットの放棄なわけですが、それは作家と読者に多大な心理的苦痛を与えます。プロットはこれまでずっと大衆作家を支える屋台骨でしたからね。しかし心理学用語でいうところの適応を、彼らは見事に成し遂げました。テレビと高級雑誌でさえ、一九二五年に文学界の第一人者たちがやったように、プロットを捨てて雰囲気を優先しています。よって現在ではプロットはミステリ小説以外の場では無作法と見なされ、そのジャンルは保守的な作家にとって最後の砦になっています。

偉大でも普遍的でもないという点で、エイモスは今の時代の典型的な大衆作家です。フォークナーのロウブラウ版、いや、少しお利口なミッキー・スピレインのほうが近いな。さて、ここで興味深い疑問がひとつあります。毎年エイモスと同じタイプの作家が一ダース以上現われ、ぱっとしないまま半年も経たずに忘れられていくのに、なぜエイモスだけ大成功したのか」

「宣伝の効果でしょうか?」ベイジルが言った。

「惜しい。宣伝で本は売れませんが、映画は売れます。そして映画が本を売ってくれるんです。主客転倒ですね。『退却』は宣伝の甲斐あって刊行前にハリウッドの映画会社に権利が売れました。そうなれば、原作の商業的成功は約束されたも同然です。成功は雪だるま式にふくらみ、エイモスが同傾向の作品を定期的に書いていけば、あとは黙っていても売れます。これがエイモス・コットルの成功の秘密です。要は生産性なんですよ。彼は過去四年間、一年に一冊ずつ、同レベルで同スケールの作品をたゆまず出し続けました。エイモスにあって、似たようなほかの作家にないもの——それは駄作の執筆における桁外れの、ほとんど超人的な生産力です。彼の作品の重量と枚数にはただただ圧倒されます。彼はテレビ番組を持ち、製本協会の賞を授与されるまでになりました。あの図抜けた多作さに、指導役のトニーやガスが加わって、向かうところ敵なしだったわけです。

だからぼくは彼の作品が嫌いなんです。薄っぺらさといんちきは大嫌いなんです。エイモスはたとえ無意識にせよ、大量生産だけで名声をつかんだわけですから、薄っぺらでいんちきです。しかもそれによって富を築いた。ぼくの収入なんか週にせいぜい百五十ドルで、それ以上増える見込みはありません。過去三十年間の流行小説のパスティーシュ、いうなれば寄せ集めを、年に一本のペースで書き続ける才など持ち合わせていませんからね。たとえできたとしても、やるもんですか！」

「頭の良さそうなレプトンが、なぜエイモスにあれほど心酔しているんでしょう？」

エイヴァリーは再びにやりとした。「同業者としてのやっかみかもしれませんが、レッピーは批評家と作家のちがいこそあれ、エイモスと同類でしょう。レッピーの書評は過去三十年間の売れっ子批評家の寄せ集めで、しかも彼のいんちきは無意識の結果とは思えません。レッピーはひどい皮肉屋です。ほとんどの本をこきおろして喜び、それを自分の書評の売りにしています。しかし彼は抜け目ないですから、出る本をことごとくけなすようなことはしません。もしかしたら、《パブリッシャーズ・ウィークリー》の春の刊行目録に、目をつぶって針を刺しているかもしれない。偶然針が刺さったところの小説が、その季節にレッピーがほめそやす作品になるわけです。その作家がエイモスのように売れれば、レッピーは彼にしがみついてほめ続ける。逆に作家が書くのを怠けるか、人気が落ちるかしたら、さっさと見限る。あの作家は当初の約束を果たさなかったとかなんとか書評でちくりとやって。

おっ、このスクラップブックはなかなかいいぞ！」エイヴァリーがページをぱらぱらめくった。「エイモスは自分の作品に関する書評を、ほめているのもけなしているのも残らず貼っておいたようだ。ガスからのメッセージが添えてある。読んでみます。

エイモスへ
この書評は次週の《シカゴ・トリビューン》に掲載される。よかったじゃないか。
ガスより

『退却命令なし』エイモス・コットル作、ダニエル・サットン出版社、三ドル七十五セント
マーク・キターリッジ評

さあさあ、新人作家の登場だ！　取り柄がないことはない。コットルは戦時中に人々がな

めさせられた辛酸のむなしさを鋭利な感覚で描きだしている。戦闘シーンでは、弾丸に対する直観的な恐怖を鮮烈なフラッシュバックで表わしている。

だが全体的に冗長で、しごく退屈だ。(〝すばらしいが、つまらない〟はキターリッジのお決まりの逃げ口上だ。あいつはそうやっていつもうやむやにする!)フラッシュバックによって、読み手は出征前の海兵一人一人の人生をかいま見るわけだが、戦闘シーンにくらべると精彩に欠ける。コットルは現代のその他大勢の作家と同様、映画化がねらいなのかと邪推したくなる。物語の統一性と品位がぶち壊しになるにもかかわらず、気の抜けた場ちがいなラブシーンやポルノまがいのエピソードをはさんで、民間人の生活をあざとくちらつかせているからである。

登場人物の海兵たちの出身地はまんべんなく散らばっており、読者の郷土愛におもねる計算ずくの商業主義を感じずにはいられない。また『退却命令なし』というタイトルは不適当。兵士たちは最後に退却しようとしたが、すぐ後ろは太平洋でどうにも動きが取れなかっただけだ。もっとインパクトがあってシンプルなタイトル、たとえば『戦場』とでもすべきだった。それから海兵隊のような少数精鋭部隊ではなく歩兵隊を登場させたほうが、はるかに幅広い人々の興味を引きつける。さらに、日本兵の視点で語られるシーンがひとつでもあれば、現在は日本が共産主義と闘うわが国の同盟国であるという事実により即したであろう。軍曹が腹を撃たれるシーンはやや悪趣味と言わざるをえない。小説中の戦争は食欲を減退させるほどむごたらしく描く必要はないはずだ。兵士の不敬で卑猥な言葉づかいも、一九一七年に陸軍に所属していた一書評子の意見からすると、あまりに誇張されすぎている。（へえ、キットがそんなに歳を食っていたとは知らなかった！）

ベイジルはアリスが鏡の向こうに見つけた奇妙なさかさまの世界へ迷いこんだ気がした。

「そんなに酷評されているのに、ガス・ヴィージーはなぜエイモスが喜ぶと考えたんだろう」

「エージェントというのは、批評家に長々と取りあげてもらえば作家は満足だと思いこんでるんでしょう」

エイヴァリーが意見を述べる。「内容がどんなに辛辣でもね。それに、デビュー作の書評にしては甘口ですよ。ほら、トニーのところの宣伝係がこれを利用しています」

エイヴァリーはベイジルに向かってスクラップブックを掲げ、次のページを見せた。

ページいっぱいに、新聞から切り抜いた半面広告が貼りつけてあった。椰子の木陰でらっぱを吹く海兵隊の大柄ならっぱ手と、指先から血のしたたる両手で腹をおさえている、ぼろ服の小柄な顎髭の男の写真だ。

写真の下に太字でこう書いてある。

『退却命令なし』
エイモス・コットル著
ダニエル・サットン出版社　三ドル七十五セント
〝さあさあ、登場！〟マーク・キターリッジ評《シカゴ・トリビューン》エイヴァリーがページをめくり、ベイジルに次の広告を見せた。

キャタマウント映画会社が自信を持って贈る
〝完全無欠の映画〟
とてつもなくすばらしい驚異的作品！
スペンサー・トレイシーとリタ・ヘイワース主演
世界最大のワイドスクリーンに堂々登場

『退却命令なし』
脚本：レン・ガムルート
（原作：エイモス・コットル）

アメリカ海兵への愛に散りゆく美しき日本の芸者！
地獄の猛火へと出航する海兵から最後の一ドルまでむしり取る、サンディエゴ波止場の妖艶な毒婦！
慈悲深き従軍神父（スペンサー・トレイシー演）が無神論者、プロテスタント、ユダヤ教徒に終油の秘蹟！

戦闘機、戦車、ナパーム弾！　世代を超えて、全アメリカ国民の心を揺さぶる！

〝ポルノ風エピソードも〟マーク・キターリッジ評《シカゴ・トリビューン》
今夜八時開演。明日は午後一時から。於ピンチベック劇場、入場料は二ドル九十五セント、二ドル四十五セント、一ドル九十セント、一ドル五十セント……

「ナパーム弾の本格的な使用は朝鮮戦争からですよ」エイヴァリーが言った。「まったくハリウッドの連中はいいかげんだな」

その広告には地獄絵さながらのイラストが添えられ、輪になったどす黒い炎がもがき苦しむ人々をのみこんでいる。

ベイジルが突然振り向いた。「気のせいかもしれないが——焦げくさくないですか？」

エイヴァリーはスクラップブックを置いた。「そういえば、たしかに」

二人は室内を見まわした。空は暗かった。完全な夜空ではないが、庭に面した大きなガラスドアからは、そこに映っている彼ら自身の姿しか見えない。

「やっぱり気のせいでしょう」エイヴァリーが言った。

「いや、そうじゃない」ベイジルは立ちあがった。「あれを見てください」

エイヴァリーは寝室に通じる開いたドアを振り向いた。細い煙がひとすじ、床板の割れ目から立ちのぼっている。

「こういう家の地下室のドアはどこにあるんですか？」ベイジルが訊いた。

「たぶんキッチンでしょう」

ベイジルが先頭を切って走った。キッチンには出入口が二箇所あった。エイヴァリーが一方のドアを開けると、向こうは空気がきりっと冷えた冬の夜だった。ベイジルはもう一方のドアに飛びついた。ドアは開いたとたん閉じられたが、エイヴァリーの目は真っ赤な炎が吐きだす黒煙を一瞬とらえた。

「消防署に通報してください。そのあと一緒にエイモス・コットルの書類をここから運びだしましょう」

エイヴァリーは寝室の電話へ走り、ベイジルはファイリング・キャビネットの抽斗を次々に開けた。既刊作品の写し原稿ばかりだった。

エイヴァリーはおびえた様子で戻ってきた。「コットルの書類なんかにかまってる場合じゃありませんよ。寝室は床一面火の海で、煙がここまで来ています」

「どうぞ避難してください」ベイジルは言った。「わたしはぎりぎりまでやります」

「なにをばかなことを!」エイヴァリーが叫ぶ。「未発表の原稿や契約書ならトニーかガスのところにも写しがありますよ」

「トニーとガスが出版したがっている遺作の下書きや短篇や執筆ノートはどうするんです!」

「あなたには関係ないでしょう。サットン&ケイン社の株主じゃあるまいし。もうじきここにも火がまわりますよ!」

彼の言うとおりだった。ベイジルは靴底に床の熱を感じた。煙は噴きだしても渦巻いてもいないが、じりじりと室内に広がっていく。床の割れ目からゆっくりと侵入して、室内の空気とまざり合おうとしている。目がひりひりする。鼻と喉がつんとする。息苦しくて、窒息しそうだ。

ベイジルは最後にもう一度部屋を見渡した。机とファイリング・キャビネットを探したが、徒労に終わった。小説家は下書き原稿をどこにしまうものなんだ？　そのとき、メグ・ヴィージーの言葉をぼんやりと思い出した。夫のガスはテレビ番組の台本をキッチンのサラダボウルに入れておくとかなんとか言っていた。

突然、音もなく、炎の邪悪な舌が床下から這いのぼってナイロンのメッシュカーテンの端に燃え移った。閃光とため息のような音とともに、カーテンは炎に包まれた。

エイヴァリーはガラスドアへ突進した。ベイジルもそれに続いた。

間一髪だった。彼らが芝生に飛びだしたとたん、家の窓という窓がすべて真っ赤に燃えあがった。二人はひりひりする肺に新鮮な戸外の空気を吸いこみ、その冷たさをありがたく思った。

エイヴァリーはベイジルを鋭く見やった。「これは事故でしょうか？」

「いいえ……」ベイジルはつぶやくように言った。「わたしはエイモスの未刊作品を調べに午後ここへ来るとガスとトニーに話しました」

「ぼくはトニーとレッピーにここであなたと会う約束だと言いました」エイヴァリーがつけ加える。「なるほど、一石二鳥というわけですね。ぼくら二人をまとめて始末するつもりだったんだ」

「いや、そうではないでしょう。誰のしわざかはわからないが、わたしたちが逃げ遅れずに助かることは予想したはずです」

「じゃあ、目的はいったいなんです？」

「わたしたちに見つけてもらいたくないが、動かすわけにはいかない物がこの家にあったんでしょう」

「たとえば？」

「エイモス・コットルの下書き原稿や執筆ノート、あるいはこういう物です」ベイジルはポケットに手を突っこみ、エイモスの机の抽斗で発見した思い出の品々を取りだした。彫刻と細かいくぼみがうがたれた金色の指ぬきが、赤い炎にあかあかと照らしだされた。

「それならいつでも持ちだせたはずですから」エイヴァリーが言う。「原稿のほうでしょうね」

「発見できなければ持ちだせませんよ」ベイジルが指摘する。「これらは抽斗の溝に引っかかっていた小さな財布から出てきました。慌てて探したら見つからないでしょう。現にわたしは下書き原稿のありかがわかりませんでした。原稿が家のどこかにあると知っていながら見つけられなかった人物が、地下室に発火装置を取りつけていったのではないでしょうか。誰にも読まれないよう、家もろとも燃やしてしまうために」

「エイモスの原稿や誰かの古い指ぬきだの指輪だのを、あなたに見つけられて困る者がいるんですかね」

ベイジルは考えながら独り言のようにつぶやいた。「もしかすると、正反対の目的で放火したのかもしれない。もっと意外な理由で」

「正反対？　見当もつきませんが」エイヴァリーが言った。

「無理もないでしょう。しかしわたしは、あなたのさっきの言葉ではたと思い当たったのです」

「えっ？　ぼくがなんて言いました？」

ベイジルが返事をためらっていると、消防車がけたたましいサイレンを鳴らしながら、猛然と私道へ入ってきた。

第十章

ヴィーラが火曜の朝に目覚めたとき、空はまたしても灰色だった。陰気な天気をはね飛ばす気力はなかった。自分を苦しめるために自然が仕組んだ悪だくみのように感じながら、窓の外の荒涼たる風景をぼんやり眺めた。ホテルの豪華な寝室にはなんの感慨も湧かない。だがこの三年間、贅沢な暮らしを当たり前のものと思ってきたから、それを失うつもりは毛頭ない。

彼女は細く筋張った、くたびれた感じの足で、派手な駝鳥の羽根飾りがついたサテンのミュールをつっかけた。レースの寝間着の上に、毛皮の縁取りのある淡青色のつやつやしたサテンのガウンをはおり、ルームサービスに電話してオレンジジュースとコーヒーを頼んだ。

スイートルームの居間へ入ってテレビのスイッチをつけると、チャンネル5の十一時のニュースが始まっていた。

「……エイモス・コットル事件に新たな展開です。コネチカット州ウェストンにあるコットル氏の豪邸が昨夕、火事で全焼しました。ニューヨーク州地方検事局の精神医学顧問ベイジル・ウィリング博士と、有名な文芸批評家エメット・エイヴァリー氏が外へ持ちだした少量の書類を除き、家財は残らず燃えつきた模様です。コネチカット州警察は放火である確証をつかんだものの、犯人の特定には至っていません。次に株式市況をお伝えします。始値は……」

ヴィーラはテレビを消し、椅子に座って考えこんだ。あの家は少なくとも五万ドルの資産価値はあったはずだ。火災保険はたっぷりかけてあるにちがいないが、放火の場合でも保険金はおりるんだろうか？　自分はどうすれば……

電話が鳴った。

「あら、サム。そろそろ電話がある頃だと思ってたわ！　すぐに上がってきて。ちょうどコーヒーを飲むところなの」

サムとボーイが同時にやって来た。サムはボーイが車輪つきのテーブルを居間へ運び入れるあいだ、脇に立って待っていた。近頃のボーイはだいたいそうだが、このボーイも慇懃無礼で横柄な態度だった。不敵な目つきでヴィーラとサムをじろじろ眺め、二人の年齢や懐具合、社会的地位、隠し事などを探って一覧表にまとめているかのようだ。ヴィーラが少額のチップを渡して、サムの分のカップも持ってくるよう言いつけると、ボーイの態度から慇懃さが消えて無礼だけになった。サムは誰からも好かれたいと願う気の毒な性格なため、いたたまれなくなって折りたたんだ紙幣をボーイの手に握らせた。

ヴィーラはテーブルの前に腰をおろし、コーヒーを注いだ。ひとつきりのカップを自分用にするところに彼女の性格が表われている。サムはボーイがもうひとつカップを持ってくるまで待たなければならないし、サムがチップをはずまなければ、ボーイは二度と戻ってこなかっただろう。さりげないとっさの行動が即座に報いられるのはまれである。サムはその教訓を胸に深々と刻みつけた。

ボーイは急がなかったので、追加のカップが届いたときにはコーヒーはすでに冷めていた。香りを失ったまずいコーヒーを飲むサムに、ヴィーラは不満や愚痴を延々とぶつけた。サムは丸々太って頭がはげあがり、浅黒く日に焼け、まぶたの垂れた落ちくぼんだ目は古風な不変の悲しみを漂わせている。賢そうな鋭いまなざしの持ち主だが、幸福を招く賢さではなかった。ヴィーラですら、サムの目は多くの艱難を見てきたようだと感じていた。

「というわけなのよ」ヴィーラはコーヒーを飲み終え、真鍮色の髪をゆすって煙草に火をつけた。「トニーとガスでなにもかも取り仕切ろうとしてるの。自分たちは遺著管理者だからって。でも勝手なまねはさせないわ。エイモスの遺作を別のエージェントと出版社に任せるのは無理だとしても、あたしの正当な分け前は彼らからしっかり取り戻さなきゃ。ガスの取り分はエージェント料の十パーセントだけにして、トニーの取り分は二次使用権の十五パーセントに抑えたいわ。できれば十パーセントに減らしたいくらい。それから、エイモスの遺言状を見たいわ」

サムはため息をついた。「きみに必要なのは弁護士だよ、ベイビー。エージェントじゃなくてね」

ヴィーラがむきになる。「だって、あなた言ったじゃ……」

「いいかい、ベイビー、状況は変わったんだ。エイモスは死んだ。もし生きていれば、ぼくが彼をうまく説き伏せてエージェントと版元を変えさせることもできただろう。だがそうなった場合でも、既刊作品についてはあくまでエージェントはガス、出版業者はトニーだ。エージェントや版元と縁を切るのは離婚と同じなんだよ。未来は変わっても、過去は変わらない。わかるだろう？　つまり、今回のように夫が死んだ瞬間、彼の遺産はすべて凍結される。配分が確定するまではね」

ヴィーラはいきりたった。「あたしはお手上げってこと？」

「まあ、そういうことだ。トニーとガスはエイモスの受け取り分はきみに払うだろうが、それだけだ。エイモスが死んでしまった今、彼らとエイモスの契約を変更することはできない。死体は契約書に署名できないからね」

「悔しい！」ヴィーラは不機嫌な雌虎のようだった。「訴訟を起こして、あの二人からお金を巻きあげることはできないの？」

「訴訟を起こすのは自由だが、勝つかどうかは別の問題だな。なにを理由に訴えるつもりだい？」

「あなた、ガスの二十五パーセントとトニーの五十パーセントは取りすぎだって言ったじゃないの。強奪罪にできない？」

「立証は難しいね」サムはあきらめ顔で首を振った。

「じゃあ、トニーとガスが普通よりずっと高い金額を受け取るれっきとした理由があるわけ？　強奪罪じゃないなら、なんなのよ」

サムは肩をすくめた。「エイモスは実業家ではなかったからね。作家ってのは自分は実務に疎いと思いたがるんだよ。実務に疎いことが、あさましい商売人より上等な芸術家や紳士である証拠だと考えてる。だから、そこにつけこむ出版業者がいても不思議はない。しかもほとんどの作家は、処女作を刊行してもらえるなら、なんにだって署名するだろう。これは誘惑罪ではあっても強姦罪ではないんだ。エイモスは成人してたんだからね。そうだろう?」サムは自分のうまいたとえに酔いしれながら続ける。「処女作を出したがっている作家はまさしく処女のようなものだ。一方、出版業者のほうは老獪な女たらし。手練手管を身につけているうえ、作家がうぶな世間知らずだと見抜いている。しかも積極的なのは出版業者ではなく、作家のほうだ。出版業者は作家に対して責任を取る必要があるか? 全然ない。べつに無理強いしたわけじゃなく、軽く言い寄っただけだから。出版業者はみな、自分に有利な契約書を用意しておき、まずはそれで相手を誘う。作家かエージェントが世故に長けていたら、出版業者はペンを取って契約書の半分を棒線で消し、無理のない範囲で作家に利便を図る項目を書き入れる。出版業者のなかにはそういうことを平気でやる連中がいるんだ。ただし彼らは自分の価値をしっかりわかっている作家にはそれなりの敬意を払うだろう。女たらしってのは世慣れた女のことは大事に扱うんだよ。逆に間抜けでお人好しな新人作家はあくどい出版業者に簡単に引っかかり、あとになってだまされたと泣き言をいう。捨てられた生娘みたいにね。女たらしは特別な悪意や恨みはなく、だが敬意や思いやりもなく、清純な娘をもてあそんだわけだ。たぶんエイモスの場合もそういうことだったんだろう。ただ彼は通常より輪をかけて不運だった。エージェントまでが悪党だったからね」

「悪党?」ヴィーラが鋭く訊き返す。「ということは……」

「あくまでこの場合はだよ」サムが急いで言い直す。「エージェントの立場から考えてごらん。エージェントは仲介人だ。作家と出版業者の双方と良好な関係を築くことで生計を立てている。しかしそうはいっても、出版業者のほうがエージェントにとっては大事なんだ。通常、出版業者とのつきあいは作家とのつきあいよりはるかに長いからね。作家は売る本が一度に一冊ずつだが、エージェントは一ダース以上抱えている。同じ出版業者に後日もう一冊売りこむこともできるわけで……」

「でもエージェントの手数料を払うのは作家なのよ！」ヴィーラは不満げだ。

「そうだよ」サムは肩をすくめる。「だが出版業者に受けの良くないエージェントじゃ、作家にとって役に立たないだろう？　それにエージェントもしょせん人間だから、ベストセラー作家のためには好条件を勝ち取ろうと奮闘するが、新人作家のことは平気で安売りする。出版業者とベストセラー作家の作品について交渉する際、値打ちのない新人作家を抱き合わせで売りつけることもある」

「なぜガスはエイモスが売れっ子になってからも、もっといい条件を出版業者に要求しなかったの？」

「そんなことわからないよ。ガスに訊いてくれ」

「あたしが訊いたって、答えっこないわ。ガスはあたしを憎んでるもの。彼の奥さんもよ」

その言葉にサムは少しのあいだ考えこんだ。「やっぱり訴訟は勧められないな。根拠を探しだすのは無理だろう。だがどこかうさん臭いことは確かだ。親父がよく言ってたよ。〝こりゃなにか裏がありそうだな〟って」

「なにかってなに？　なんなの、サム？」

「わからない。だがこの契約は、きみの言うとおり全体的に変わってる。ガスもトニーも、エイモスをロボットかなにかみたいに操ってる感じだ。もちろんそれは本人に過去の記憶がないってことで説明がつくんだろう。エイモスは実際には存在しないから、誰かが彼の代わりに物事を動かすしかない。なんともけったいな状況だ！　エイモスが誰であれ、三十代か四十代の人間が、記憶をたった六年しかさかのぼれないとは。もっとも完全な記憶障害ではなく、子供のように学習したことはきちんと覚えられる——歩くこと、しゃべること、食べること、読むこと、書くことも。自分が誰なのかだけがわからない。それにしても解せないのは、どうして彼の素性を突き止められなかったかだ」

「調べ方がいいかげんだったんでしょ。ガスとトニーのことだから、きっと手を抜いたのよ」

「そうかもな」

「でもエイモスが殺されたとなれば、警察が身元を徹底的に調査するわ」

「きみにとってはあまり喜べない状況だろう、ベイビー。エイモスにはきみより前に妻がいたかもしれないんだから」

事態はこの先どう転ぶかわからないのだと再び思い知らされ、ヴィーラはたじろいだ。「サム、今すぐあたしのためにガスとトニーからなるべくたくさんしぼり取って。なにか起こってからじゃ遅いわ」

「やってみるよ」サムはあまり気乗りしない調子だ。「だが遺産の配分が確定して、焼けた家屋の保険金がおりるまで、しばらく時間がかかるだろう。それに弁護士はエイモスの素性を洗いだして、ほかに相続人がいないか確認するほうを優先したがるはずだ。警察はエイモスの記憶喪失に関して現時点では新聞発表を控えているようだが、それがいつまでも続くわけじゃない。殺人犯がなかなか挙がらなければ、弁護士はエイモスの身元について手がかりを得るためすべての事情を公表するだろう……それはそうと、妙な話だな。いったい誰がエイモスを殺したのかさっぱり見当がつかない」

「どういうこと？」

「まあ、きみではないはずだが」

「サム！　あたしがそんなこと……」

「するわけないさ。なんの得にもならないからね」サムが淡々と続ける。「それはケイン夫妻とヴィージー夫妻、それから例の批評家二人とピュージー親子も同じだ。エイモスを殺したって誰も得をしないどころか、大半の者は逆に損をする」

「殺人の動機はお金以外にもあるわ」

「たとえば？」

「憎悪、恐怖、恐喝……」ヴィーラはそこで口をつぐんだ。「ねえサム、ガスかトニーがエイモスの過去からなにかを掘りだして、それを種にエイモスをゆすってたとは考えられない？じかに現金を巻きあげる代わりに、エイモスの収入の大部分がエージェントと出版業者へ渡るような契約書を作って、恐喝を合法的で公正なものに見せかけたのよ」

「ありえない話じゃないな。しかし、それならなぜ彼を殺したんだ？」

「彼はむしり取られる一方の状態に嫌気がさしたのよ。それでガスとトニーに、いいかげんにしろ、もうどうなろうとかまうもんかって刃向かったんだわ」

サムはその意見をじっくり検討した。「なるほど、一理あるな。あの二人は遺著管理者だから、今後の二作については権利を持っているが、もしエイモスが生きていて、二人をお払い箱にしたら、その権利は失われる。とはいえエイモスが死んで、新作が将来出なくなってしまうと……」

「エイモスが二人をお払い箱にするつもりだったなら、どっちみち彼らは新作を扱えないわ。エイモスに生きていてもらっても意味がないでしょうね」

「彼は二人との契約を打ち切るつもりだったのかい？」

「いいえ、その気はなかったわ。でも空港で会ったときから、あたしがそうするように彼を口説いてたの」

「二人はそれを知ってたのかな」

「ケイン家の夕食会であたしがメグ・ヴィージーに話したわ。彼女からガスかトニーに伝わったかもしれない」

「しかしエイモスに毒を盛ったのが誰であれ、殺人計画を企てたのは夕食会より前のはずだ」

サムはゆっくりと立ちあがった。「なんだかこんがらがってきたよ、ベイビー。とにかくエイモスが死んでしまった今、彼とガスとトニーのあいだに実際になにがあったのかは永久にわからずじまいだろう」サムは唐突にふっと笑った。「昔のいたずらにこういうのがある。ふざけ半分の賭けで、ある男が地元の有力者五人に匿名の電報を送りつけた。〝スグニゲロ　スベテバレタ！〟という文面でな。男は五人についてなにも知らなかったが、翌朝になると五人とも姿を消してたんだとさ。誰かがそういう電報をガスとトニーに出したら、どうなるだろうな」

ヴィーラは真面目に取り合わなかった。「これからすぐ彼らと会ってくれる？」

「会ってどうなるんだい、ベイビー？　遺言書の検認を待つしかないよ。当面やれることはなにもない」サムは力なく両手を広げてみせた。

「あっそう。あたしをブロードウェイの舞台に立たせる話はどうなってるの？」

「目下、根まわし中だ。テレビ番組の出演は一本取ったぞ。単発の仕事だがね。〈ナショナル・ビッグアイアン・アワー〉だ。オーディションは今日の午後三時で、担当プロデューサーはジョー・グリモールキン。そろそろ支度したほうがいいぞ」

「わかったわ。でも一回きりの出演じゃ……」ヴィーラはため息をついた。「お小遣い稼ぎにしかならないわ」

「ほかの仕事につながるかもしれないよ。テレビはタレントの展示場なんだから。まあ、はした金にしかならないのは事実だがね。じゃあ、また……」

サムはそそくさと部屋を出ていき、ヴィーラは再び一人きりになった。

一人でいると、悪い天気と同じくらい気が滅入った。孤独は心の深層で生きている芸術家や思索家にとってなくてはならないものだが、ヴィーラのような心の上っ面で生きている活動的な人間にとっては拷問に等しい。彼女はにぎわいと人込みと社交を好み、自分自身と向き合わざるをえない孤独を嫌っている。

サムがいなくなるとすぐ、彼女は風呂で香りつきの湯にゆっくり浸かり、自分が一番見栄えするディオールの青いドレスに着替え、それに合うアクセサリーをサファイヤのブローチからなにからありったけつけた。サムが代わりに虎穴に入ってくれないなら、自力でやるしかない。

サットン&ケイン社は、四番街の一角の古くから出版業者が集まる地区にあった。同社のオフィスはここ数年で拡大し、ビル内のふたつの階を占めるまでになっていたが、どのオフィスも相変わらずみすぼらしかった。だがトニーはてんで気にしていない。ラジオシティで創業したものの、つぶれていった小さな出版社を見下している。

ヴィーラは薄汚いエレベーターを見てぞっとした。受付室に入って、嫌悪感がさらに増した。地味な灰色の壁に囲まれ、ソファとテーブルとランプがひとつずつ――どれも〈メイシーズ百貨店〉の地下倉庫から出してきたような代物だ。本棚がずらりと並んでいる。唯一の装飾は額縁に入った絵だが、本物の絵画ではなく、書籍カバーの複製にすぎなかった。映画に出てくるニューヨークの出版社とは大ちがいだ！　キャタマウント社の一流室内装飾家が手がけた大理石とガラスの豪華なオフィスはピンクと白に統一され、レイ・ミランド演じるのんきな青年社長までもが白いスーツの襟にピンクのカーネーションを挿し、鼻歌まじりに本当なら編集助手がやるゲラ刷りのチェックをしていた。

映画版の人生は現実の人生よりもはるかに充実している――これだけはまちがいないとヴィーラは思った。彼女は何年もかかってハリウッド映画的な現実を築きあげようとしてきた。言動や服装もすべてそれに合わせ、だいぶ目標に近づいていると満足していた。だが人生には自分ではどうにもできない部分があり、それが彼女の理想にかたくなに抵抗していた。ホテルの贅沢な部屋が彼女の目に入らないのと同じように、ハッピーエンドは彼女の手をすり抜けた。

ニューヨークの雑誌出版社はいくつか訪ねたことがあるが、そちらのほうがずっと快適だと彼女は思った。こういう書籍出版の会社は度しがたいほどしみったれた界隈にあり、オフィスの雰囲気は決まって野暮ったい。この受付も窓つきの窮屈な書庫といった感じで、くたびれてしょぼくれた受付係はタイプライターを打ちながら電話の応対をしている。レイ・ミランドは自分の部屋の外に三人の若い女性社員を置いていた。タイピストと受付嬢と電話交換手だ。三人ともはつらつとして、口紅をきれいに塗った唇に笑みをたたえ、アーモンド形の爪にはつややかなローズレッドのマニキュアをつけていた。

ヴィーラはつんとして口をきゅっと結び、気取った声で言った。「コットルの妻です。ケインさんにお会いしたいのですが」

「まあ……」受付嬢は同情と好奇心のこもった表情で目を丸くした。ふとヴィーラは、黒の喪服を着てくるべきだったと気づいた。でも自分には青のディオールのほうがはるかに似合うし……

受付嬢が電話に向かってぼそぼそ話しているあいだ、ヴィーラは壁のつまらない絵を鑑賞するふりをした。今日の彼女は実に行儀がいい。いつもならさりげないふうをよそおって、電話の会話を盗み聞きするのだが、じれったいことに今回はなにも聞こえない。

受付嬢が声を大きくして言った。「コットル様、ケインはすぐに会うそうです。案内いたしますので、どうぞ」

「どうも」ヴィーラの声はバターと砂糖をまぜたように甘くとろりとしていた。細くとがった顔はおつに澄まして見えた。

トニーのオフィスは二方に窓のある角部屋だった。ハリウッドの演出家なら、傷だらけの革椅子や、すりきれたペルシャ絨毯や、本とタイプ原稿が乱雑に積み重なった大きな質素な机には耐えられないだろう。この部屋で人間味があるのは、机に置いてあるフレーム入りのフィリッパの写真と、壁にかかっているエイモスの複数の写真だけだった。そのなかの、足もとにむく毛の犬を座らせて片手にパイプを持ったエイモスの写真には、〝親友であり優秀な編集者であるトニーへ、エイモス・コットル〟と、きれいな字で小さなサインが入っている。

そのトニーが机の向こうで立ちあがった。窓枠にもたれていたガスも振り向いて、ヴィーラのために肘掛け椅子を出した。

彼女はそこに澄まして腰かけ、膝ではなく足首を交差させた。それから毛皮を後ろへさっとやり、椅子の肘掛けにのせた手首の曲線をあらわにした。

「だいぶ元気になったね、ヴィーラ」トニーが優しく言った。

「ええ、少し落ち着いたわ」抑えた静かな声でヴィーラが返す。映画なら、このシーンの会話は全然ちがう。〝ベイビー、すっかり富豪気取りだな！〟となるだろう。だがトニーはいつもの堅苦しい態度で、この場にふさわしい、おずおずとした遠慮がちで悲しげな微笑を浮かべた。「トニー、お金の話で来たの。これからあたし、どうしたらいいの？」彼女は太っ腹な男に助けを求めるしかない、無力でかよわい哀れな女になりきった。

どんな男もそうだが、トニーは女性にそう出られると弱い。机上の書類をかきわけながら、咳払いをした。「ええと、それが、遺言が検認されるまでは手の打ちようがなくてね。ガスとわたしで、先週の土曜日時点のエイモスの銀行口座を調べていたところだ。『情熱的な巡礼者』のペイパーバックは未払い印税が一、二千ドルある。あと何週間かしたら二刷が出るから、印税はさらに増えるだろう。先日出した『舵のない船』の重版でも七千ドルばかり入る。また半年後に出る『巡礼者』のブッククラブ版印税はかなりの金額にのぼるだろう。エイモスは印税を半年ごとに受け取る契約で、次の支払日は五月だ。しかし事情が事情だから、なんだったら彼の預金からきみに前払いしてもかまわんよ。現時点で九千ドルくらいある。ブッククラブ版印税も入り次第きみに渡るようにしよう。ただし二刷の印税は書店の報告書を見てからでないと支払えない。

いいかい、ヴィーラ、わたしはほかの遺産相続人が現われないことに九千ドルを思いきって賭けるわけだ。もし現われて、その時点できみが金を使い果たしていたら、わたしは自腹を切って穴埋めをしなけりゃならんがね」

ガスがつけ加える。「エイモスが亡くなったときに彼の口座にあったテレビ出演料の約三千ドルは、ぼくが預かってる。もちろん出演料はもう入らなくなるが、ぼくが預かった三千ドルのうち千百二十五ドルはエイモスのものだから、きみはトニーの前払金と合わせて、それもすぐに受け取れるよ」

これはサムが考えていた遺言検認前の見込みにくらべ、はるかに好条件だった。もし彼がこの場にいれば、そのような予想外の寛大なはからいにはなにか裏があるのではないかと勘ぐっただろう。けれども欲の皮の突っ張ったヴィーラは、今聞かされた話のなかのただ一点にとらわれていた。

「三千ドルのうちの千百二十五ドルですって！」ヴィーラは毒を含んだ目でガスを見た。「エイモスはテレビの取り分もたったそれっぽっちなの？　トニーが千五百ドルで、あなたが三百七十五ドルだなんて！」

「契約上そうなってるんでね」ガスはきっぱりと言い返す。

トニーの端正な顔立ちが険しさを帯びた。彼は冷たい青い瞳をヴィーラに向けた。「いやなら受け取らなくてもかまわない。一万ドルあれば最初の数ヶ月間のやもめ暮らしには充分だろう。ましてや仕事を持っていて、自分で生活費を稼げる女性にとっては。話に乗るなら今日のうちだ。明日になったらわたしも現実を直視せざるをえない。エイモスの相続人がほかにいれば、きみがもらえる分は大幅に減るんだ」

「それなのに、なぜ今あたしに払おうとするの？」ヴィーラの声はまだ甘ったるいが、哀れっぽい響きがまじってきた。

「きみが金に困ってるんじゃないかと思ってね」トニーは投げやりに言う。「それに、警察がエイモスのほかの相続人を見つけだす可能性はあまり高くないだろう。たとえ新たな相続人が現われて、わたしが自腹を切って不足を補うはめになっても、遺作の印税のきみの取り分から九千ドルを差し引いて精算すればいい」

トニーの言わんとしていることは明らかだった。ヴィーラは石壁に突きあたった気がした。彼女はトニーの申し出を気前がいいとは少しも思わない。ハリウッドでは四桁ごときの金額は〝小遣い〟とか〝はした金〟と見なされていて、たかだか一週間分の給料でしかない。なのにトニーとガスは数ヶ月分の生活費のつもりで払おうとしている！　それっぽっちのお金では高級ホテルに滞在できない。ブロードウェイに自分を売りこむために〈サックス〉や〈ハッティ・カーネギー〉で春の装いをそろえるつもりだったのに、それもできなくなる。悔しさがこみあげた。女優だけあって表情は変えず、目はまぶたで隠し、唇がかすかに震えているだけだったが、内心ではトニー・ケインとガス・ヴィージーを激しく憎んだ。エイモスも含め、誰かをこれほどまでに憎いと思ったことはなかった。

でも言い争っても無駄だとわかっている。今は喧嘩している場合ではない。計略を練る時だ。ヴィーラはふと思いついてガスのほうを向いた。「実を言うと、エイモスの作品のこれからが気になってたの。それで思い出したんだけど、サム・カープが以前、やっぱり人気絶頂期に亡くなったベストセラー作家のことを話してたわ。フランク・エイムズという名前で、ドノヴァン警部シリーズを書いた人。サムによれば、フランクの死後、未亡人と版元とエージェントが一致団結して三流作家を雇い、フランク・エイムズ作としてドノヴァン警部シリーズを出し続けたそうよ。シリーズは四年間続いて、三者はたんまり儲けたわ。あたしたちも誰かを雇って、エイモス・コットル名義の小説を書かせてみたらどうかしら」

トニーは指で鉛筆——芯を削らなければならない昔ながらの鉛筆で、映画のなかの出版業者が使っているような金色のノックボタンがついた自動式のものではない——をもてあそびながら、ため息をついた。「エイモスはフランク・エイムズのような三文文士とはちがう」

「でもフランク・エイムズはすごく売れてたわ！」

「ああ、そうだとも。だが三文文士であることに変わりはない。ドノヴァン警部シリーズは警察官を主人公にしたミステリ小説で、B級映画に登場しそうなドノヴァンのキャラクターが受けて、たまたま人気が出ただけだ。ミステリ小説は本のうちに入らんよ、ヴィーラ。あんなものは誰にでも書ける。大工や配管工と似たり寄ったりの仕事だ。わたしは前々からミステリ作家に印税を支払う必要はないと言ってきた。大工や配管工だって印税はもらわんだろう。ミステリ作家にはいくばくかの原稿料を渡し、二次使用権から発生する金は版元が受け取るべきだと思っている。出版社は刊行に多大な経費を注ぎこまねばならんし、近頃はコスト高でペイパーバックで出しても破産しかねない状況だ。おまけにミステリ小説はハードカバーの売り上げが低調ときている。フランク・エイムズが死んでも、ほかに二十人のミステリ作家がいれば、そのうちの誰かがドノヴァン警部シリーズを書き継げるだろう。だがヴィーラ、エイモスは真の芸術家なんだ。彼の才能は彼とともに死んだ。彼は唯一無二の存在であって、彼のように書ける者は一人もいない。誰もトルストイやプルーストのまねはできんのと同じだよ。作家があの世へ行ってしまったら、その文体を再現するのは不可能なんだ」

「ほんとにそうかしら」ヴィーラは本気でうろたえながら反論した。「ハリウッドではどんな作家も配管工か大工みたいに扱われてるわ。ロケ地で脚本におかしいところがあれば、監督はすぐに撮影所に連絡して、〝作家をこっちへよこせ〟と命じるのよ。作家が誰かなんてこと気にしないわ」

「われわれは昔気質《かたぎ》でね」トニーが言う。

「ええ、そのとおりよ！」ヴィーラの猫なで声にはレモンキャンディのような酸っぱい刺激があった。彼女は椅子から立って、つまらなそうな目でみすぼらしいオフィスに最後の一瞥をくれた。

「それじゃ、ホテル宛に九千ドルの小切手をすぐに送っていただける？　あたしはウォルドルフ＝アストリアに泊まってるわ」

「今日の午後にも届けるようにしよう」トニーは前へ進みでて、ヴィーラのためにドアを開けた。

「さよなら、ガス」ヴィーラは肩越しに振り返り、横目づかいでガスを意味ありげにじっと見た。「すてきな奥様にくれぐれもよろしく！」

ガスは気まずそうに赤面した。

トニーは物事を丸く収めようとする性分のため、しかたなくエレベーターまでヴィーラを送っていった。二人は天気のことで愚痴をこぼしたり、水爆実験はまちがいか否かについて意見を述べ合った。武装状態での休戦といったところだ。エレベーターが来ると、ヴィーラは笑顔で別れを告げた。扉が閉まったあとも、トニーはしばらく突っ立ったままエレベーターを見つめていた。これがヴィーラの見納めであるはずがないという不愉快な予感を抱いていた。

一方、ヴィーラは船が舵も帆もなく漂流しているような不思議な気分だった。そういえばエイモスの小説、『舵のない船』が重版になっているはずだ。彼女は新聞雑誌店の本のラックを探してみたが、見あたらなかった。店員に尋ねるのはおっくうなのでやめた。午後三時にせいぜい千五百ドルくらいにしかならない仕事のオーディションが入っているが、それまではなにもすることがない。

四番街をパーク・アベニューに向かってあてもなくぶらついたあと、道を渡ってもっと華やかなショーウィンドーが並ぶ五番街へ入った。マンハッタンでの休暇はカリフォルニアの女たちにとってのあこがれだ。なのに自分はマンハッタンの世界一高級なショッピング街をすっからかんで歩いて、きらびやかな商品をなにひとつ買うことができないなんて！

〈レヴィヨン毛皮店〉のショーウィンドーに生姜色のチンチラのケープが飾られていた。ミンクは持っているが、チンチラは一度も着たことがない。しかもこの生姜色のチンチラは普通のありふれた銀色のチンチラよりはるかにすてきだ。〈カルティエ〉の前を通りかかると、強烈な物欲に頭がくらくらした。あのダイヤモンドとサファイヤのネックレス、なんて豪華なの。しかもあたしにぴったりの色。なのにあれを手に入れるチャンスは万にひとつもないんだわ。

まあ、こっちの〈プラマー〉にはすばらしいロイヤル・ウースターのコーヒーカップが！

ショーウィンドーに見とれているうちに、いつの間にか通りの奥まで来ていた。宿泊先のウォルドルフ＝アストリア・ホテルからはだいぶ離れてしまっている。ヴィーラは来た道を戻り始めた。脇道に並んだ小さな店までが魅力にあふれている。ツイード、革、リネン、レース、あでやかで上質なシャムのシルク……

五十七丁目とマディソン街の交差点の一角で、長身の男が立って向かいのビルを見あげていた。帽子のつばで陰になっている横顔になんとなく見覚えがある。ヴィーラは突然誰だか思い当たった。警察の捜査に協力している精神科医のベイジル・ウィリングだ。

向こうはこちらに気づいていないとヴィーラは思った。彼は通りの角にたたずんだまま視線をさらに上げ、褐色の目で空を見つめた。まるで雲のなかのなぞなぞを解こうとでもするように。空想家なのね、とヴィーラは内心でつぶやいた。それに、きっと怠け者なんだわ。仕事もしないで街角をうろついてるなんて。あんな人にはエイモスの死の真相を解き明かすどころか、エイモスの素性すら突き止められないでしょうね。映画では殺人事件を解決するのは無愛想で情け容赦ない警官か、とびきり美人の容疑者と陽気に軽口をたたき合う、ダンスと酒が大好きな若い素人探偵のどちらかよ。ベイジル・ウィリングはどちらにもあてはまらないわ。

ヴィーラがこっそり観察を続けていると、彼はようやく歩きだし、アップタウンの方向へ向かった。彼の悠長で緩慢な動作は見るからにものぐさそうだ。急ぐ様子はまるでなく、あれでは歩いているうちに入らない。時間はいくらでもあるとばかりに、ただぶらぶらしている。ヴィーラは唇をゆるめ、白い前歯をのぞかせて皮肉な笑みを浮かべた。「そんなにのんびりしていいのかしら……のろまさん」と内心でつぶやいた。

ベイジルを見たら、ゆっくり歩くのがいっぺんに嫌いになったとばかりに、ヴィーラはさっきとは打って変わってきびきびした足取りでパーク・アベニューを進んだ。やがて、ウォルドルフ＝アストリアのロビーに入り、新しくなったレストラン、〈ピーコック・アレー〉を通り過ぎた。初期のウォルドルフ＝アストリアにまつわる、〝庶民お断り〟という古い冗談を思い出した。もうひとつ笑い話がある。夜にドアの外へ靴を出しておいたら、翌朝には靴墨で磨く代わりに金メッキがしてあったとか。でも自分はそういう体験にあずかれるほど長くはここに滞在できないんだわ、とヴィーラは思った。

部屋を引き払う手続きをしようとフロントへ向かう途中、名案がひらめいた。それはすっかり羽毛が生えそろった完全な姿で生まれてきた。かなり向こう見ずな作戦だが、冒険しなければなにも手に入らないし、このウォルドルフ＝アストリアに泊まっていたい。

ヴィーラは踵《きびす》を返してエレベーターへ急いだ。

外出していたあいだに部屋はメイドがきれいに片づけていた。こういう迅速で徹底したサービスを提供してくれるホテルはなかなかない。ヴィーラは書き物机に向かって、備え付けの便箋を前にした。サム・カープの話が頭に浮かんで、思わずにんまりした。〝スグニゲロ　スベテバレタ！〟あれはずいぶん荒削りな方法だが、もう少し巧妙にやることもできる。なにか嗅ぎつけたときは、詳細をつかむまで待つ必要はない。はったりをきかせればいいのだ。エイモスから大金をしぼり取っていた恐喝者を恐喝するなんて、痛快じゃないの。
ヴィーラは手紙を書き始めた。

親愛なるトニー

先ほどお目にかかったあと、エイモスのことやらなにやら真相をすべて知りました。九千ドルの前払いの件、ありがとうございます。この手紙を受け取り次第、追加で同じ金額の小切手をもう一枚送ってください。

ヴィーラ

この手紙がたとえ警察の目に触れても、脅迫状とは見なされないだろう。追加の小切手が口止め料の初回分だとはどこにも書いていないのだから。でもトニーはばかじゃない。なんの話かぴんとくるだろう。だから彼が自発的に手紙を警察に見せるはずがない。

ヴィーラは同じ文面でガスにも手紙を書き、八百七十五ドルの追加小切手を要求した。どちらの封筒も送り先は相手の自宅にした。会社にはおせっかいな秘書が大勢いるからだ。

終わると満足感に浸って、少しのあいだ心地よさを味わった。そのあと、もうひとついいことを思いついた。さっそく新しい便箋を吸い取り紙の上にのせた。

親愛なるフィリッパ

明日の午後、都合のいい時間にお越しください。同じ招待状をモーリス・レプトンにも送ります。

さりげない文面だ。地方検事が法廷にこれを持ちだしたところでどうにもできまい。なんのへんてつもない文章だが、フィリッパにとっては意味がはっきりわかる手紙。フィリッパはトニーに内緒でお金を工面するだろう。あのすばらしいエメラルドを処分するかしら？

親愛なるレプトン様
明日の午後、都合のいい時間にお越しください。同じ招待状をフィリッパ・ケインにも送ります。

ヴィーラには文才がまったくない。便利な言いまわしを見つけると、それを一通の手紙のなかで繰り返し使う。相手に応じて工夫することもしないので、そっくり同じ文面の招待状を十人にでも二十人にでも平気で送っただろう。
再びロビーへおりた彼女は、切手を買って四通の手紙に貼り、郵便ポストに入れた。すると何日かぶりに心が軽くなって、昼食前に飲むのはマーティーニとダイキリのどちらにしようかと考えながら、レストランの〈セルト・ルーム〉へ向かった。

五十七丁目とマディソン街の交差点に立っているベイジル・ウィリングは、ヴィーラにこっそり観察されているのに気づいていた。だが今はヴィーラにかまっている暇はない。彼女が近寄ってきて、社交辞令のやりとりをするはめにならないといいが。考え事の最中に気が散っては困る。

ここはエイモスが二年前の春の夕暮れにメグと一緒に通りかかった場所だ。そのとき彼はなにかにひどく興奮し、危うくアルコール依存症に逆戻りするところだった。そうした悪習の再発は心理的障害が引き金とみてまちがいない。このにぎやかでありふれた交差点のいったいどこに、エイモスをそれほど動揺させるものがあったのだろう?

通行人のなかに知った顔があったのか? ちがう。メグの話では、エイモスは通りの向かいのビルを見あげていた。窓辺に誰かいたのか? それが親しい人物なら、笑顔で手を振るだろう。嫌いな人物なら、さっさとそこを立ち去るだろう。だがエイモスはどちらでもなかった。棒立ちのまま、金縛りにあったかのようにビルを凝視していた。彼をそうさせたものの正体はなんだ? それは二年経った冬の午後の今も、ここにあるだろうか?

マディソン街の向かいの角に建つビルは、一階に薬局、二階から上には小さな店舗やオフィスが入っており、外見上はごく普通である。古くもなく新しくもなく、高くもなく低くもなく、みすぼらしくもなく豪華でもない。ニューヨークのこの界隈にはよくあるタイプのビルだ。それでも過去に少なくとも一度は、偶然通りかかった者が目を奪われる特別なものがここにあった。それはエイモスだけに意味のあるものなのか、それとも誰もが注意を引きつけられるものだったのか？

こうしてビルの表側を念入りに観察しても、埒は明かないだろう。エイモスと同じように、ぱっと見たほうがよさそうだ。そうすれば無関係な大量の細部にまじった、ささいな奇異や矛盾を識別できるかもしれない。

ベイジルは目をいったん休めようと、空に浮かぶまだら模様の雲を眺めた。それから視線をすばやく戻し、再びビルを見た。すると、ちょっとした風変わりなものが目に飛びこんできた。四階に掲げられた看板の上下二段の文字が、横にずれて、変な具合に並んでいる。

ホーテンス

オートクチュール

曲がっている壁の絵と同じで、どうにも気持ち悪い。文字を左から右へ読む習慣の欧米人だと、下の行、すなわち二行目を最初に読み、そのあと不自然にも斜め上へ移って一行目を読むことになる。オートクチュール、ホーテンスという順番で。ややこしいし、へんてこだ。こんな看板で商売にさしつかえないのだろうか？

まあ、もともと広告は凝った文字のものが多い。固有名詞なのに大文字を用いないとか、活字体にすべきところを筆記体にしてあるとか、判読できないほど気取ったデザイン文字を使うとか。つづりをわざとまちがえて有名な商号を無断で借用したものもある。いずれにせよ、それらは決まって美学上か商売上のねらいを持っている。だがこの看板のいびつな文字はそうは思えない。考えうる説明はひとつだけだ。ホーテンスなる人物には共同経営者がいた。もともとは〝誰かさんとホーテンス〟だったのだ。誰かさんの名前は接続詞の〝と〟と一緒にずっと前に消え、それでホーテンスの前に空白ができ、ゆがんだ二行になってしまった。その共同経営者は亡くなったか、事業から手を引いたかのどちらかだろう。ホーテンスは新しい看板を注文する余裕がなかったため、元の看板から相棒の名前と〝と〟を削除し、不恰好な状態のまま放置した。エイモスの目に留まったのは、看板のちぐはぐさか？　なぜ彼は呆然とそれを見つめたのだろう。ホーテンスという名前は彼と特殊な関係があったのか？　それとも彼は前にその看板をまともな状態で見たことがあり、消された名前から重要なことを思い出したのか？　うむ、それは充分ありうる。たとえ自分にとって大切な名前でも、見慣れていれば目が上滑りして、そのまま通り過ぎてしまうものだ。だがあるべきところにない名前なら、立ち止まって考え、なんだったか思い出そうとするだろう。その看板を以前見たことがあるのをぼんやり覚えていて、当時それが自分にとって大事な意味があったとすれば。

　エイモスが二年前のその夕方、記憶を取り戻したとは考えにくい。よって、消えた名前が彼の知られざる過去となんらかのつながりがあったとしても、看板を見たときに消えた名前をはっきり認識したわけではないだろう。自分がなぜ看板を見て動揺しているのか、見当もつかなかったにちがいない。潜在意識の暗闇に埋もれてはいても、記憶は歴然と存在するから、それが突如揺り起こされたのだ。無意識の認知による衝撃はエイモスの意識まで届き、出所も理由もわからずに苦痛と不安の感情となって湧きでた。その感情はあまりに痛烈だったため、彼は衝動的に酒によってそれを抑えこもうとした。

　そうしたもろもろの可能性を忖度《そんたく》しながら、ベイジルはゆったりした歩調で通りを横切った。頭の回転が速い人間の多くがそうであるように、ベイジルもせわしい動作が大嫌いである。先を争ったり騒いだり駆けたりはまっぴらだ。彼は悠然と歩道を進んで薬局を通り過ぎ、問題のビルの入口まで来た。係員のいないエレベーターで四階へ上がると、エレベーターの正面に翡《ひ》翠《すい》色のドアがあり、ビルの外側の看板とまったく同じ表札がかかっていた。

ホーテンス

オートクチュール

ベイジルはドアを開け、粗末な待合室に入った。かつては白かった壁もマンハッタンの黒い煤ですっかり汚れ、床の緑色の絨毯は中央がすり減って踏み跡ができていた。高級仕立て服《オートクチュール》などと気張っているのがなんとも哀れだ。大量生産の猛威と闘ってきた女仕立屋の意地だろうか。

ベイジルが受付の呼び鈴を鳴らす前に、彼女がカーテンの向こうから現われた。小柄で貧相な老女で、かちっとした黒のワンピースを着て、腰のベルトから裁ちばさみや針山をぶら下げている。来訪者が男性なので、彼女は驚いたようだった。

「お邪魔して申し訳ないのですが」ベイジルは言った。「少しだけお時間をください。こちらには以前、共同経営者がいらっしゃったのですか?」

「ええ、いました」一文にもならない用件と知って、彼女はそっけない態度になった。

「どれくらい前ですか?」

「六年前です」

「その方はどうされたんですか?」

仕立屋の考えていることがベイジルには手に取るようにわかった。〝そんなことあんたに関係ないでしょ〟だが彼女はそれを口に出さなかった。なんの得にもならない会話は早く切りあげて、やりかけの仕事に戻りたかった。言い争っても長引くだけなので、さっさと返事をするしかない。「結婚して、スコットランドへ戻ったのよ」彼女は言い終わらないうちにカーテンのほうへ戻りかけたが、ベイジルの声に引き止められた。

「共同経営者のお名前は?」

彼女は怪しみだした。「どうしてそんなことを知りたいの?」

「記憶喪失の男を捜していましてね。彼がその女性を知っていたかもしれないんです」ベイジルは、これで納得してもらえるだろうか、それとも長ったらしい説明をして身分証でも出さないとだめだろうか、と考えた。

納得してもらえた。仕立屋は抜け目ない視線でベイジルの顔と身なりを鋭く一瞥し、彼を信用することにした。「当店の名前はもともと〈ガーゼルとホーテンス〉だったの。ガーゼルは彼女の本名よ。ガーゼル・スチュアート。ホーテンスは商号で、わたしの本名はハナ。でもハナじゃオートクチュールには合わないわ。ガーゼルも合わないけど、聞き慣れないから高級感があるでしょう。スコットランド系の名前なのよ」

ベイジルは新聞の切り抜きを広げた。先だっての《タイムズ》の日曜書評欄で、鮮明に複写されたエイモスの写真が載っている。説明の文字は折りたたんであるので見えない。

「この男に見覚えはありませんか？」

仕立屋は数秒間見つめてから答えた。「ないわね、全然」

「顎鬚がなかったら、どうですか？」ベイジルは写真の顔の下方を指で隠した。

「ちょっと待って。この人は俳優？　テレビで見たことあるわ」

「それはありえますね。しかし、実物に会ったことはないですか？」

「いいえ。わたしが彼と会ったと考える理由がなにかあるの？」

「彼はあなたの共同経営者だったガーゼル・スチュアートと知り合いだったかもしれないのです」

「もしそうだとしても、二人が一緒にいるところは見たことないわ。ガーゼルは気軽に男友達をつくるタイプじゃなかった。スコットランドに婚約した恋人を残してニューヨークに出てきたから。二人は毎週手紙をやりとりしてたわ」

「もうひとつ教えてください。あなたとつきあいのあった頃、彼女の人生に衝撃的、あるいは悲劇的な出来事がありませんでしたか？」

「唯一の悲劇はこの店の資金繰りが苦しくなったことね。でも衝撃と呼ぶほどではなかったわ。彼女もわたしも小規模の婦人服仕立業が時代遅れだってことは最初からわかってたから。ただ、ほかの商売を知らなかったし、値段がそんなに高くなければ仕立服を着たがるお客さんがそこそこいるだろうと予想してたのよ。でも考えが甘かったわ。今じゃ修繕や寸法直しの仕事ばかりよ」

ベイジルはいとまを告げ、頭を悩ませながら再び外の通りへ出た。エイモスが知っていたのは別の〝ガーゼル〟さんか？　ガーゼルという名前が彼にとって重要だったので、記憶喪失になる前には看板が〝ガーゼルとホーテンス〟だったと気づいたのか？　ガーゼルは珍しい名前だから、まさか別の場所でそれを目にするとは思っていなかったのではないか？　記憶を失って、エイモス・コットルになったあと、看板のちぐはぐな文字を偶然目に留め、わけもわからず心をかき乱された。その理由は、消された名前がガーゼルだと意識下で気づき、それによって記憶を失ったときに逃げだそうとしていた人生に別のガーゼルが存在したことを思い出したからだ。例の結婚指輪と指ぬきに彫られていた頭文字のGはガーゼルかもしれない。そのガーゼルが、エイモスをそもそもアルコール依存症になるまでに追いつめた衝撃的な悲劇の中心人物なのだろう。そう考えれば、無意識の暗示にすぎない名前がなぜあれほど彼の感情を揺さぶり、二年間の禁酒を破って近くのバーへ飛びこんだかも説明がつく。

パーク・アベニューにある自分のオフィスに戻ると、ベイジルは警察の行方不明者捜索課に所属する、昔なじみの警官に電話をかけた。

「未解決の失踪事件記録を調べて、エイモス・コットルの特徴に合致する人物を捜すという作業はもうやったんだろう？」

「ああ、やったよ。だが収穫なしだ。たぶん彼は六年前に火星から空飛ぶ円盤に乗ってやって来たんだろう」

「こっちは複数の小さな手がかりをつなぎ合わせて、コットルなる男の素顔を徐々につかみかけてきたところだ。そこでちょっとした試みに協力してもらえないだろうか。エイモス・コットルのことはいったん忘れて、ある男の身元を通常の失踪事件のつもりで調べてほしいんだ」

「いいとも。どんな男か説明してくれ」

「年齢は見たところ三十代。背骨が弱いため動作が遅い。名前の頭文字はA・Sで、中西部の出身。約七年前にアルコール依存症になり、以前は医師か医学生だった。一九四八年六月十日に、旧姓がMで始まるガーゼルという名のスコットランド系女性と結婚した。彼女は裁縫が趣味で、茶色で直毛のブロンズ色に光る髪を持ち、七年ほど前に事故、自殺、あるいは他殺というきわめて不幸な亡くなり方をしている」

「どこが小さな手がかりなんだい？　恐れ入ったね！　そこまでわかってるなら、数時間で解決できるよ！　医者や医学生なら生存中にいろんな記録を残すし、死ねば必ず記録に残る。さっそく捜査にかかろう。医療機関、医学校、医師会、すべてあたるよ。その男が一人前の医者なら、ニューヨークの開業免許を持ってたはずだし、彼の奥さんがニューヨークで亡くなったなら、ガーゼルという名前の女性の死亡証明書があるはずだ。病院の患者記録や、交通事故の車両記録もあたってみる。夫婦のどちらかが車を持ってたかもしれない。所得税や社会保障の記録という手もあるな。しかもありがたいことに、ガーゼルは珍しい名前だ。たとえメアリーだったとしても、頭文字や、夫が医師か医学生だったという複数の手がかりがあるから難しくない。手がかりについてはまちがいないんだね？」

「ないよ」

「その男の失踪届は六年前に出されたのかい？」

「いや、失踪したのは六年前だが、届出が出ているかどうかはわからない」

「出ないはずないだろう？」

「その男にはもともと親しい友人が一人もいなかったか、アルコール依存症になったときに全員離れていったかのどちらかなんだ。それに、彼はなにか恐ろしいこと、身の毛のよだつようなことから意識的にも無意識的にも逃れようとしていた」

その晩、帰宅したベイジルは、エイモス・コットルの新作に関する今や有名なレプトンの書評を読み返した。そしてしばらくのあいだある箇所に目が釘付けになった。


……『情熱的な巡礼者』の主人公エドガー・ウォーンは、ハワイ出身の女子学生を暴行し、絞め殺そうとした咎《とが》で放校処分になったシカゴ大学の学生である。作者はこの難しい主題を、読者が固唾をのむような人間の抑えがたい欲望がはらむ悲劇を通し、繊細このうえない感受性と深い憐憫によって見事に描いている。ウォーンは大学を追われても怒りを覚えない。禁固刑の判決すら気高い諦念でもって受け入れる。しかし出所後、昔の友人たちの態度が微妙に変化していることに悩む。彼が粗末な下宿部屋でのカクテル・パーティーに友人全員を招待したところ、酔っぱらった同性愛者の新聞記者以外は誰も来なかったというくだりは実に哀れを誘う。ウォーンは気取り屋で偽善的な中流階級の友人たちに拒絶されたことを悔しさとともに悟るが、それでも彼の精神は勇敢にも決然と未来を向く。そのあとウォーンは南部の安酒場でバーテンダーとして働くのだが、ここでコットルは酒場の常連である放浪者や売春婦を簡潔に器用に描いてみせる――彼らはウォーンを見捨てた中流階級の偽善者たちとは対照的に、茶目っ気と無限の同情心を持った、粗野ではあるが温かい純朴な人々である。

　しかしウォーンはそうした安易な道で世間に迎えられることには満足できなかった。彼の揺れ動く精神は、人類が六千年にわたって問い続けてきた大いなる疑問すべての答えをこいねがった。かくして彼はわれわれの思索の根源を目指し、巡礼の旅に出る。書物を手当たり次第に読み、働きながらハーバード大学を卒業し、神学校へ進む。ところが叙階を目前にして校長に過去を知られてしまう。ウォーンはまたしても追放されるが、その険悪なシーンは、因習的な道徳にもとづく聖職者への手厳しい非難になっている。

　そうしてウォーンは初めて自身の潔白と神の善意に疑念を抱く。彼は大いなる答えを探して旅立ち、ロンドン、ローマを経て最後は極東へたどり着くが、どんなに追い求めても答えは見つからない。ついにはシンガポールのナイトクラブで梅毒にかかって客死する。彼がユーラシア人娼婦に昔日のシカゴについて語り聞かせるシーンはきわめて感動的だ。「きみにさよならを告げ《テル》たい」とだけ彼は言う。けれども娼婦の耳には入らない。彼女は自分のことにしか興味がない。こうして壮大なフーガは、むなしく消える哀願の声とともに幕を閉じる。

ウォーンの臨終の言葉は無頓着な耳には届かず、彼は努力もむなしく忘れられたまま誰にも愛されずに死んでいく……

書評を脇へやったあと、ベイジルの目は物思いに沈んだ。ウォーンは作者の自画像なんだろうか？　作者は我を見失ってしまう悪徳をアルコール依存から性衝動に変え、職業を医学から神学に変え、自分のことを描いたのか？　作品全体を読まないといけないな、とベイジルはため息まじりに思った。だがもう夜更けなので、今から四百五十ページの長篇に取り組むわけにはいかない。彼は頭のなかに未解決の疑問をしまいこんだまま、寝支度を始めた。

第十一章

水曜日は寒さの呪縛が解けた。ニューヨークの天候にありがちな気まぐれで、暖かい太陽が燦々と輝き、気温がいっきに上昇すると、解けた雪は泥まじりのぬかるみになり、文学好きの市民はシェリーの詩を引用し始める。〝冬の合間をさまよう、まだ生まれぬ春の一番輝くとき（「ジェーンにいざない」より）〟

登校日のヴィージー家の朝食は決まって慌ただしい。季節はずれな暖かい冬の朝は特に。七時半から八時四十分までは、さながらひとつの主題を延々と繰り返す長い交響変奏曲だ。「ママ、今日はあったかいんだよ！　ほかの子は誰もレギンスをはかないよ。レギンスをはくのは保育園に行く赤ちゃんだけだもん。ジェイン・スミスはレギンスをはかないよ。スラックスをはいてるよ。サリー・スティーヴンズもレギンスじゃなくて、ハイソックスだよ。なのにどうしてあたしだけ、レギンスじゃなきゃいけないの？　おひさまが照ってるのに、レギンスなんていや！」

ヒューはもう大きいので自分できちんと服を着られるから、てきぱきと着替え、普段どおりの食欲で朝食をたいらげた。ポリーも自分で服を着られるが、きちんとてきぱき着るのは無理で、食欲も四月の天気と同じように気まぐれだ。ポリーが顔を洗って髪を梳かして着替えを済ませて八時四十分に家を出るまで、メグには朝食をとる暇などない。

今朝もいつもどおりだった。メグは自分の声がだんだんきつくなっていくことにうろたえ、きっと姿も声も雌鶏そっくりだろうと思った。くちばしでつついたり、しゃがれた声で鳴いたりして、言うことを聞かない雛を集めまわっている雌鶏が目に浮かぶ。ガスはまるで千マイル離れた場所にいるみたいに静かにコーヒーを飲み、自分宛の郵便物に目を通していた。ヒューは一人でロビーへおりて、スクールバスに乗っていいことになっているが、ポリーのほうは道の真ん中へふらふら出ていくといけないので、メグがいつも部屋着の上にコートを引っかけてエレベーターに乗り、一緒に下までついていく。

進歩的な幼稚園が出す送迎バスは、実際にはステーションワゴンだ。ポリーは戴冠式の馬車に向かう王女のごとく歩道を堂々とゆっくり横切った。母親とのキスはバスが来る前にする。バスが来てからは、母親に手を振ることも振り返ることもせず、まるで素知らぬ顔だ。幼稚園に通っていた頃は、誰もがそういう赤ん坊じみたことをしたはずである。ステーションワゴンのドアがばたんと閉まり、発進して車の流れに乗った。窓越しに前をまっすぐ向いているポリーの帽子とお下げ髪が見えた。

メグはため息をついた。幼稚園の見送りは、ポリーがどんどん遠くへ行ってしまうたくさんの別れの始まりだ。学校、就職、結婚、出産、戦争——こういうまったく予測のつかない時代だから、ポリーの世代にこの先どんな暗い出来事が待ち受けているかわからない。メグはそんなふうに娘の将来に思いを馳せるたび、望遠鏡をさかさまにのぞいたときの奇妙なあべこべの世界のように、ポリーの小さな姿が果てしなく長い廊下の奥へ遠ざかっていく錯覚に陥る。その廊下は想像を絶する時代へつながっていて、そこには冬であれなんであれ暖かい恰好をしなさいとうるさく言うママはもういない。ポリーは大人の女性になって自分の子供を持ち、また同じことが繰り返されるだろう。一瞬、メグはポリーのあとを追いかけて、しっかりと抱きしめたくなった。運命の支配を逃れたキスをどうか一度だけ。その一途な願望で時の流れを止めたかった。

メグがダイニングルームに戻ると、ガスはまだいつもの大量の郵便物を開封していた。彼は大きな分厚いマニラ封筒をメグに渡した。「今日、暇があったら読んでくれないか？　どうにもこうにもお手上げなんだ！」

「なんなの？」

「短篇だ。勢いがあって文章が達者、物語の背景も秀逸、登場人物も生き生きしてる」

「どこが問題なの？」

ガスはうなった。「プロットがあるんだ」

「だったら、わたしがわざわざ読むことないでしょう」メグは憤然と言った。「すぐに送り返せばいいのよ」

「それはそうなんだが」ガスはかぶりを振った。「作者には前から口を酸っぱくして言ってるんだ。今どきプロットのある小説は売り物にならないって。ところが彼は強迫観念にでも取りつかれてるのか、プロットなしでは小説を書けないんだ」

ガスは別の原稿に取りかかった。

「先に手紙を開封したほうがいいんじゃない？」メグは言った。

「きみがやってくれ」気がなさそうにガスが答える。

メグは請求書と慈善団体の募金案内と広告に仕分けし、三つの山をこしらえた。個人的な手紙は一通だけだった。封筒はウォルドルフ＝アストリア・ホテルのもので、差出人住所はそのホテルの部屋番号になっていた。

彼女はそれを開封して読み始めた。

「まあ……」

メグの弱々しい声にガスははっとした。彼は読んでいた原稿を置くと、席を立ってテーブルの妻のかたわらへ行った。メグは手書きの短い手紙をガスに渡した。「ヴィーラからよ」

ガスは文面を読んで顔をしかめた。

「どういう意味なの、ガス？」

彼は躊躇してから答えた。「知るもんか！」

メグは思いきって言った。「なんだか──脅迫みたい」

「ああ、脅迫だね」ガスはすかさず同意した。「だが、こっちはこけおどしになんか引っかからない。もう少し具体的に書いてもらいたいよ。どうせ、ただのはったりだろう」

「どういうつもりなのかしら」メグはゆっくりと言った。「彼女はなぜあなたが口止め料を払うと思ったの？」

「だから、ただのはったりなんだよ」ガスは言った。「ヴィーラはぼくがエイモスの遺作で二十五パーセントの手数料をもらうのが不満なんだ。十パーセントに減らしたがってる。ぼくとエイモスとの取引に怪しいところがあるとほのめかしてたよ。ぼくが手数料を十パーセントに下げなければ、それを暴いてやると言いたいんだろう」

「とんだ言いがかりだわ！」メグが叫ぶ。「あなたはエイモスのためになにからなにまでしてあげたのよ。トニーもね。あなたたち二人がいなかったら、エイモスはどうなってたかわからないわ」

「トニーも同じ手紙を受け取ってるかもな」

「どうして？」

「ヴィーラはトニーが二次使用権の五十パーセントを受け取ることも気に入らないんだ」

「あの女、どうかしてるわよ！」メグは激しい調子でなじったが、そこまでむきになるのは、今ひとつ確信が持てないせいだろう。

ガスは書類鞄に原稿を突っこみながら言った。「オフィスへ行く途中、トニーの会社に寄ってみるよ」彼はオーバーと手袋と帽子を手に取った。メグは夫に書類鞄を手渡し、行ってきますのキスのため顔を上げた。「ねえ、ガス！」彼女は両手でガスの左右の襟をつかんだ。「エイモスとあなたの取引には、やましいところはどこにもないのよね？」

「もちろんだよ」ガスはびくともしない口調で答え、笑顔になった。「心配しなくていいよ」

街の中心部に住んでいるおかげで、ガスは自分のオフィスへ歩いて通えるだけでなく、たまに他社を訪ねるときもだいたい徒歩で行ける。彼はパーク・アベニューを四番街に向かって進み、グランド・セントラル駅を通り過ぎた。日光浴を楽しみながら、晴天で朗らかになった通行人たちの顔を眺めた。サットン&ケイン社の老朽化したエレベーターは編集部の階へきしみながら上がっていった。受付係が笑顔で迎えた。「あらヴィージーさん、ケインはたった今出勤しました。どうぞお入りください」

いくらトニーのオフィスが普段からのんびりした雰囲気とはいえ、これにはガスもちょっと驚いた。受付係が詳しく説明した。「ちょうどケインから、あなたに電話するよう言われたところだったんです。すぐに会いたいからと」

ガスは廊下を進んだ。左右の開いたドアの向こうに、編集見習いの男女がめいめいの机で忙しそうに働いているのが見えた。全員が大学を卒業したばかりの若い社員で、トニーに出版業界の最低賃金で雇われている。彼らはある程度の経験か実績を積んだら、すぐに別の会社へ編集助手として移り、なんとか生活していけるだけのまともな給料をもらうだろう。そしてトニーは再び新卒者のなかから一番優秀な者を採用する。彼はニューヨークで誰よりも大勢の編集者を育ててきた。

「よう、ガス！」トニーは窓辺に立って四番街を見下ろしていた。口に煙草をくわえ、両手はポケットに突っこんでいる。「電話しないうちから現われるとは、テレパシーかな?」

「偶然だよ」ガスはヴィーラからの手紙を机の上に放った。

「ほう、きみのところにも来たか。ヴィーラめ、なかなか徹底してるな。賭け金は残らず回収するつもりらしい」

ガスは立ったまま、煙草の煙に包まれたトニーの顔を見つめて思った。彼はぼくよりずっと度胸が据わってる。出版社を独力で経営していくには、エージェントとは比較にならないほどの厚かましさと根性が必要なんだろう。本気になったときのトニーはかなり手強そうだ。ぼくだったら毎日朝食の前に欠かさず練習しても、あそこまで冷酷無比な顔つきはできないだろう……

フィリッパのパーティーで、温和で屈託のないホスト役としてのトニーを知っている人々には、今の彼は別人に見えるだろう。作家連中もあらかじめ印刷された契約書の条項を削除しすぎない限り、トニーは編集面で辛抱強く助けてくれる愉快な仲間だと信じているから、きっとわが目を疑うだろう。

トニーは二通の手紙を見比べた。「写し送付先、ヴィージー様か」彼はにやりと笑った。「わたし宛の手紙は内容が少しちがうと思っただろう、ガス？　だがヴィーラには文学的センスがないらしい。脅迫状であってもな」

「どうするつもりだい？」ガスは訊いた。

「脅迫に対して取るべき手段はひとつだけだ」トニーは静かに言った。「昔と変わらぬ方法だよ。〝公表したけりゃ、ご勝手に〟ってことだ！」

「弁護には大金をかけても賄賂はびた一文出すな、か」ガスはつぶやいた。

「そのとおり。こっちが負ける理由がどこにある？」トニーはガスをまっすぐ見つめた。「われわれは法に触れることはなにもしていない」

「ほっとした」ガスは半ば独り言のようにつぶやいた。

「もしヴィーラが騒ぎ立てて、エイモスの遺作がさっぱり売れなくなれば、困るのは彼女自身だ。彼女もわれわれと同じだけ損害を被る」

「彼女にそう言ってやるつもりかい？」

「誰がわざわざそんなことを」トニーは自分宛の手紙を細かくちぎって、くずかごに捨てた。「こんな無礼な手紙は放っておくに限る。きみもそうしたほうがいい。無視すれば、こっちはなにも恐れていないとわかるだろう」

「本当に恐れていないのかい？」

「きみはどうか知らんが、わたしは全然。恐れる必要がどこにある、ガス？　今はもう経済的な心配もないんだ。思い起こせば、エイモスはわたしがダン・サットンの共同経営者になるうえで大いに役立ってくれた。ダンに対してエイモスを切り札に使えたんだからね。わたしはダンに直談判した。〝給与生活にはうんざりだ。共同経営権と配当がほしい〟ダンはわたしに会社を買収する資金がないことは知っていたが、わたしが当社で唯一のベストセラー作家を抱えているのも知っていた。つまり、わたしを共同経営者にして、今後五年間会社の利益を半分渡さなければ、わたしはエイモス・コットルを連れて他社へ移ってしまうだろうとな。ダンの負けだった。彼は二年前に他界し、以来わたしがサットン&ケイン社を経営している。

だがエイモス・コットルはもう当社で唯一のベストセラー作家ではない。今では小規模ながら堅実なミステリ小説や教科書関連のほか、ブラッドストリートやエレン・ガーバーなど、まあまあ儲けさせてくれる一流作家が一ダースばかりそろってる。エイモス・コットルなしでも楽にやっていけるから、ヴィーラがいやがらせをしたところで、こっちはびくともしないよ」

ガスはゆっくりとうなずいた。そのとおりだ。エイモスは毎年多額の収益をもたらしてきたが、今のサットン&ケイン社なら、破産どころか経費節減すらしないでエイモスの死を乗り越えられるだろう。

「それはきみだって同じだろう、ガス？」トニーが続ける。「きみにもジャイルズ・シンプスンという大御所と、アーヴィング・クロスマンやアーサー・エイガットという稼ぎ頭がいるじゃないか。エイモスがいなくても充分にやっていける」

「ぼくの場合はそんなに余裕はないよ」ガスが言い張る。「こないだの晩、メグにも言ったんだが、うちのようなちっぽけなエージェントだと、エイモスのような超売れっ子作家がいるのといないのとでは大ちがいなんだ」

「まあ、多少は切り詰めないといかんだろうが、ヴィーラに金をゆすり取られるよりはましだろう」トニーが言い返す。「それに、そのうちきみにも運が向いて、第二のエイモスを拾えるかもしれん」

「そうだろうか？」ガスはトニーをじっと見た。

トニーはその朝初めて笑顔を見せた。「そうだとも。だからヴィーラの手紙なんか破り捨てて、さっさと忘れろ。さて、そろそろお開きだ。わたしは仕事がある」

「わかった」ガスはドアのほうへ行きかけたが、途中で足を止めて振り返った。「ぼくに電話しようとしたのは、今朝ヴィーラから同じような手紙が届いたかどうか確認するためだったんだろう?」

「そうだ」

「ぼくら以外にも手紙を受け取った者がいるかもしれない」

「そうだな」トニーは肩をすくめた。彼には彼なりのやり方があって、ガスがどう言おうとそれを変えるつもりはないらしい。ガスはエレベーターで一階へおりながら、トニーの平静さをうらやんだ。それにしても、ヴィーラはいったいどこまで知っているんだろう……


フィリッパの生活には早起きしなければならない理由はひとつもなかった。いつも朝九時から正午までの好きな時間に起床する。来客の予定がないときは、メイドを呼んで朝食をベッドへ運ばせる。彼女が青春時代を過ごしたスイスのフランス人学校では、生徒全員がベッドで朝食をとった。これは一度覚えたらやめられない習慣だ。賢いフランス人はそれを贅沢とは考えない。パリのソルボンヌ地区にある学生用の安下宿でさえ、カフェオレかココアに小さなパンとバターの朝食がトレイで各部屋へ運ばれる。もちろんフランスの朝食は世界一とは言いがたい。フルーツも卵もないし、値段が安いとチコリの多すぎるコーヒーや、かびくさいパンが出てくるかもしれない。しかしそれでも、自分で世界一の朝食を作るよりはずっとましだとフィリッパは思っている。親しい友人たちのためにビュッフェ式の夕食を料理するのは苦ではないし、カクテルドレスの上にシルクのオーガンジーのエプロンをつけ、キャセロール料理やサラダのドレッシングを手にいそいそと動きまわるのはけっこう楽しい。あとで食器洗いをしなくていいのなら。けれども以前トニーに真剣に訴えたように、貧乏暮らしの一番いやな点は、まだ眠いのに自分の朝食を自分で用意しなければならないことだ。

本気で望んでいるものを与えてくれるのが人生ならば、フィリッパはそれを手に入れたことになる。トニーが車で駅へ向かったあとだいぶ経ってから目を覚まし、ベルでメイドを呼ぶと、数分後にケイティかアマンダかシモネッタが短い脚のついた大きなトレイを運んでくる。そこには美しい刺繡入りのテーブルクロスとナプキン、花を一輪挿した小さな花瓶、忘れな草の模様が入ったバイエルン産磁器、銀器のコーヒーポット、フルーツ、卵、トーストがのっている。温かいものは温かいまま、冷たいものは冷たいままで。もちろん二杯目のコーヒーを飲みながらのんびりと目を通す朝刊も添えられている。

メイドはいつも夕方帰ってくるトニーのために、郵便物から請求書と広告と慈善団体関連のものをよりだしておく。フィリッパは自分宛の私信や招待状しか見ない。だから朝食のひとときはいつも、気心の知れた友人たちとのおしゃべりみたいに楽しい。今朝の最後の手紙はウォルドルフ＝アストリア・ホテルからの封書だった。真珠がついた銀のペイパーナイフで丁寧に開封し、文面を読み始めた。たちまち膝が震えだし、持っていたカップのコーヒーがソーサーにこぼれ、清潔なリネンのナプキンにまで飛び散った。フィリッパは汚れたトレイで食べたり飲んだりするのは耐えられなかったので、飲みかけのコーヒーと一緒にトレイをベッド脇のテーブルに置き、レースの枕にもたれた。

これまでの人生で脅迫状を受け取ったことは一度もなかった。自分が誰かに恐喝されるとは思ってもみなかった。ショックのあまり、この生まれて初めての出来事を危険というより不快に感じた。なんて汚らわしい卑劣な行為だろう。ヴィーラはニューヨークの汚水溜から生まれてきた、容赦なく退治すべき汚物とばい菌だらけの害虫だわ。

とはいえフィリッパは利口な女だ。冷静になって考え、ヴィーラをやっつけるのは難しそうだと悟った。正しいルールを知らない相手とボクシングの試合をするようなものだ。ヴィーラは社会の掟などなんとも思っていない。彼女があがめているのは絶対的権力だけだろう。

フィリッパは急いで入浴と着替えを済ませ、列車の時刻表を調べた。次の列車に乗れば、ニューヨークに午後一時ちょっと過ぎに着く。

彼女は自分の小さなオースティンを駅の駐車場に置いて、ちょうど到着した列車に飛び乗った。グランド・セントラル駅で降りるとタクシーを拾い、運転手に東七十丁目の住所を告げた。

モーリスのアパートメントへ来るのは初めてだった。フィリッパにとって彼は〝レッピー〟ではない。そういう男くさくてなれなれしい呼び名は、彼女が心に描いている彼を安っぽくする。

タクシーを降りると、彼女は閑静な住宅街を見渡してほっとした。通りの端はそれぞれ公園と川になっている。目的の建物は大きかったが、大きすぎはしない。ドアマンは礼儀正しく、床の絨毯は柔らかく、エレベーターは静かに動き、エレベーター係の男は個人宅の召使いのように折り目正しかった。

フィリッパは堂々と、「レプトンさんの部屋はどこかしら?」と尋ねた。

エレベーター係はうやうやしい態度を崩さず淡々と、「10のBです、マダム。右手へお進みください」と答えた。それは時代の移り変わりを如実に物語っていた。

フィリッパはなんだか心強くなった。近頃では自分くらいの年齢と地位の女は、モーリスのような男性と純粋に仕事上の友人としてつきあい、世間の目を気にせず互いの自宅を気軽に行き来し合うのが普通なのだろう。もちろんトニーは、そういうのは未婚の女の場合だと反論するにちがいないが、エレベーター係にはわたしが既婚者だとはわかりっこないから、なにも心配はいらない。

ドアの脇に小さな真珠色のボタンがあったので、それを押した。

モーリス本人が出てきた。スラックスと襟元を開けたスポーツシャツに、スリッパといういでたちだ。「フィル!」彼は心底驚いた様子だった。

フィリッパはほほえんだ。一瞬、ヴィーラに感謝したいくらいだと思った。あの不愉快な手紙がなかったら、モーリスの住居を思いきって訪ねることはできなかっただろう。今の彼女はモーリスにすっかり夢中で、彼に関係するものはなんでも見て、さわって、味わいたかった。彼と離れ離れで自宅にいるときも、彼の姿をありありと思い浮かべることができた。フィリッパは彼の居間へ入っていき、あたりを熱心に、むさぼるように見渡した。

フィリッパが想像していたとおりのモーリスらしい部屋だった。中国製の敷物はベージュと深紅の個性的な柄だ。その鮮やかな赤と同じ色調の牛血紅の磁器も飾られている。マホガニー材やチーク材の家具のほか、鍵のかかるガラス扉つきの書棚もあり、高価な稀覯本が収められている。大量の重版と数冊の安っぽい紙カバーがついた新刊、現代彫刻の複製、香りのない小さな鉢植えなどがごたごた並んだ、扉のない現代風の本棚とは全然ちがう。

そこは角部屋だった。一方の窓はパーク・アベニューに面し、もう一方の窓からは、五番街の長い並木道が南の方角へプラザ・ホテル前の噴水まで伸びているのが見渡せる。その向こうでは、こういう天気のせいで一段とどんよりした上空に、薄いもやに幾重にも包まれたエンパイア・ステート・ビルが、薄い水彩画の幽霊塔のごとくそびえている。空気がもっと澄んだ地表近くの現実的なビル群の上に浮かぶ、灰色の蜃気楼のようだ。

フィリッパは部屋の隅のテーブルのタイプライターに気づいた。「ここで仕事をしてるのね！」彼女は感嘆の声をあげた。

「そうだよ」レッピーはほほえんでタイプライターにはさんであった用紙を抜き取り、タイプ原稿の山に伏せて置いた。

「あら、水くさいのね。わたしに隠すことないのに！」フィリッパは言った。

「まだ草稿の段階だから、相手が誰であれ隠すよ」モーリスは言った。「推敲が終わるまで誰にも見せたくないんだ」

「わたしにも？」フィリッパは彼に近寄った。

「きみにもだ」彼の笑顔が言葉を和らげた。彼はフィリッパに両腕をまわしてキスをしたが、これまでほど情熱的ではなかった。

フィリッパはすぐに後ろへ引いた。「今朝、ヴィーラから手紙が来なかった?」

「来たよ」モーリスは真剣な顔つきになった。「きみのところにも来たんだね?」

フィリッパはうなずいた。「悪質ないやがらせね。でも——わたしたち、どうしたらいいの?」

モーリスは顔をしかめた。「彼女がわれわれのことをトニーに告げ口したら、彼はどうするだろうね」

フィリッパはひねくれた微笑を浮かべた。「わたしも今朝、ずっとそのことを考えてたの。ヴィーラはもちろんエイモスとわたしのことは知らないわ。知ってるのはあなたとわたしのことだけ。だから単なるわたしへの中傷と言い張るつもりよ。トニーは彼女を嫌ってるし。ただ……」

「ただ、なんだい?」

「トニーは斜に構えたところがあるの。決まって相手の悪い面を見ようとするわ。皮肉屋ってみんなそうだけれど、彼も他人にだまされるのが怖いのよ。世間知らずだと思われたくないの。そうならないために、皮肉な態度を鎧としてまとってるわけ。物事や他人を信じなければ、苦しい思いをさせられずに済むから。これまでわたしは幸運だったか、慎重だったかのどちらかね。彼はわたしを信じてると思うわ。それか、わたしにだまされてることに気づきたくなくて、無意識に知らん顔してるのよ。でもヴィーラみたいな人にしつこくつつかれたら、さすがの彼も平静ではいられなくなるわ。わたしが否定すれば、信じたふりをするかもしれないけれど、これからはもっと疑り深くなるでしょうね。そうしたら、わたしは今までみたいに自由気ままにはできなくなるわ」

モーリスは彼女の独りよがりな考え方に苦笑した。「彼はわたしに対してはどうするだろうね？」

フィリッパはそんなことは考えてもみなかったのか、きょとんとした顔つきだった。そのあとで、どうでもよさそうに言った。「暴力をふるうことはないと思うわ。トニーは厳しいしつけで育ったから。もちろん、人は嫉妬心に駆られるとどうなるかわからないけれど、わたしたちが二人とも否定すれば、トニーが離婚まで考えることは絶対にないわ。あなたに対しても、これまでどおり友達のふりをするはずよ。内心とは裏腹に。だからいずれは、わたしに関係ない理由であなたと喧嘩別れするでしょうね。そうなればわたしもあなたに会えなくなるわ。大きな危険を冒して、こっそり会うしかないわね。

もちろん、ヴィーラとしてはハリウッド的な展開を期待してるはずよ。トニーがあなたを撃つか殴り倒すかして、わたしが泣きじゃくる。全員が息をはずませ、目をぱちくりさせ、最近はやりのとぎれとぎれの言葉でしゃべる。でも現実にはそんなふうになりっこない。ある意味では、もっと悪い状態になるんじゃないかしら。みんなが体面をつくろって、信じ合っているふりをするけれど、見えないところでわたしとトニーの結婚も、あなたとトニーの友情も終わるの。わたしたちの愛もね」

　モーリスはそうだなとうなずいた。「心理学者はだしの鋭い読みだね。わたしもそのとおりの結果になると思うよ」

「でも……」フィリッパは途中でやめた。

「でも、なんだい？」彼は鋭く促す。

「わたしがトニーに離婚を切りだせば、状況はちがってくるわ」

　モーリスは驚きをあらわにした。「いったいなんのためにそんなことを？」叫ぶような声だった。

　だが、どんなあさましい愛も盲目だ。フィリッパは彼の目に浮かんだ紛れもない恐怖を見逃した。「あなたと結婚するためよ」

　モーリスは顔を硬直させ、無言のまま棒立ちになった。沈黙が長引くと、いつもは青白いフィリッパの顔に赤みが差した。モーリスが慎重な目つきになった――外科医が最適な器具を選ぼうとするときの冷徹なまなざしに似ている。モーリスは邪険な態度を選び、ぶっきらぼうに言い放った。「勝手に決めるな！」

　フィリッパは戦闘中に負傷した兵士のように、緊張の極致にいるため痛みを感じなかった。反射的に相手の言葉が意味することをはねつけた。「モーリス……」彼女は両手を広げて彼に歩み寄った。

　モーリスは抱きつこうとするフィリッパの手首をつかんで押しのけた。「フィリッパ、歳を考えたらどうだ。わたしはうぶな青二才ではないし、きみも純情な乙女ではない。こういう関係が長続きしないことは互いにわかっていたはずだ。一緒に楽しい時間を過ごしたのは事実だが、こんなことで人生を棒に振るわけにはいかないだろう。きみは無一文でありながら、トニーの金で裕福に暮らしてきた。わたしには同じ暮らしをきみに与えるだけの甲斐性はない」

「それでもいいの」

「こっちはよくない。ほしいのは自由だ。わたしがこれまで結婚しなかったのはどうしてだと思う？　妻などいらない。仕事と思索を友に一人で暮らしていたい。気の向くままに生き、誰にも責任を負いたくない。わたしは感情面で他人に依存する人間ではないんだ。妻も子供も犬も猫もカナリヤも必要ない。モーリス・レプトンという自分でありさえすればいい。他者に対して望むことはただひとつ、わたしを放っておいてくれということだ。愛だって？　きみがどうであれ、わたしはこれまで誰かを愛したことは一度もないし、これから先も同じだ。真に知的な生活を送るのがどういうことか、きみにはわかるまい。人はつねに孤独な生き物なんだ。孤独でなくてはならないんだ。結婚すれば、わたしはきみに耐えられなくなる。頭がおかしくなるだろうよ！」

フィリッパはあとずさり、モーリスはつかんでいた彼女の手首を放した。彼女の顔はすっかり青ざめていた。「わたしもあなたに会うまでは、誰も愛したことがなかったわ」

「ああそうか、よりによってわたしを選ぶとは、よくよく愚かな女だ！　もっとわきまえるんだな。わたしは女にたとえるなら生まれながらのオールドミスだ。たとえ一日か二日でも、誰かと同じ部屋で暮らすのは耐えられない。理由はもうひとつある。トニーとの関係を壊したくない。彼は批評家にとって実に有益な友だ」

「そんなことは最初からわかってたはずでしょう」フィリッパが言う。

「きみはもっと分別があるかと思っていたよ。過去にも大勢の男を相手にしてきたんだろう? そんな百戦錬磨の女が一人の男にのぼせあがるわけがないからな。目を覚ませ、フィリッパ! 道はひとつきりだ。ここできっぱり別れよう。そうすればヴィーラがトニーになにを言おうが気にすることはない。トニーは彼女の話など決して信じないだろう」

「わたしがトニーにヴィーラの話は本当だと言ったら、どうなるかしら?」

モーリスは憎しみめいた感情をこめてフィリッパを見た。そしておごそかに言った。「そのときはきみを殺す。絶対に殺す」

フィリッパが言葉を失っていると、ドアのチャイムが鳴った。

フィリッパの顔が微妙に変化した。一瞬前はばらばらに壊れて混乱したような表情だったが、世間に対して長年使ってきたよそゆきの表情が救援に駆けつけ、奥を見透かすことのできない美しく静謐な仮面を取り戻した。声も落ち着きはらっていた。「誰か来ることになってるの?」

「いいや」モーリスは部屋を横切ってドアを勢いよく開けた。そこに立っていたのはベイジル・ウィリングだった。

「こんにち……」ベイジルはフィリッパに気づいて口ごもった。

「ちょうど帰るところでしたの」フィリッパはわざと物憂げに手袋をはめ始めた。

「どうぞ、なかへ！」モーリスの自制心もフィリッパに負けず劣らず強靭だった。「これは思いがけない。ようこそおいでくださった。さあ、コートを預かりましょう」

ベイジルが椅子にかけたときには、フィリッパは両手の手袋をはめ終えていたが、帰るそぶりはまったく見せなかった。ベイジルの視線を窓へ促し、街のすばらしい景色と、はるか下に光って見えるガラスとクロムでできたおもちゃのような車を一緒に鑑賞した。「マンハッタンの一番すてきな姿ですわ。そう思いません？」

ベイジルは話のきっかけをつかんだ。「ケインさん、あなたにも少々お時間をいただければと……」

「フィリッパとお呼びになって」彼女はほほえんだ。

「お二人に協力をお願いしたいのです」ベイジルはモーリスのほうをちらりと見た。「エイモス・コットルの作家としての資質について、見識ある意見が必要なので。すでに検察側の証言、すなわちエメット・エイヴァリー氏の意見は聞きました。それで今度は弁護側の証言がほしいのです」

「でしたら、わたしよりレッピーのほうが役立ちますわ」フィリッパは初めて〝レッピー〟と呼んだ。「鉱石に含まれる金を分析するのは彼の仕事ですもの。わたしは出版業者の妻にすぎませんわ」

「彼は偉大な男でした」モーリスがあっさりと言う。「彼の作品を独特のものにしていたのは、おそらく超然としたものの見方でしょう。彼の小説には最初から面食らい、悩まされました。

今思えば、それは彼の記憶喪失のせいだったわけですが。エイモスは学習によって得た知識はたくわえていたので、教養も分別もある男でした。しかし人間に染みついているはずの感情を伴う記憶、条件づけ、先入観や性向といったものは、彼の心から完全にぬぐい去られていました。いうなれば、彼の心は磨きあげられた傷ひとつない無色透明の水晶レンズで、それを通すと物事が細部までくっきり見える。それに引き換え、われわれの心は湾曲した色つきガラスで、見るものすべてがその色に染まり、ゆがんでしまう。エイヴァリーは前に一度、エイモスを非人間的だと批判したことがあるが、超人と呼ぶよりは真実に近いでしょう」

「なぜエイヴァリーやキターリッジのような批評家は、あなたとちがって彼に対して手厳しいのですか？」

モーリスはにやりとした。「強迫観念ですよ。批評家の大半は残虐性を持っています。残虐だから批評家をやっている者もいれば、批評家だから残虐になっている者もいるので、双方向に作用するわけです。難癖をつけたがる性分は職業病なんですよ。鉱夫の塵肺《じんぱい》のようなものです」

「あなたも批評家ではありませんか」ベイジルが言う。

「だからといって、評論を客観的に見られないわけじゃない。別の文学形式、すなわち小説をいつも客観的に分析しているんですから」レプトンは笑った。

「あなたの言う批評家の心理は殺人者の心理に通じますね」ベイジルが続ける。

殺人者という言葉に、ぞっとする沈黙が漂った。そのあとレプトンがチェスの対戦相手の手が読めたときのように笑った。

「心理学的には、批評家は硫酸を投げつける人間にたとえられます。ただ殺すのではなく、毒舌によって相手を醜くし、苦痛を味わわせる。どっちみち病んでいますよ」

「やめて、モーリス！」フィリッパが叫ぶ。「ふざけないで！」

彼はゆがんだ笑みを浮かべた。「おや、きみは文芸批評の病的性質が理解できていないようだね、フィリッパ。批評家は決まって病んでいる。文学を壊すことで食ってる文学者だからね。自分の巣を汚す鳥のようなもので、一種の倒錯だよ。わたしのように正直なら、本当は批評より創作のほうが尊いと潔く認めるだろう。だが普通の批評家はそれができず、欲求不満を攻撃に変える。その攻撃は文学界では批評と呼ばれ、それに報酬が支払われる。

批評家は作品をほめるときでさえ、壊そうとする。どういう仕組みか調べるために細かく切り刻まないと気が済まない。分析とは統合の正反対、すなわち生に対する死と同じだ。生物学者は動物の組織を人工的に生かしたまま顕微鏡で調べるが、本は微妙なバランスによって保たれた有機体ゆえ、批評家は顕微鏡で調べる前に全体のみならず細部をも殺すことになる。本文から引きちぎられた段落は培養液のなかでは生きられない。だが批評家はどんな最低のやつでも本を真剣に愛している。よって、われわれは生計を立てるために生体解剖を余儀なくされる動物愛護者みたいなものなんだ」

「あなた方は文学の掃除屋としては役立っているのでは？」ベイジルがそれとなく意見をはさむ。

「批評家は駄作をほめちぎり、傑作をこきおろすこともあります」レプトンが答える。「文学の流行に神経質なため、どうしてもそうなってしまう。だいたい、禿鷹を好きな者がどこにいます？　いいですかウィリングさん、批評家は掃除屋などではありません。自分の好き嫌いを狡猾にもっともらしく主張しているだけですよ。だが素人はそれを主張ではなく正論だと思ってしまう。こういうことはエメット・エイヴァリーは絶対に認めないだろうが、わたしはサント＝ブーヴ（十九世紀のフランスの批評家・作家）のごとく自分の不誠実に対して誠実でありたい……エメットの書評が正鵠を射ていたかどうかははなはだ疑問ですな。エイモスの正体がわかっていれば容易に判断できるが、今となってはあきらめるしかない！」

「わかっていますよ」ベイジルが静かに答える。

モーリスはベイジルをきっとにらんだ。「なにを根拠にそんなことを？」

「彼は医者で中西部出身、本名のイニシャルはA・S、以前もアルコール依存症でした。それから、七年前に亡くなった明るい茶色の髪のスコットランド系女性と結婚していました。彼女は裁縫が好きで、名前のイニシャルはG・M、ファーストネームはガーゼルです」

「エメットから指ぬきと髪の毛と結婚指輪のことは聞きましたよ」モーリスが言った。「だが彼が医者だとどうしてわかるんです？」

「最初から、複数の事実がそれを指し示していました。医師もしくは医学生なら、〝幽霊の三分の二〟ゲームで、ランゲルハンス島の意味を即答できたのもうなずけます。また、あの晩わたしが彼に紹介されたとき、彼は拙著の『政治の精神病理学』を出たばかりのときに読んだと言いました。それは知的ですが個人的な事柄ではないので、本物の記憶だろうと思います。彼が失っていたのは個人にまつわる記憶ですから。あの本は数年前からいくつかの医学部で教材に選ばれているものの、一般にはあまり売れていません。その点はトニーに聞けば明らかでしょう」

「覚えていることもあれば忘れていることもあるとは、ずいぶんややこしいですな」モーリスが言う。「彼は過去の恥ずべき事実を隠したいがために、記憶喪失をよそおっていたんじゃないですか?」

「そうは思いません。記憶喪失というのは身体的原因で起こっていても、ややこしいものなんですよ。脳が損傷を受けると、しゃべれなくなる場合があります。言語の記憶喪失ですね。ただし状態はやはり複雑で、動詞は忘れているが名詞は覚えているといった特徴が認められます。エイモス・コットルの記憶喪失は偽装ではありません。彼の感情面は死んでいるようなものでしたが、それ以外の面はいたって正常でした」

ベイジルは悲しげにほほえんだ。「しらふのときの彼に一度会いたかった。酔っていたせいで、彼の人物像が今ひとつはっきりしないのです。男は酔っぱらうとみんな似たり寄ったりなので、わたしは彼と一度も会っていないに等しい。だがあなた方はちがう。お二人のうち一方は個人的に彼をよくご存じだったはずです」

言外の意味を察したかのように、フィリッパのまなざしが一瞬揺れた。

ベイジルは続けた。「もう一方は彼の作家としての仕事を事細かに研究していました。あなた方なら、人間としての彼と作家としての彼について、より明瞭な印象を語れるでしょう。彼が医者だったかもしれないと思ったことはありましたか？」

「わたしはないですね」モーリスがただちに答える。

フィリッパの返事は歯切れが悪かった。「これまでは気がつきませんでしたけれど、そう言われてみれば……思い当たるふしがいくつかあります。たとえば、睡眠薬に頼りすぎるなとわたしに医者じみた口ぶりで注意したことがあります。薬の生理学上の効果について詳しかったようで、売薬をあからさまに軽蔑していました。それから、トニーが手を怪我したとき、とても器用に包帯を巻いたんです。赤十字の本に載っている絵そっくりに。わたしが応急手当をしていたら、あんな上手にはできなかったでしょう。でも、医者がどうして過去から逃げようとするのかしら」

「理由はいろいろ思いつくが」モーリスが横から言う。「彼がどれにあてはまるかは今となっては知る由もない。お持ちの手がかりはあまり役に立ちそうにないですよ、ウィリングさん。花嫁のファーストネーム、髪の色、結婚日、姓名の頭文字。花婿の頭文字と、想定される職業。これだけではエイモスの正体を突き止めるのは不可能です」

「彼がニューヨークの医師だったとすれば、可能です」ベイジルはきっぱりと言った。「ニューヨークにガーゼルという名の妻を持つ医者が大勢いるとは思えませんから」

「たとえ彼の身元にたどり着けても、彼がなにから逃げようとしていたのかはわかりっこないでしょう！」モーリスがむきになって言い返す。「医学界のスキャンダルは巧妙にもみ消されるものだ。エイモスの本名がわかったところで、彼を殺した犯人や動機には一歩も近づけませんよ」

電話が鳴った。「ちょっと失礼……」モーリスは壁のアーチ型の出入口をくぐって玄関ホールへ行った。「もしもし……はい、レプトンですが……ええ、彼ならここにいます」

ベイジルは椅子から立った。「勝手ながら、午後はこちらへ来るかもしれないと警察に言っておいたんですよ」

「警察？」フィリッパはわずかに息をのんだ。

「ええ」ベイジルは横目で彼女の様子をうかがった。「これは未解決の殺人事件ですからね」

アーチを通って玄関ホールへ向かうベイジルを、フィリッパは不安げに見つめた。

モーリスがフィリッパのいる窓辺の椅子に戻ってきて、ひそひそ声で彼女に言った。「ヴィーラのことでばかなまねをするのはよせ、フィリッパ。警察は当分、関係者全員の生活に対して鵜の目鷹の目だ。きみとわたしのことや、きみとエイモスのことは、警察に知られないほうがいい」

フィリッパは手袋をはめた自分の手を見下ろした。「ヴィーラにお金を払うつもりはないのね？」

「彼女を黙らせるためにか？　もっとよこせと要求してくるのがおちだ。わたしにはそれに応じられる金はないし、きみもそうだろう。われわれが脅迫に屈しない態度を示すことで、彼女を沈黙させるしかない」

「彼女にそう手紙を書いてくれる？　それともわたしがやりましょうか？」

「書いたものは残さないほうがいい。彼女に電話しておく」

ベイジルが電話口で、「ええ、ただちに。ではまた」と言うのが聞こえると、二人の男女は口をつぐんだ。

ベイジルはさっきよりもきびきびした足取りで、目を輝かせて戻ってきた。「行方不明者捜索課からでした。あなたの予想ははずれましたよ、レプトンさん。あなた方がエイモス・コットルとして知っていた男の身元が割れたそうです」

フィリッパは苦しげに喉元へ手を持っていった。レプトンのほうは一瞬、弾の入った拳銃を突きつけられたかのようにベイジルを見た。

ベイジルはフィリッパの狼狽の理由におおよそ察しがついた。彼女はエイモスとねんごろだったから、彼に別の人生があり、別の女性がいたのだと知って、平静でいられなくなったのだろう。だがレプトンのほうはエイモスと個人的に親しかったわけではないのに、なぜそこまで動揺するんだろう？

第十二章

ラーナー記念病院は比較的新しい病院だった。設立時、すでにマンハッタン中心部の地価は有志の寄付金で維持される病院にはとても手が出ないほど高騰していたため、市の北西の境界線際へ追いやられた。堂々たる白い石造りの建物は、どういうわけか三〇年代当時にはモダンだと思われていた、シンプルでどっしりとした古代エジプト様式である。空高く屹立し、ハドソン川をはさんで向かい合うニュージャージー側のひしゃげたような断崖とは完全な対比をなしている。薄霧でビルの角張った輪郭がぼやけ、無数の窓の輝きがかすむときは、対岸のごつごつした岩壁がニューヨーク側の岸に屈折のいたずらで変形して映った姿と錯覚しそうになる。

重い防音扉を開けると、その向こうは西翼の管理棟だった。院長室は川に面した大きな部屋で、床から天井まであるガラスでできた柱のような窓から、おびただしい光が射しこんでいた。必要最小限の家具は修道院のごとく質素だ。飾り気のない大きな机、地味で座り心地の悪そうな椅子が三脚、壁に並んだファイリング・キャビネット、外線電話と内線電話。敷物も絵画も本も、タイプライターさえもない。贅沢な図書室や立派な暖炉、テレビ、目立たない場所にしつらえられたバーまであるウォール街の派手なオフィスとは雲泥の差だ。この部屋には不要なものと快適なものはひとつもない。

ベイジルはつくづく思った。研究施設でもある病院は大学と同様、中世の一般市民にとっての修道院のようなものだと。世俗にあっても、理想に対する確固たる信念に支えられた厳粛な伝統がここには息づいている。同時代の一般人とは別の次元で考えながら生きる者たちの世界だ。彼らはわずかな保護のもとでつましい生活に甘んじ、市場の熾烈な競争に関わる者よりも豊かな精神生活を築きあげることに専心する。このような現代生活の本流からそれた共同体がなければ滅びていたであろう理念は、穀物のような人間じみた糧《かて》から切り離されることではぐくまれるのだろう。永遠のものとはいつの時代も、人を幻惑させる強烈なぎらぎらした妄想を抱いた、同時代を拒絶する者たちによってのみ守られる。

院長のジョージ・ハンセンは小柄で色白で軟弱な感じの男だった。彼のつややかな砂色の髪に女物のかつらをかぶせたら、四十代後半の女性教師か女性司書に見えるだろう。きちんと結んだ黒っぽい無地のタイ、糊のきいた清潔なリネンのシャツ、洗ったばかりのような手――どれをとっても、いかにも几帳面で堅苦しく、融通のきかない男を思わせる。だが管理業務を任せれば、正確に注意深くこなすだろう。彼は優秀な修道院長にはなれても、新興成金たちのなかでは一日だって生きられまい。

「ウィリング博士ですね？　アラン・シューウェルの経歴に興味がおありだとか」

「行方不明者捜索課に、その人物がわたしの捜している男だろうと言われまして」ベイジルは用心深く答えた。「彼について教えていただけますか？」

しみひとつない吸い取り紙――机上にあるのはペンを除けばそれだけ――にフォルダがのっ

ていた。ハンセンはそれを開いて、書類をざっと見た。「アラン・シューウェルは一九一八年にヴァーモント州アダマントで生まれました」

「ヴァーモント州!」ベイジルは驚嘆した。「本当ですか?」

「証拠となる書類はここにそろっています。彼がヴァーモント出身ではおかしいのですか?」

「てっきり彼は西の方の出身かと思っていましたので」

「わたしの知る限り、彼は西にいたことはありません。ハーバード大学の医学部を卒業後、一九四八年に当院へ研修医としてやって来ました。将来有望な外科医の卵でした。まだ研修医のうちに幼なじみのガーゼル・マクドナルドと結婚しています。彼女はその二年前にヴァーモントから出てきて、もう一人の若い娘とこの近くで小さな美容院を開いていました」

「その娘の名前は?」

「アリス・ホーキンズです」

「彼女はまだ近所に住んでいますか?」

「いいえ、今はアリシア・アーミテージという名前で五番街に大きな店を持っています。ガーゼル・マクドナルドにはいくらか貯金があったので、アランが研修医でも結婚できたんでしょうな。当院に近い小さなアパートで幸せそうに暮らしていましたよ。アランが研修期間を終え、一人前の勤務医になってからは、生活はいくぶん楽になったはずです。ところが不幸なことに、シューウェル夫人は急性虫垂炎で突然亡くなりました。手術が間に合わなかったのです」

「なぜです？」

「わたしに訊かれても困りますよ、ウィリング博士。シューウェル夫妻と個人的に親しかったわけではないですから。しかし虫垂炎の診断は決して容易ではありません。当院でも、どんなに検査してもわからず、試験手術で初めて命に関わるほどの病状だと判明したことが何度かあります。おそらくシューウェル夫人の場合もそうだったのでしょう。言うまでもなく若い医師にとっては大変な痛手で、シューウェルは哀れにも人が変わったようになりました。それまでは非常に社交的で誰からも好かれていましたが、その出来事を境に気難しい陰気な男になり、一緒に働きにくいと同僚から苦情が出るほどでした。彼が仕事を怠けていると非難する者は誰もいませんでしたが、彼の無関心な態度がまわりに悪い印象を与えていたのです。

　それでも数ヶ月間は特に波風は立ちませんでした。彼はようやく悲しみから立ち直ったのだろうと誰もがほっとしていた矢先、シューウェル医師が酒浸りになっているとの報告がたびたび入るようになりました。本人を問いただしたところ、勤務中は飲んでいない、自宅に一人でいるときだけだ、とのことでした。わたしは一人で飲むのは医者ならばなおさら危険だと諭《さと》し、父親めいた助言をいくつか添えましたが、正直言って心配でたまりませんでした。わたしの立場にあれば、つねに将来を見越さねばなりません。シューウェル医師が生活態度を改めない限り、数ヶ月以内に解雇を通告されることは目に見えていました。当然わたしとしては、そんなことにはなってほしくない。すると……運命があいだに割りこんで、わたしはいやな役目を負わずに済んだのです」

「なにがあったんです？」

ハンセンは椅子の背にもたれ、窓の外を眺めた。ベイジルはハンセンが安堵しているような不自然な印象を受けた。恐れている質問を受けることなく話の一番厄介な部分を乗り切ったと感じているようだ。そのせいか、ハンセンはさっきほど慎重に言葉を選ばず、くつろいだ態度で言った。「今日のような雨降る寒い日の夕方でした」

「いつのですか？」

「一九五〇年十月十四日です。シューウェルは帰宅前に一階のコーヒーショップでサンドイッチの軽食をとっていました。看護婦のリントン嬢と一緒でした。彼女はかわいらしい女性で、シューウェルに熱を上げていました。ここから先は彼女が語った話です。そのときのシューウェルは普段以上に憂鬱そうでした。彼女が映画に行かないかと誘うと、意外にもいいよという返事でした。シューウェルは二人のサンドイッチ代を払い、リントンと一緒に正面玄関へ向かいました。途中、彼はロビーで煙草を買い、これから見る映画の話をしました。ローレンス・オリヴィエ主演の『ハムレット』だったと思います。二人が玄関先に出ると、雨足は激しくなっていました。彼は、〝ここで待っててくれ。タクシーをつかまえてくるから。一分とかからないよ〟と言うと、帽子を目深にかぶり、コートの襟を立て、雨のなかへ駆けだしていきました。リントンは五分待ちました。さらに十分、二十分が経過しましたが、シューウェルは戻ってきません。

リントンは二十分待ってから、傘をさして最寄りのタクシー乗り場まで歩いていきました。

二台のタクシーが客待ちをしていて、どちらの運転手もそこが持ち場なので当院の職員全員と顔なじみでした。二人は三十分前からここにいるが、シューウェル医師が病院から通りへ出てくるのは見ていないと言いました。リントンはシューウェルのアパートに電話をかけてみましたが、誰も出ませんでした。彼は理由もわからず、忽然と消えてしまったのです。

二十四時間後、わたしたちは行方不明者捜索課に通報しました。しかしシューウェルの足取りはつかめませんでした。ヴァーモントには彼の身内はもう一人もおらず、亡くなった奥さんも身寄りがありませんでした。それで警察も心配する親類がいる場合とはちがって本腰を入れなかったんでしょう」

「失踪時の彼の経済状態は？」

「銀行の当座預金に八百ドルほど残っていました。負債はありません。請求書はほぼすべて支払済みでした。加入している保険や車はなく、家財もごくわずかでした」

「八百ドルはその後も引き出されなかったのですか？」

「ええ。結局、彼は死亡したものと認定され、預金はオレゴンにいる遠いいとこが受け取りました」

「あなたはどうお考えですか？」

ハンセンは深いため息をついた。「シューウェル医師は奥さんの死でふさぎこんでいました。そのうえ病院に飲酒を注意されました。すでに酒をやめられなくなっていたのかもしれませんな。それで自殺し、死体が見つからなかったんでしょう。海で波にさらわれたかなにかして。

遁走と記憶喪失も、ありそうにないが可能性としては考えられます。過去から逃げて新しい人生を始めようとする無意識の試みが、頭のなかの記憶を突然消し去ってしまうわけです」

「そういうことが起こりうる状況だったんですか？」ベイジルは訊いた。「何週間も鬱状態が続いた末の自殺ならわかりますが、急に遁走へ陥るには引き金となるショックがなにかあるはずです」

「それはあなたのご専門でしょうが、直接原因ではなく、蓄積したストレスによって遁走に至った症例もいくつか聞いています。結局のところ、遁走は精神的な自殺ですからね」

「自分になんの責任もない妻の死で、彼はなぜそこまで思いつめられたんでしょう？」ベイジルはたたみかけるように質問した。

ハンセンは肩をすくめた。「人によって心の限界は異なりますからね……ウィリング博士、シューウェルがどうなったのかぜひお聞かせください。話の残り半分はあなたがご存じだ。われわれはふたつに割れたコインをくっつけようとしているわけです。あなたとわたしが持っているぎざぎざの断片がかみ合うところで、なにが起きたんです？」

「びっくりされるでしょうが、行方をくらました日の深夜、アラン・シューウェルはウェストチェスターの街道で発見されました。頭部を負傷し、完全な記憶喪失にかかって」

「ウェストチェスター？　彼はなぜそんなところへ？」

「当時、そこにはアルコール依存症の治療で有名な診療所がありました。場所はストラットフィールドです」

「クリントン医師のところですか？」

「そうです。医者だったシューウェルはその診療所を前から知っていたのかもしれません。それで治療してもらいにそこへ向かったんでしょう」

「歩いてですか？　しかも夜に？」

「歩いたのは駅からだと思います。雨の晩だったので、駅に着いたときタクシーが出払っていたのかもしれません」

「頭の怪我は？」

「車にはねられた跡がありました」

「それが記憶喪失の原因ですか？」

「今日ここに来るまではそう考えていました。しかしリントン看護婦をいきなり置き去りにした理由を説明するには、彼女から離れた瞬間、あるいはその直後に記憶喪失にかかったと考えざるをえません。事実、そのときの状況については彼女の証言しかないわけです。彼女は彼を怒らせるようなことを言うかするかしたが、それを隠したほうがいいと考えたのかもしれません。だとすれば、記憶喪失が頭の怪我によるものだと断定すべきではないでしょう」

「その後、シューウェルはどうなったんです？」

「アルコール依存症はその診療所で治りましたが、記憶は戻りませんでした。そしてエイモス・コットルという有名な小説家になり、このあいだの日曜日に毒殺されました」

ハンセンは動じていないふりをしたが、驚きを隠しきれないようだった。「人ちがいですよ、ウィリング博士」

「なぜですか？」

「シューウェルのような優柔不断な人間に小説など書けませんよ。まあ、わたしは精神科医ではないので、まちがっているかもしれませんが……」

「証拠をお目にかけましょう」ベイジルはポケットからエイモス・コットルの写真を取りだし、机の上に置いた。

ハンセンは息をのんだ。「お見それしました、ウィリング博士。人間性の理解に関してはあなたのほうが一枚上手だ。たしかにアラン・シューウェルです。疑いの余地はありません」彼は写真の顎髭を指で隠した。「シューウェルの顔の造作はよく覚えていますから」

「テレビで彼を見たことは？」

「テレビは大嫌いです」

「この病院で彼を知っていた人たちはどうですか？」

「ご存じでしょうが、医者というのは忙しい職業でしてね。昼間の番組ならば……」

「木曜日の午後です」

「だったら誰も見ていないでしょう」

「看護婦たちはどうですか？　それから、ガーゼル・シューウェルと一緒に美容院を経営していた娘さんは？」

「働く女性は昼間にテレビは見ませんよ。見るのは主婦と子供だけです」

「アラン・シューウェルと最後に会った看護婦と話をさせてもらえませんか？　リントンさんでしたね？」

ハンセンはまぶたを閉じた。「あいにくここにはもういません。朝鮮戦争の際に従軍看護婦として海外へ行き、今は日本にいます」

会見は丁重な挨拶でしめくくられたが、ベイジルは期待したほどの収穫は得られなかったというもどかしい気分で辞去した。これはアラン・シューウェル物語の骨格でしかない。肉づけしたら、いったいどんな姿になるのだろう？


自分のオフィスに戻ると、ベイジルは監察医務局にいる友人のランバートに電話をかけた。

「きみは何年か前、ラーナー記念病院の研究員だったね？」

「ああ、そうだよ」

「そのときアラン・シューウェルという研修医はいたかい？」

「いいや。彼が入ったのはぼくがあそこを辞めてからだ。だが彼の名前は知ってる。六年前に行方不明になったんだろう？」

「そうだ。院長のハンセンを知ってるかい？」

「あそこではみんな〝やかまし屋〟と呼んでたよ！」

「法律上は問題なくても病院にとって都合の悪いことがあれば、彼はそれを隠すだろうか？」

「もちろんだ。きみだってそうだろう？」

ベイジルは笑った。ランバートの懐疑主義はいつも気持ちいいほど率直だ。

〈アリシア・アーミテージ〉の雰囲気はラーナー記念病院とは大ちがいだった。修道院めいたものはまるでない。にわか成金の奥方たちの邪教やら迷信やらのもとに築かれた贅沢な商売だ。ここに来れば、現代文化の最も大切な神話と欠点にどっぷり浸かれる。これもひとつの信仰なのだろうが、禁欲や献身のない異教の信仰である。

ここで崇拝されているのは科学という名の怪しげな神で、白衣に身を包んだハンサムな青年の姿をしており、信者を年齢や容貌や性格にかかわらず若く美しく魅力的に変えてくれるらしい。信者がゆでて香料を加えたマトンの脂肪を顔に塗り、髪や唇やまぶたや爪を色とりどりに染め、体重を減らし、服に大金をはたくならば。

店内にはいい香りの漂う、薄暗い照明の青緑色と銀色の部屋がいくつもある。床にベルベットの絨毯が敷かれ、壁にはマリー・ローランサンの絵がかけられ、あたりには音楽が流れている。ダイエット食とビタミン剤のカウンター、髪の手入れやマニキュアやマッサージや体操の小部屋、蒸し風呂、服と化粧品の販売コーナーなどなんでもそろっており、髪を好きな形や色に変えることも、顔を磁器のようにつるつるにすることも、贅肉をそぎ落として婦人服店のショーウィンドーにいる等身大のマネキン人形のようなプロポーションに整えることもできる。ただし別人になれるわけではない。

助手を務める侍祭たちは白衣だが、司祭は自分が偉いことを示すため黒のクレープ地の祭服に身を包み、徽章代わりに三連の真珠のネックレスをつけている。彼女の髪は美しい不自然な銅色で、顔は白壁のようだ。日焼け崇拝は当たり前になりすぎてありふれているため、今は白い肌が流行なのだろう。彼女の長い爪とふっくらした唇は鮮血のような色をしている。建物内は青緑色と銀色で統一されているが、彼女の聖所だけは黒を少しあしらった淡紫色と金色だ。彼女は自分が売っている商品の見本なのである。左右のこめかみにある傷で、彼女の顔が硬くぴんと張っている理由は想像がつく。だが彼女にも生気を帯びたところがひとつあり、黒いマスカラをつけたまつげが縁取る黄褐色を帯びた榛《はしばみ》色の瞳は、警戒心と知性と敏感さをたたえている。

彼女は孔雀石の箱に入った煙草を勧め、ざっくばらんに話し始めた。

「ええ、アランのことなら覚えてるわ。かわいそうに！　ガーゼルが亡くなって、すっかり気を落としてたわ。あたくしはガーゼルと、このニューヨークの美容学校で知り合ったの。彼女はラーナー記念病院の若い研修医と婚約してたわ。彼はお給料がまだ少ないから、自分が貯金して早く結婚するんだと張り切ってた。あたくしたちは意気投合して、少ない元手で住宅街に小さな美容院を開いたの。でも家賃を払うのがやっとの状態だった。借金して器具をそろえ、二人とも死に物狂いで働いたわ。

アランとは親しかったのよ。あたくしにもボーイフレンドがいたから、よくダブルデートをしたわ。アランはどんな人だったか？　のんきな性格だったわ。もめごとは大嫌いで、いつもまわりの意見に流されてた。でも仕事はできて、野心にあふれてたわ。ガーゼルよりもずっと。

彼女はニューハンプシャーかヴァーモントにでも戻って、大きな家で子だくさんの家庭をつくりたかったの。野心家ではなかったけれど、気立てが良くて優しくて、アランにはもったいないくらいだったわ。彼女がアランのどこに惹かれたのか、さっぱりわからない。彼女は結婚後も仕事を続けて、二年くらいは平穏に過ぎていったわ。

　ある晩、アーヴィングとあたくしがあの夫婦のアパートでビーフシチューをごちそうになったとき、突然ガーゼルの具合が悪くなったの。激しい腹痛を訴えて。一番近いのがアランの勤めている病院だったから、すぐにそこへ運んだわ。そして別の医師が診察した結果、急性虫垂炎で即手術ということになったの。

　そのときには真夜中を過ぎていて、病院でさえ静まり返ってたわ。あいにく当直の医師のなかには手術の上手な人がいなかった。アランはそれを知っていたし、先輩医師たちと比較しても自分の技量のほうがまさっていることも知っていたわ」

　ベイジルは忍び寄る恐怖を感じ、彼女を見た。「まさか、彼は自分で奥さんの手術を？」

「ええ、そのとおりよ。医者は自分の身内の手術はしたがらないそうね。あの晩のあと、それが当然だと思ったわ。あのときは緊急事態だったし、アランはあそこにいたなかで一番優秀な外科医だったんでしょう。それでもほかの医師たちは、彼に任せるのは気が進まない様子だった。アランには大きな欠点があったの。自分の力を過信してたのよ。自分並みにすぐれた医師は報酬をよほどたっぷりはずまないと来てくれない、それを待っていたら手遅れになってしまうと焦ったのね。

あとで手術に立ち会った看護婦に話を聞いたら、それはもうひどかったそうよ。あんな恐ろしい手術はあとにも先にもそれきりだって。滑りだしは上々で、チームワークも問題なかった。これを消毒して、あれを取って――あなたにとっておなじみの光景でしょう。あたくしも映画で何度も見たことがあるわ。ところが、アランは最初のメスをふるった瞬間、なんていうか――取り乱してしまったの。そしてミスを連発した。看護婦の話だと、居合わせた者たちはすぐには気づかなかったそうよ。あまりにもひどくて、事態がのみこめなかったらしいわ。一大事と気づいたときには、もう手遅れだった。彼女は病室に運ばれてから一時間後に亡くなったわ」

「ハンセンに執刀医が誰だったか聞き忘れるとは、うかつだった！」ベイジルは自分を責めた。「あのときハンセンがずっと恐れていたのは、それだったのか。わたしは医者でありながら、まったく気づかなかった……」

「無理もないですわ。めったに起こらないことですし、病院はひた隠しにするに決まってますもの。世間に知れたら、信用はがた落ちですから。外科医は過ちを犯してはならないんです。神でなければなりません。現実には九十九パーセントは成功するんでしょうけど、アランは残りの一パーセントにあてはまってしまったのね。しかもむごいことに、彼はガーゼルを愛していた。それがああいうことになった原因ではないかと思うの。手術が始まったとき、彼はすでに動揺していたわ。神経がぼろぼろになっていたはずよ。それで手もとが狂い、取り返しのつかないことになってしまったんでしょう」

ベイジルは不審の念にとらわれた。アランもそうだったにちがいない。それは彼にしかわからない孤独な地獄だっただろう。アランも医者の心理はわかっているから、たとえ極度の緊張時にあっても本心が望まないことなら決してやらないはずだと気づいたはずだ。彼はガーゼルに対して矛盾するふたつの感情を持っていたのだろうか。無意識の奥にしまいこまれていた幻滅が、彼女の身体に初めてメスを入れた瞬間浮かびあがってきたのだろうか。この女性にとっても手術に立ち会った者たちにとっても、純然たる事故に思える状況で。

どんなうっかりミスにも無意識の意図があるというフロイトの説は、あくまで仮説だ。それを裏付ける証拠は膨大にあるが、いずれ後世の心理学者が、脳や神経系の働きとはなんら関係ないと立証するかもしれない。そういう不確実な状態だけに、アランの自己不信はなおさら深刻化しただろう。真実は知りようがないのだから。自分は心の底で妻を殺したいと思っていたから、あんなことをしたのではないかと悩んだだろう。初恋の相手である幼なじみを追ってニューヨークへ出てきたガーゼル。男は都会に染まって変わったが、女は田舎育ちのうぶなまま。研修医の夫は安月給なため、結婚後も妻は仕事を続け、互いにいらだちがつのっていく。子供もいない。結婚前に、男は青春時代にけなげで愛くるしい娘と〝結婚の契り〟を交わしたのは〝若気の至り〟だったと気づき、白紙に戻したかったのかもしれない。だが自己嫌悪に陥るのが怖くて、できなかったのでは？　それは自尊心がからんでくるだけに結婚以上に強い束縛だ。そのためアラン・シューウェルは意思に反して結婚するはめになった。なぜなら、彼は〝もめごとが大嫌い〟な性分で、〝いつもまわりの意見に流されて〟いたから……

それで殺人を犯した。彼に殺意があったかどうかは誰にもわからず、処罰されない殺人だ。自分がそういう行動に走ったというショックは、どんな強い男でも耐えられるものではない。ましてやアランは強い男ではなかった。気持ちが冷めていたにもかかわらずガーゼルとの婚約を守ったのは、彼女を傷つけることを恐れたか、彼女に非難されて自分が傷つくのを恐れたからだろう。外科医としてのうぬぼれと、致命的な弱さの表われにほかならない。彼はどう考えても、一番楽な道を選択するタイプの男だ。

「その後、どうなったんですか？」

「彼は二度と手術をしなかったわ。病院側は彼をそのまま外科医として雇ってたけど、たぶん世間の噂が収まるのを待って、こっそり解雇するつもりだったんでしょう。彼はお酒を飲むようになったわ。勤務中に飲むこともあった。〝やかまし屋〟の院長は知らないでしょうけどね。看護婦たちがアランをかばうために黙ってたから。彼は生活がどんどん乱れていって、やがて——消えたの。自殺したんだとあたくしは思ったわ。病院もそうだったんでしょう。遺体が見つからなくて病院はほっとしたにちがいないわ」

「つじつまが合いますよ。大いにうなずけます」ベイジルは言った。「初めのうち彼は酒に溺れることで逃げようとした。だが若い看護婦に映画へ行こうと誘われた晩……」

「リントンのことね？　よく覚えてるわ。すれっからしの小ずるい娘よ。奥さんを亡くしたアランにしきりとちょっかいを出してたわ。彼があの娘を好きだったとは思わない。あの頃の彼はどんな女性も好きになれなかったはずよ。あんなことがあったばかりだし、ましてやリントトンはあのとき手術室にいた看護婦だもの。でも愚かで欲張りな彼女にはそれがわからなかったのね。しょっちゅう映画に行こうと誘って、アランを困らせてたわ。夜にお酒を飲ませないためだなんて言ってたけど、本当は彼と結婚したかったからよ」

「アランを困らせてた……」ベイジルは考えこんだ。「例のことが起こったとき手術室にいた看護婦なら、アランはなおさら避けたがるでしょうね。彼女を見るたび、忘れたいいまわしい出来事を思い出してしまうわけですから。アランの病院での最後の夜をひとつ再現してみましょう。

その晩、アランは彼女と映画へ行きたくなかったが、気が弱くて、人の意見に流されやすい性格のため、つい同意した。それが一番楽な道だったからです。ところがいったん彼女から離れて外の新鮮な空気を吸うと、その晩を彼女と過ごすのがいやでたまらなくなった。われわれは彼女の説明しか聞いていませんが、彼女がなにか気にさわることを言って、それがとどめの一撃になったのかもしれない」

「きっとそうですわ。〝お酒はやめないとね。でないと解雇されるわよ〟とでも言ったんでしょう」

「アランはタクシー乗り場へは行かなかった」ベイジルが続ける。「途中で流しのタクシーを拾ったんでしょう。そして、ふと気づいた。べつに彼女のところへ戻る必要はないんだ、彼女の言いなりになって、いやいやつきあうことはないんだと。その時点では、戻らないのが一番楽な道だったわけです。頭痛かなにかを口実にじかに断る代わりに、黙ってそのまま行ってしまえば、不愉快な言い争いを避けられる。いかにも彼らしい判断だ。彼女が傷つくのを自分の目で見なくて済むなら、平気で傷つけられる。想像力のない人間というのはえてしてそういうものです」

「でも、どうして自宅に帰らなかったのかしら?」

「リントンがアパートに電話してくるとわかっていたからでしょう。事実、彼女はそうしました。おそらくアランはどこかのバーでしこたま飲んだんですよ。彼女と一緒だったらできなかったことです――もめずには」

「飲んだあとも帰らなかったのはどうして?」

「バーにいるあいだ、彼女に言われたことを思い出し、このままだと自分の将来はないと気づいたんでしょう。それで、押し寄せる恐怖から最後の逃亡を試みた。タクシーを拾ってグランド・セントラル駅へ行き、ニューヨーク州のストラットフィールドへの切符を買ったのです」

「なぜストラットフィールドへ?」

「当時そこにはアルコール依存症の治療で有名な診療所がありました。クリントン医師のところです。アランはアルコール依存症の患者が多い都会の病院に勤めていたので、その診療所を知っていても不思議はありません。彼は深夜にもかかわらずそこへ向かった。待ったなしで助けを求めていたからです。待つのが怖かったのかもしれない。決心が鈍りそうで。そのうえ酔っていたので、夜分だから先方の都合を聞いてみるという配慮もできなかったんでしょう。

彼はしのつく雨のなか、暗闇を駅から歩いた。そして車にひき逃げされた。頭に受けた傷で、妻を殺して以来ずっと求めていたもの、すなわち忘却を手に入れた。彼は心のなかで感謝しつつ、つらい記憶を二度とよみがえらないよう無意識の底へ沈めたわけです。

例の診療所は事故現場の最寄りの医療機関でした。彼はそこへ運びこまれ、脳震盪と記憶喪失のほか、アルコール依存症も即座に診断されました。そして診療所の厚意で施療を受け、最終的には別の人間になったのです」

「まあ、誰に？」

「先日の日曜に殺害された、小説家のエイモス・コットルです」

「アランがエイモス・コットルに？　まあ、本当？　彼はシューウェルとして殺されたんでしょうか？　それともコットルとして？」

「今、誰もが知りたがっているのはそれなんです。ガーゼルには仲のいい兄弟はいましたか？」

「コットルをシューウェルと見破った人物が、ガーゼルを殺しておいて罪を免れているのは許せないと思い、彼をあやめたと？」

「可能性としては考えられます」

「彼女の両親はすでに他界してますわ。マサチューセッツ州のディアフィールドに結婚した姉が住んでいますけど、兄弟はいません。姉がやったとはとても……ディアフィールドの人間ではないと思いますわ」

「シューウェルのほかに幼なじみの恋人はいませんでしたか？」

「さあ、わかりません。でも……いたとしても、そこまで執念深いでしょうか？　手術中に不注意なミスで彼女を死なせた執刀医を、何年も経ってから殺すなんて」

「犯人はミスを不注意のせいとは考えなかったんでしょう。あるいは、自分より社会的地位の高いライバルに前々から嫉妬と憎悪を抱いていたのかもしれません」

「でも長い年月が過ぎたあとで……やっぱり、そこまで執念深い人はいないと思いますわ」

「計画的な殺人はつねに常人には理解できないものです」ベイジルは言った。「計画的でない殺人だって誰も理解できませんが、計画的なほうはもっと――いわば境界線を越えてしまっています。謀殺は故殺より刑罰がはるかに重いですからね。われわれは理解しがたいことや許しがたいことには、どうしても拒絶反応を示すものですよ」


　ヴィーラがウォルドルフ＝アストリア・ホテルの部屋でテレビを見ていると、電話が鳴った。交換手からウィリング博士が面会を希望してロビーに来ていると告げられたときは、ちょうど寂しくて気分が沈んでいたので嬉しさすら覚えた。すぐにテレビを消し、口紅を塗り直し、廊下に面したドアを開け放した。

　ウィリング博士は前回会ったときより憔悴した真剣な面持ちで入ってきた。ヴィーラは飲み物をいろいろ勧めたが、彼は首を振った。「すぐに失礼しますので。ひとつだけお尋ねしたいことがあります。アラン・シューウェルという名前の人物をご存じですか？」

　ヴィーラはぽかんとした。「ハリウッドで？」

「いえ、ニューヨークで」

「知らなければいけないの?」

「そんなことはありません。ガーゼル・マクドナルドという名前に心当たりは?」

「ないわ」

「これを見たことはありますか?」彼は蛇革の財布と金の指ぬきと結婚指輪、それからひと房の髪をテーブルに並べた。ヴィーラの目に反応が浮かんだ。

「エイモスが机にしまっておいた物よ。亡くなったお姉さんの物だと言って」

「彼の奥さんの物だという証拠があります」

ヴィーラの目が風にあおられた炎のように輝いた。「つまり……印税は今後彼女のものになるということ?」

「彼女があなたに害を及ぼすことはありません。あなたがエイモスと出会うずっと前に亡くなりましたから」

「エイモスは――誰だったの?」

「アラン・シューウェルという青年医師です」

ベイジルは一部始終を語った。

「ああ、どうりで」ヴィーラは納得顔だった。「エイモスは骨のラテン語の呼び名を全部知ってたし、売薬をばかにしてたわ。医者だったからなのね。でも、それが彼の死とどんな関係があるの?」

「まだわかりません。袋小路に迷いこんだ状態ですよ。彼はアラン・シューウェルだった過去には関係なく、エイモス・コットルだから殺されたのかもしれません」

「とにかくシューウェルの経歴があたしに影響することはないんでしょ？」ヴィーラは満足そうに言った。「あたしは彼の法律上の妻だから、れっきとした法定相続人よね。あたしのものは誰も横取りできないんだわ」

彼女はほっとして幸せな気分になった。

エイモスが死んでからずっと、ヴィーラは彼の正体が判明して思いがけない新事実が浮上するのを恐れていた。でもこれでもう安心だ。過去が自分の立場を揺るがす心配はなくなった。

ベイジルが帰ると、ヴィーラはフロントに電話して、手紙か電話のメッセージが入っていないか尋ねた。今日はまだ来ていないとの返事だった。サムからもオーディションの件の連絡がない。きっと落ちたのだろう。サムは悪い知らせでは電話してこないから。朗報のときは調子よくべらべらしゃべって、「おい、やったぞ、仕事が入った！」と誇らしげに言う。逆に自分の計画がうまく行かなかったときは知らんぷりする。

昨日、四通の手紙を書き終えたとき、まさか全員が梨のつぶてとは予想もしなかった。だんだんいらだちがつのってくる。あの人たち、いったいなにを考えてるの？　どういうつもり？　うんともすんとも言ってこないなんて、信じられない。フィリッパ、レプトン、トニー、ガス。一人くらいは震えあがって、すがりついてくるかと思ったのに。どうしてあたしの手紙を無視していられるの？

たぶん明日はなにか言ってくるだろう。そうなると今夜はなにも予定がない。昔の取り巻き連中にでも電話しようかしら。ハリウッドにいた三年間、こっちの男友達とは音信不通だった。でもあたしが帰ってきたことは新聞で知ってるはずだから、向こうから連絡をくれてもいいのに。ハリウッドで契約を打ち切られた女優には用はないってこと？　ヴィーラは再びテレビをつけた。ニュースキャスターのぼんやりした灰色の顔が口をぱくぱくさせている。別のつまみを回すと、音声が流れだした。

「……今夜八時より、製本協会の晩餐会の模様を放映します。ここ十年のアメリカ最優秀作家に一万ドルの賞金が授与され……」

ヴィーラはテレビを消した。今のニュースを聞いて、ますますみじめな気分になった。エイモスに贈られる賞なのに、自分は晩餐会にさえ招待されないなんて。

誰もいないスイートルームの静けさに耐えられなくなった。ヴィーラはサムのオフィスに電話をかけてみたが、留守番電話になっていた。きっとニューロシェルの自宅に帰って奥さんと二人の小さな息子さんと過ごしているんだろう。そこでの彼は、マンハッタンでの名士相手の派手な仕事とはまったく別の生活を営んでいる。テニスをしたり、PTAの会合やユニテリアン派教会の夕食会に参加したり、夏はロングアイランド湾でボート遊びを楽しんだり。スラム街育ちのサムにとっては、夢のように幸福な生活だろう。クリーヴランド郊外のニューロシェルと似たような場所で生まれたヴィーラには、とても理解できなかったが。彼女から見れば、サムの家庭生活は自分がこれまで懸命に遠ざけようとしてきた生活そのものだ。自宅にいるときの彼には電話をする気になれない。

でも今夜はどうにかして時間をつぶさなければ。レストランで食事をしてから、映画でも見よう。

タクシーで三番街のフランス料理店へ行った。そこを選んだのは、ニューヨークで一番高いレストランだと誰かに聞いていたからだ。メニューは手書きのフランス語でちんぷんかんぷんだったので、ウェイターに適当に見つくろってもらった。しばらくしてようやく料理が出てきたが、食べてみてもどんな料理なのかよくわからなかった。大きなワインボトルも一本運ばれてきて、それを飲んだら少し眠くなった。食前のカクテルが多すぎたのだろう。彼女はブラックコーヒーを注文し、食後のブランデーは断った。請求書は目玉の飛びでるような金額だったので、高級料理だったのだと納得した。

店の外の庇《ひさし》の下で、ここは雨の晩にタクシーを簡単に拾える街ではないと突然気づいた。これまでは自分の車か、タクシーをつかまえてくれる男性と一緒だったから、雨靴もレインコートも身につけたことがない。今夜はローカットのサンダルに、チュールレースつきの帽子、おまけに濡れればいっぺんにだめになってしまう光沢のある毛皮という恰好だ。突風で横殴りの雨になると、街路から一瞬のうちに人影が消えた。ドアマンが大きな傘をさしてタクシーを探しにいったが、すごすごと戻ってきて、もうしばらくお待ちください、マダム、と言った。

マダムは急にサンダルや帽子や毛皮などどうでもよくなった。通りの向こうに『ベンガルの槍騎兵』というネオンサインがまたたいていた。古くさい昔の映画だ。昔も三番街でかかっていたのだろう。でも退屈なときは背に腹は代えられない。

ヴィーラは顎を毛皮にうずめ、頭を低くして雨のなかへ出ていった。一ブロックほど進んだとき、背後に自分と同じくらい急ぐ足音が聞こえた。だが振り返らなかった。顔に雨があたらないよう、うつむいたままでいた。サンダルはなかまでびしょびしょで、ストッキングは濡れて肌にへばりついた。もう映画はやめた。ホテルまで歩いて戻ろう。熱いお風呂に入って、テレビをつけ、製本協会の晩餐会を見よう。ガスとトニーが出席しているはずだ。テレビに彼らの顔が映れば、どんな心境かわかるだろう。それに、今頃ホテルに電話のメッセージが届いているかもしれない。ヴィーラは通りを西へ曲がって、薄暗くて長い横丁へ入った。三番街とレキシントン・アベニューにはさまれたこの界隈は、人けがなく物騒な感じだ。

周囲の明かりのついている窓はすべて閉まってブラインドがおりている。だが道の反対側に建っている褐色砂岩の古い家は三階の一室だけ窓が大きく開け放たれ、照明が夜陰のなかでひとつ目のように油断なく光っている。

背後の足音も彼女について道を曲がり、さっきよりも距離が縮まった。ヴィーラは背筋の凍る危険というものを生まれて初めて味わった。ニューヨークの強盗事件についてはいろいろと耳にしている。スラム街の少年ギャングが、夜遅く外を一人きりで歩いている身なりのいい者から財布を奪い、場合によっては割れたガラスや剃刀といった手製の武器で襲いかかることもあるとか……

そんなことが自分の身に起こるはずないとヴィーラは思った。起こりっこないわ。後ろを誰かが一人歩いているだけよ。

ブロックの真ん中あたりにさしかかり、街灯が落とす光の輪に入ったときは、少しほっとした。いつも人でにぎわう陽気な喧噪に満ちたレキシントン・アベニューが、こっちへおいでと誘っている。ヴィーラは勇気を振りしぼって後ろを振り返った。とたんに安堵の念がどっと押し寄せ、混んでむっとするナイトクラブを出たあとに新鮮な空気を吸ったときのように心地よくなった。

ヴィーラは満面の笑みになった。「まあ、あなただったの！」

無防備な彼女の首を腕が万力のように締めあげ、口をてのひらがふさいだ。

通りの向かいの開いた窓で、病身の女性は目をそらした。通行人の女性が振り向いたとたん笑顔になったので、恋人同士の抱擁だと思ったのだ。のぞき見するつもりはなかった。

第十三章

ベイジル・ウィリングは結婚してコネチカット州へ引っ越すことになったときも、パーク・アベニューにある独身時代の古い褐色砂岩のアパートメントは引き払わずにおいた。おかげでこういう晩は便利である。彼の著書のイギリス版を手がけた出版業者、アレグザンダー・マクリーンと一緒に製本協会の晩餐会に出席する予定だからだ。二人は以前、マクリーン社がベイジルの最初の著作のイギリス版を刊行したのが縁で知り合い、ドイツ侵攻時に情報部に所属していたという共通の戦争体験から意気投合した。

ベイジルは正装が必要な今夜の晩餐会のために着替え、アパートメントの古い書斎の暖炉の前に腰かけた。この白い鏡板の壁と深紅のカーテンの部屋で、彼はこれまでに幾多の事件を解決してきた。だが今回の、エイモス・コットルなる男の一見単純な殺人ほど謎めいた事件は初めてである。

証拠品がコーヒーテーブルの上に広げられていた。ベイジルがエイヴァリーと一緒に火災現場から救出した品々である。指輪、財布、指ぬき、ひと房の髪、エイモス・コットルの既刊四作の初版、未刊作品の写し原稿、書評や広告の切り抜きを整理したスクラップブック、書簡と契約書をはさんだフォルダ。

五作の長篇小説はまだ全部読み終えていない。アレックを待つあいだ、『情熱的な巡礼者』にもう一度目を通すことにした。

暖炉の火がはぜ、風が窓枠をがたがた鳴らし、雨が窓ガラスにぱらぱらとぶつかっている。ベイジルは読むうちに亡き男の書いた物語にどんどん引きこまれていった。そうすると、今まで気に留めなかった事柄が新しい意味を持ち始めた。ベイジルは鉛筆を手に取り、ある一節を薄い線で囲んだ。そこを読んで、レプトンによる『情熱的な巡礼者』の書評を思い起こし、書評のある段落に二重線を引いた。

……登場人物のなかに、一八九八年のバワリー街で売春宿のおかみをしていた祖母を持つ女がいる。その老婆は作中に一度だけ死に際に登場し、次のような短い言葉を残す。「あの男に危害を加えようとは思っちゃいないよ。これっぽっちもね。だけどあんな男、転んで首を折っちまうがいいのさ!」この婆さんの性格が実にうまく描かれているではないか。そこにはすべてが含まれている。陰険で辛辣なユーモア、野卑な現実主義、長いヴィクトリア朝末期の短いガス灯時代における、信心家ぶった偽善に対する情け深い軽蔑。全盛期の彼女が目に浮かぶようだ。模造真珠と模造ダイヤをごてごてつけ、厚ぼったい手につやのある白いキッド革の手袋をはめ、コルセットで締めつけた胸とバワリー街の泥で汚れたひらひらしたスカートに菫《すみれ》の香水を振りかけ、デイリー劇場のバルコニー席で澄まし返っていたことだろう。今の時代にこういう文章を書ける作家がエイモス・コットル以外にいるだろうか?

ベイジルの興味は驚きに染まっていった。コットルの家でエイヴァリーといたときに初めて浮かんだおぼろげな考えが、次第に大きくふくらんで鮮明になり、確信へと変わりつつあった。これが答えだろうか？

すっかり没頭していたので、階下からアレックの鳴らす呼び鈴が聞こえるまで現実を忘れていた。ベイジルははっと我に返り、廊下へ出て表玄関の解錠装置を操作した。階段の一番上に立ったとき、下の玄関ホールに入ってきたアレックが黒と白の大理石の床を背景に縮んで見えた。

「上がってくれ、アレック。一杯やろう。きみに面白い話を聞かせるよ」

アレックは濡れたコートと帽子を脱ぎ、両手をこすり合わせながら暖炉へ近寄った。長身で色白の印象的な容貌をしており、名前はスコットランド系だが見た目はイングランド系だ。

ベイジルはウィスキーのソーダ割りをふたつ作り、二人は暖炉をはさんで向かい合って座った。一人は白い肌、もう一人は浅黒い肌。どちらも単調な白と黒の古めかしい礼服なので色の対比が一段と目立つ。端から見れば、のんびりと静かな夕べを過ごす紳士たちだと思うだろうが、実際には全然ちがう。

アレックは幸運に恵まれてきた男特有の底抜けの楽天主義の持ち主だ。父親からマクリーン社を引き継ぎ、大西洋の両側の出版慣行に精通している。いかなる精神的国境も軽々と飛び越える生まれつきのコスモポリタンで、ニューヨーク、モロッコ、ロンドン、パリ、どこにいよ

う と 同じようにくつろいでいる。

ベイジルは不確かな部分は除き、エイモス・コットルについて知っていることをすべて話した。

「コットルとは会ったことがないんだ」アレックが言った。「だがトニー・ケインは知っている。彼は一九四〇年に自社本すべてのイギリス出版権を即金で売った。ヒトラーが戦争に勝つと予想して、イギリスで印税が滞るのが心配だったんだ。われわれに負けてほしかったわけじゃない。ただ、負けた場合に損をしたくなかったんだろう」

「トニーらしいな」ベイジルは苦笑いした。「アレック、まさかと思うような考えが浮かんだんだ。文学界を知りつくしているきみにぜひ聞いてもらいたい。実を言うと、それもあって今夜一緒に晩餐会へ行こうと誘ったんだ。そこには事件関係者のほぼ全員が出席するから、突破口が開けそうな気がする。われわれでどこかをちょっとつつけばね。ここに書評と広告の切り抜きと手紙と本があるから、ぼくが印をつけた箇所に目を通してみてくれないか？　そうすれば――きみも同じことに気づくかもしれない」

アレックは酒を飲んで煙草に火をつけてから、それらを読み始めた。暖炉の火がため息のような音を漏らし、窓が再びがたがた鳴った。さほど時間が経過しないうちにアレックは本と書類を置き、ベイジルを眼光鋭く見やった。「なんという奇態な！　信じられない！　いや、しかし――うむ、ありえないことじゃないな」

「本当か？」

「ああ。否定する根拠はないよ」

「われわれの考えていることが同じかどうか確かめよう。きみが意義深いと思う要点を挙げるかい？　それとも、ぼくが〝意味深長〟で、〝ふんだんに価値のある〟点を指摘しようか？　つまり奇妙な点を」

アレックはくすくす笑った。「チャムリーじいさんのくだりはべつに奇妙ではないだろう？　まあ、とにかく、全部合わせると奇妙な点は少なくとも十ある」

「十？」ベイジルは聞き返す。「そんなにあったかい？　じゃあ、ぼくが気づいた点を挙げてみよう。

一、エイモス・コットルという名前
二、〝幽霊の三分の二〟のゲームで、コットルが最初の質問に答えられなかったこと
三、『情熱的な巡礼者』の腕が折れるシーン
四、トニーのコットル宛の最初の手紙から『退却』刊行までの三ヶ月という期間
五、トニーのりんご売り婆さんの話
六、ガスの従軍体験
七、レプトンが解剖学に不案内であること
八、ヴィーラと暮らしていたあいだコットルは執筆しなかったこと
九、エイヴァリーによれば、コットルの小説は過去三十年間の流行小説の寄せ集め

さて、十番目はなんだい？　きみのほうがひとつ多く見つけたね、アレック」

アレックはほほえんだ。「レッピーは意地悪ないたずらが大好きだという点だ。どれもこれも実に興味深いが、エイモス・コットルを殺した犯人はまだ判明していないよ、ベイジル」

ベイジルはほほえみ返した。「ぼくは見当がついている。きみは？」

「ぼくもだ」アレックが真剣な面持ちに変わる。「だいたい見当はつく。気の毒に！　なんてもったいない」

「そういうことなら、もうひとつ加えて十一だな」ベイジルが考えこみながら言った。「レプトンの父親は製本屋だった……もう一杯どうだ？」

「ああ、きゅっと一杯空けて、晩餐会へ出発するとしよう。こうなったらなにがあろうと行かなくては。ドイツにいた頃を思い出すよ。今夜はどういう作戦だ？」

「ぼくは彼と二人きりになる。きみはタクシーであとから来て、彼の家の前で待機してくれ。三十分経っても彼とぼくが出てこなかったら、部屋へ上がってきてほしい」


製本協会は街の最大級ホテルに宴会場と控室を借りていた。ベイジルとアレックが会場に到着したとき、招待客たちはちょうど控室のバーから宴会場の予約席へぞろぞろと移動するところだった。ベイジルに促され、アレックはサットン＆ケイン社のテーブルと隣り合った自由席のテーブルに二席を確保した。

アレックはトニーとレプトンと目が合い、ほほえみかけた。「ほかの面々は誰だい？」アレックは小声でベイジルに尋ねた。

「トニーの隣は彼の奥さんのフィリッパだ。その横がコットルのエージェントのガス・ヴィージーと奥さんのメグ。はて、レプトンとトニーのあいだにいる女性は誰かな。ああ、わかった。ヴィージーが担当する売れっ子作家、エレン・ガーバーだ」

五品料理のコースが大勢のウェイターによって次から次へと運ばれ、客たちは食欲が追いつかず、あたふたと詰めこんだ。コーヒーが出てくると、招待客を見渡せる主賓席の長いテーブルで男が立ちあがり、自分のスプーンでグラスを軽く叩いた。

「今夜、こぬか雨のなか会場へ来る途中、ふと思い出した話があります。それは……」

十分経って、ようやく退屈なスピーチが終わりに近づくと、聴衆の安堵を表わすようなばらばらの拍手が起こった。

「それではお集まりのみなさん……」司会者が言葉をいったん切った。重苦しい宙ぶらりんの沈黙がおりる。もうひとつ小話を聞かされるのか？　数人の客がウェイターにブランデーを持ってくるようこっそり合図した。

「……製本協会会長として光栄なことに、アメリカ最優秀作家賞選考委員長にして有名女子大学の英文学科主任教授、ハーマイオニー・フェザーストーン女史を紹介させていただきます。ご存じのとおり、ミス・フェザーストーンはすばらしい中篇小説『鴫《しぎ》と私』を発表されたほか、《アトランティック・マンスリー》と《ハーパーズ》に楽しいエッセイを数多く寄稿されています。フェザーストーンさん、どうぞ」

万雷の拍手が起こる。フェザーストーン女史が立ちあがり、甲高い澄んだ声で話しだした。

頭は白髪まじりで、険しい顔はニューイングランドの厳しい冬によって赤らみ、痩せぎすの身体は二十年前に流行した服に包まれている。特に女性のあいだにおいて演劇界顔負けに嫉妬深い競争心が渦巻く学界で、頂点にまで這いのぼった人物だ。今は彼女の人生最高の瞬間だろう。大学にくらべればここはまさに晴れがましい異国の世界だ。大学で彼女が高く評価した学生の持ちこみ原稿はだいたい編集者に断られるが、この場にいるのは現実に本を出して稼いでいる本物の出版業者と作家たちである。

出版業者たちはみな、今だけは彼女に一目置き、彼女の評価を尊重するつもりだった。彼女の言うがままに無名作家の処女作に一か八かの賭けをさせられるのはごめんだが、基金で成り立っている賞の授与なら自分たちの懐は少しも痛まない。

選考委員には彼女以外の人物も名を連ねている。文芸批評家のモーリス・レプトン、出版業者のトニー・ケイン、小説家のエレン・ガーバー、製本協会会長のスローン・シヴィアリングといった顔ぶれである。だが委員長はフェザーストーンで、報道機関にでかでかと取りあげられるのは彼女の名前だ。よって〝名誉ある役目〟である。トニーの宣伝係はそう言って彼女をおだてた。

普段おとなしい学生たちを相手にしているハーマイオニー・フェザーストーンが、聖ベーダに始まる英米文学の概説を聴衆に披露しているあいだ、食後のブランデーの注文はまた一段と活発になった。司会者が彼女に時間が押していますのでと耳打ちしたときには、客のほとんどが三杯目のブランデーを飲んでいた。フェザーストーンはヘンリー・ジェイムズに軽く触れてトマス・ハーディーを手短に片づけ、いよいよ大団円へと突入した。

「選考委員会はかように考えます。わたくしどもの言語から明瞭で簡素な言葉を選んで音楽を紡ぎだす高貴な才能、すなわち庶民として庶民のために人間らしい同情心を浮き彫りにする芸術性を持ち、さらにはわたくしどもが一流作家に期待する哀感や、人間の尊厳に対する崇高な感性をそなえた現代文学の作家はただ一人であると。不慮の悲劇により、ご本人が今夜ここに出席できないことは委員会にとって残念至極ですが、代わりに彼の版元であるアントニー・ケイン氏に前へお進みいただき、この賞を受け取っていただきたいと思います。わたくしどもの時代を代表する、霊感を受けた献身的な記録者、エイモス・コットルのために」

これでようやく長い試練が終わり、ブランデーと安堵は拍手喝采に変わった。フェザーストーンはほほえんで一礼し、満足げに着席した。

「司会者およびご列席のみなさん」トニーの声は、フェザーストーンの細くて甲高い声のあとなのでよけい太く朗々として聞こえた。「エイモス・コットルという輝かしい名のもとに賞を拝受することは、光栄の至りであります。彼の突然の悲劇的な最期について長々と述べるのは控えましょう。モス・コットルが今夜この場にいたならば、生涯最高の誇りと感じたにちがいない、とだけ申しあげておきます」

感極まったかのように、最後の部分でトニーの声は弱々しく震えた。場内の温かい拍手には心からの同情がこもっていた。ベイジルとアレックだけが、トニーの動揺の理由はエイモス・コットルの死に対する哀惜の念以外のものではないかと疑った。

そのあとはお開きまで酒と歓談の時間になった。客たちは席を立って、ほかのテーブルをまわり始めた。麦畑を渡る風のように、ささやき声が群衆のあいだを駆け抜けていく。アレックは別のテーブルにいる旧友のところへ挨拶に行き、ベイジルに重大情報をみやげに持ち帰った。

「食後のスピーチの取材で来た記者が、ここへ入る直前にテレビのニュースを見たそうだ。コットルの妻、ヴィーラ・ヴェインが、さっき外の通りで遺体で発見された。何者かに首を絞められ、口へ無理やり青酸化合物を突っこまれたらしい。予想しなかった事態だよ」

「彼女は誰かをゆすってたんだろう」ベイジルは言った。「トニーのテーブルに空席があるね。ガーバーは帰ったらしい。あのテーブルが無人になる前に行動を起こしたほうがよさそうだ。行こう」

トニーはベイジルとアレックを嬉々として迎えた。「ベイジル！　それにアレック・マクリーンも！　さあ、しめくくりの一杯に加わってくれ。アレック、きみはこの席に。ベイジルの椅子はすぐ持ってくるよ。飲み物はなにがいい？」

「いえ、今はけっこうです」ベイジルはテーブルの面々を見渡した。例の噂は会場のこちら側までは届いていないようだが、このなかの一人はヴィーラが死んだことを知っている。彼女を殺した犯人なのだから。

「アレック、うちの春の出版目録にきみがイギリスで出すのにもってこいの本があるんだ。目下当社で翻訳中のフランスの小説で、イギリス版の権利は空いている。翻訳者が作品のタイトルに悩んでたら、わたしがいいのを思いついてね。『こんばんは《ボンソワール》、先生《メトレス》』というんだ。いいだろう? 『リンカーンの医者の犬』みたいに、『チップス先生さようなら』と『ダブ先生おはよう(映画の邦題は『美わしき思い出』)』と『悲しみよ、こんにちは』をかけ合わせた感じで。とにかく、このタイトルならあだっぽいし、俗物根性に訴えるよ。原書で読むほどフランス語に長けていない読者は、英語版のタイトルが簡単なフランス語だと喜ぶんだ。アメリカの新聞に掲載される四コマ漫画にフランス語のタイトルがつくのと同じだよ。本屋に行って、『ボンソワール・メトレス』という本をくださいと言うのは、退屈で単調な生活にはちょうどいい刺激だからね」

「『リンカーンの医者の犬』というタイトルの本は誰かが書いていそうだな」レッピーが口をはさむ。

ベイジルはテーブルを見まわした。「みなさんに質問がひとつあります」

「なんだね?」トニーはまだにこにこして自信たっぷりだが、ほかの者たちは警戒する顔つきになった。

「きわめて単純な質問です」ベイジルは静かに続けた。「エイモス・コットル名義の小説は、誰が書いたのですか?」

第十四章

トニーの顔が暗くなった。「どういう意味かわからんね。わたしは……」
「否定しないでください」ベイジルはうんざりした口調で言った。「証拠は充分すぎるほどそろいましたから、否定しても無駄ですよ。あなたがエイモスに宛てて書いた、処女作の刊行を受諾する旨の手紙ですが、日付は一九五二年一月でした。実際に刊行されたのは一九五二年三月です。受諾から刊行まで三ヶ月。一九三九年以前ならありそうもないという程度でしょうが、今日《こんにち》では絶対に不可能です。戦後、本を出すには最短でも半年はかかるようになりました。ごくまれに例外もありますが、それは有名作家の旬な作品だけです。エイモスの場合は無名作家による処女作でした。

エイモス・コットルが〝幽霊の三分の二〟ゲームでランゲルハンス島とはなにかを言い当てたとき、わたしは彼に医学知識があるのではないかと思いました。今はさらに、エイモス・コットルの名で通っていた男は記憶をなくす前はアラン・シューウェルという青年医師だったことが判明しています。ランゲルハンス島の意味を知っていたのですから、彼は知識の記憶は保っていました。欠けているのは自分自身と感情にまつわる記憶だけで、記憶喪失ではそれが普通です。ところが『情熱的な巡礼者』にこういう表現が出てきます。〝彼の腕を力いっぱい後ろへねじ曲げたとき、脛骨《けいこつ》が折れる乾いた音が聞こえた〟医者であれば、たとえ経験が浅かろうと、どんなに無能だろうと、腕の骨を脛骨と書いたりはしません。脛骨は脚の骨ですから。

コットルことアラン・シューウェルはニューイングランド出身でしたが、彼の最新作には中西部出身と思われる表現がいくつもあります。たとえば男性主人公の臨終の言葉、〝きみにさよならを告げ《テル》たい〟といった言いまわしです。東海岸では〝きみにさよならを伝え《ギヴ》たい〟もしくは〝きみにさよならを言い《セイ》たい〟となるのが自然です。

また〝幽霊の三分の二〟ゲームで、コットルは『イギリス詩人とスコットランド批評家』の著者がバイロンだと知りませんでした。しかしエイモス・コットルなるペンネームを考えた者なら、その作品と著者を知っていなければおかしい。くだんの諷刺詩に次のような一節があるからです。

おお、エイモス・コットル！　太陽神アポロ！
未来の名声を高らかにとどろかす名前！

ここに出てくるエイモス・コットルは、今は忘れられた、バイロンと同時代の作家です。当時はやりの陳腐な作品を片っ端からごたまぜにした、大衆にへつらう作品を書いていました。わたしたちの時代のエイモス・コットルもまさにそうだとエメット・エイヴァリーが指摘しています。これをペンネームに選んだのはいたずら好きな人物でしょう。ビリー・フェルプスのおかげで、古典よりも現代小説を重視する進歩主義の学校で教育を受けた世代は、イギリス文学の偉大な古典から取った名前とはどうせ気づかないだろう、と高をくくったわけです。その予想は的中しました。誰一人、エイヴァリーさえも、エイモス・コットルという名前の由来に気づかなかったのですから。『イギリス詩人とスコットランド批評家』は今の時代の学生にとって、聞いたことはあっても読んだことはない作品なのでしょう。

エイヴァリーがコットルの作品を薄っぺらでいんちきくさく、過去三十年間の流行小説の寄せ集めみたいだと感じたのは無理もありません。エイモス・コットルなる人物自体が寄せ集めであり、いんちきなのですから。大がかりな文学的悪ふざけですよ。たしかに、これまで文学はほかのどんな芸術や職業よりも大胆ないんちきを生みだしてきました。オシアン（三世紀のゲールの伝説的詩人）、チャタトン（十八世紀のイギリスの詩人）、サント゠ブーヴがいい例です。ペンネームという装置は、ダニエル・デフォーの『モル・フランダーズ』やデイジー・アシュフォードの『若き訪問者たち』を世に送りだしました。最近では平水夫あがりのふりをする若い女性作家や、ドイツの諜報部員だったと偽る男性作家まで現われています。作家が小説のプロットや欺瞞を考えつく才能は、本という舞台だけでは収まりきれません。嘘と作り話が心理学的に似通っていることは、子供の他愛ない小さな嘘を考えれば明らかです。

コットルことシューウェルが、ヴィーラと一緒にいた三ヶ月間まったく執筆しなかったのは当然です。彼はそれまで二、三通の手紙と学校の練習問題以外はなにも文章を書いたことがなかったのですから。トニーがヴィーラにハリウッドの仕事を世話して二人を別居させたのも当然ですし、彼女がハリウッドから戻ってきたときにみなさんが狼狽したのも当然です。彼女がコットルことシューウェルと一緒に暮らせば、そのうち小説を書いていたのは彼ではないと気づくでしょう。そして彼女のことですから、コットルことシューウェル本人と、詐欺を働いていた人物を脅迫するはずです。あなた方としては、彼女に真相を知られては困るわけです。

コットルの家に、本物の作家なら置いてあるべき下書き原稿や執筆ノートが一枚もなかったのも当然です。実際にあったのは既刊書と写し原稿、切り抜き、契約書くらいでした。しかも、わたしが隅々まで捜索して、コットルの執筆メモが古い封筒の裏にでも残っていないか確認する前に家は焼け落ちてしまいました。それも当然のことでしょう。わたしがあそこを虱つぶしにしていれば、住んでいたのが作家ではなかったことがはっきりしたはずですから。

エイモスの小説を書いたのは、あなた方三人のうち果たして誰か？　一作目は海兵隊の話でした。コットルことシューウェルとはちがって、ガスは戦時中海兵隊にいました。一方、レプトンは、作品中の腕の骨と脚の骨の呼称を混同した箇所を書評で平然と引用しました。どうやら解剖学に関しては門外漢のようで、あの作品の作者だったとしても矛盾しません。では彼は、自分が書いた作品をたたえるためにコットルを過度に賛美したのでしょうか？　レプトンはわたしに、創作は批評よりも立派な芸術であり、批評とは心理学的に硫酸を相手の顔に浴びせる行為に似ていると言いました。批評家が自分でそんなことを認めるでしょうか。むしろ批評に対する作家の恨み言に聞こえます。

本を書いたのが誰にせよ、〝きみにさよならを告げたい〟のような西特有の言いまわしを使っています。東部のヴァーモント州出身のコットルことシューウェルなら、〝きみにさよならを伝《ギヴ》えたい〟としたでしょう。ニューオーリーンズとニューヨークで暮らしてきたガスもそうです。しかしトニーとレプトンなら〝きみにさよならを告《テル》げたい〟を使うかもしれません。トニーはもともと西海岸の出身、レプトンはコットル最後の作品で重要な舞台となったシカゴが故郷ですからね。ところで、りんご売り婆さんの話はトニーの十八番です。それはコットルの小説に挿入され、その部分をレプトンが書評で取りあげて絶賛しています。

それにしても、あなた方はなぜエイモス・コットルという替え玉を必要としたんでしょう？　テレビ出演のためですか？　それともエドワード・エヴァレット・ヘイルの小説、『私の替え玉と彼が起こした騒動』の現代版？　これはアイルランド人の男が学識のある牧師の代役を務め、酔っぱらって講話をめちゃくちゃにしてしまうという話です。

もうひとつ考えられます。コットルの作品はトニー、ガス、レプトンの合作だという線です。各人が幽霊《ゴースト》の三分の一ずつになるわけです。ちなみに、有名作家の代作者をゴーストライターと呼びますね。

そう考えれば、出版契約の特異な利益配分にも合点が行きます。ガス・ヴィージーのようなごく普通のエージェントが、十パーセントではなく二十五パーセントもの手数料を取っているのが不思議でなりませんでした。しかしガスがエイモス・コットルの三分の一を書いたとすれば、それは会計士や税吏から面倒なことを訊かれずに公然と合法的に分け前を受け取れる唯一の手段でしょう。もちろん利益の四分の一は、なにも書いていないコットルことシューウェルに行き、印税として公明正大に支払われます。レプトンの取り分だけは内密に現金で渡すしかないでしょうね。彼は自分が執筆を分担した作品を批評家として称賛したわけですから、その報酬をおおっぴらに受け取ることはできません。

細かいことですが、こんな風変わりな符合もあります。あなた方は三人組です。歴史上最も有名な三人組といえば？　そう、三頭政治のメンバーですね。すなわち、のちにアウグストゥスと名乗るオクタウィアヌス・カエサル、マルクス・アントニウス、小男のアエミリウス・レピドゥスです。古代ローマ人が愛称を使っていたとすれば、レピドゥスはレッピーと呼ばれていたでしょう。ガスとトニーとレッピー——三人一組の幽霊です。エイモス・コットルの名前と同じく、小うるさいいたずらっぽさを感じさせますね。全体に悪ふざけの雰囲気が漂っています」

レプトンは小首を傾げた。彼の長い繊細な指はコーヒースプーンをもてあそんでいる。「彼に話すしかないようだな、トニー」

「レッピーの言うとおりだ」ガスが同意する。「彼に話したほうがいい。彼なら公表しないでくれるだろう」

「よし、わかった」トニーが話しだした。「だが最初にひとつ断っておく。これは不正行為ではない。法律には違反していない。今夜の一万ドルの賞金もコットルの作品を実際に書いた者が受け取るべきで、ペンネームを使うのは詐欺でもなんでもない。ペンネームで契約書に署名するのも合法だ」

「では、やはりあなた方三人が？」

「話は一九五一年までさかのぼる」トニーが言った。「ずいぶん昔に感じられるよ。われわれ三人は古くからの友人だ。互いの両親も友人同士で、全員が出版業界で育った。わたしは老いぼれ夢想家のダン・サットンが経営する弱小出版社のしがない編集者だった。レッピーはもっと苦しく、新聞や雑誌にときおり書評を書いてなんとか糊口をしのぐフリーの批評家だった。彼は一念発起して小説を書いた。それでひと財産築くつもりだったが、そうはならなかった。批評家たちには評価されたが、売れ行きはペイパーバックで六千部そこそこだった。レッピーはすっからかんになって絶望した。ガスはちょうど海兵隊を除隊したばかりで、妻と二人の子供を抱えていた。ラジオの仕事に復帰するのに四苦八苦していたうえ、ラジオはテレビに駆逐されかかっていた。そうかといって新たにテレビの世界でやっていく自信はなかった。そこで、わずかな元手でエージェント業を始め、ラジオの台本を書きながら家族を養っていた。ラジオが完全に滅びる前にエージェント業が軌道に乗ってくれるのを願ったが、あいにく持ちこまれる原稿はほとんどががらくただった。

ある晩、われわれ三人は三番街のバーに集まった。そろって先の見えない状態で、裏切られたような苦々しい気分だった。ガスはこう言った。〝まったくいやになるよ。三人とも頭脳明晰だし、本を書くことと売ることに関してはなんでも知ってる。なのに一人も出口を見つけられずにいる。つまり金になるおつむの使い途をね。三人の知恵と能力をなんとか結集できないものかなあ……〟」

レプトンが話を引き継いだ。「そうしてエイモス・コットルが誕生した。合作のアイデアはわたしがガス、トニー、レッピーという名前から三頭政治を連想して思いついた。それまで、われわれはトニーも含めて、収入の足しにしようと副業で小説を書いていた。たまに誰かの作品が採用されることがあり、それでかろうじて希望をつないでいた。苦しみだらけの希望だったがね。ほとんどの原稿は断られ、三人ともこの世でフリーの物書きほどつらいものはないと悟っていた。

そこでその晩、わたしは提案した。〝作家は多作であることが肝心だ。定期的に作品を生みだしていけば、いつか必ず日の目を見る。だが大方の作家はそこでしくじる。作品の数が少なくて、編集者や批評家や大衆に名前を覚えてもらえないんだ。それに関してうまい方法がある。われわれ三人が書いたものを持ち寄り、一人の架空の作家として出すんだ。そうすれば、その作家が書く量は普通の作家の三倍になる。群を抜いて多作なら、遅かれ早かれ注目されるだろう〟

われわれはせっぱ詰まって死に物狂いだったから、そのばかげた計画がうまく行くと信じた。そして実際にうまく行った。

重要な戦争で壮大な作戦を練るがごとく、細部まで綿密に計画した。トニーはダン・サットンを説得して処女作を刊行させることができそうだった。わたしはそれを絶賛評つきで世に送りだせるだけの信用を批評家として得ていた。また、誰かがなんらかの理由でエイモス・コットルの経歴と素性を調べるかもしれないから、われわれの臭跡をたどられないようガスをエージェントに据えることにした。コットルの知名度が上がれば、彼がわれわれの目に留まったいきさつについての記録も必要になるだろう。ハーマイオニー・フェザーストーン女史のようなおせっかい屋の学者や、エイモス・コットルの全作品を博士論文のテーマにしようと考える愚直な学生に見せるための記録が。エイモス・コットルが大成功した場合は、彼の伝記を書きたいという者も出てくるはずだ。

そこで、ガスがメグの読む持ちこみ原稿の山にコットルの作品をまぎれこませ、彼女にそれを発見させることにした。われわれは最初から、この計画は女には内緒にしておくと決めていた。女に知られたら秘密は秘密でなくなる。それに、誰かが不審を抱いた場合にそなえ、メグにコットル発掘の信頼できる証人になってほしかった。メグがその晩読むほかの原稿はくだらないものばかりで、コットルの作品がいっそう際立って見えるはずだった。そもそも彼女の目に留まらないはずはない。なんといっても、われわれ三人は健筆家ぞろいだからね。

トニーのほうは自分より先に、下読み係として育てていた若い女性にエイモスの原稿を読ませた。彼女の詳細なレポートはあとで役に立つはずだ。たとえコットルとトニーの関係が疑われても、トニーは自分で読むまでその原稿になんの興味もなかったことや、それが無名作家による持ちこみ原稿のひとつにすぎなかったことは、彼女のレポートが証明してくれる」

フィリッパは憤懣やるかたなくトニーを見た。メグは悲しげに恨みがましくガスを見た。彼女たちはどちらも、この四年間エイモス・コットルの神話を守るために夫が毎日小さな嘘を無数に重ねてきたことに気づいたのだった。

「すまない」ガスはメグの手に自分の手を置いた。「生活が苦しかったから、ほかにどうしようもなかったんだ」

「打ち明けてほしかったわ」メグは言った。「もっとわたしを信頼してくれてもよかったのに。さんざん嘘をついてきたあなたを、この先どうやって信じればいいの?」

「嘘ではありません。作り話です」ベイジルが言った。「物書きの性《さが》ですから、大目に見てあげてください」

トニーはフィリッパの怒りに同じだけの怒りで応えた。「きみはエイモス・コットルをあがめてたんだろう? わたしの前ではわざと彼や彼の作品を気に入らないふりをしていたがな。見ていて愉快だったよ。きみがようやくめぐり会えたと思った英雄は、実は半人前の男だったんだからな」

「合作の具体的な方法は?」ベイジルが訊いた。

「ガスが毎年一本ずつ下書きを作り、それにトニーが手を加えた」レプトンが説明する。「そうやって四年間に四冊出してきた。下書きはきわめて粗い内容で、プロットに毛が生えた程度だが、ガスとトニーはストーリーの流れに沿った挿話をいくらでも考えだせた。わたしにはどだい無理な芸当だ。わたしは小説家ではない。あくまで批評家だからね。それにガスとトニーには悪いが、プロットを作るだけならばかでもできる。『アンナ・カレーニナ』や『虚栄の市』も、段落ひとつ分程度に要約すればてんでつまらない。パルプ雑誌の小説とどっこいどっこいだろう。作品が文学になるかどうかは文章で決まる。そこがわたしの腕の見せどころだ。

トニーは一人でオフィスにいるときにテープレコーダーに録音する。ガスはオフィスにある古いタイプライターで打つ。わたしは二人の半熟のメロドラマを受け取ると、批評家として習得した技をあまさず発揮して、流行の文体で書き直す。つまり文学作品に仕上げるわけだ。さっきも言ったように、挿話作りの手間は省ける。シェイクスピアが『原ハムレット』を芝居用に書き換えたり、『プルターク英雄伝』や『ホリンシェッドの年代記』を材料に作品をこしらえたりしたのと同じことだよ。わたしもシェイクスピアと同様、全精力を文章へ注ぎこめたんだ」

「ずいぶんと謙虚じゃないか」トニーが不服げに言った。「あれを読んだときはひどい代物だと思った。どうして売れたのかさっぱりわからんよ」

レッピーは知らん顔で聞き流した。

「それで、コットル役を演じたシューウェルはいつ登場するの？」メグが質問をはさむ。

「これから話すところだよ」レッピーはそう答え、続けた。「ガスとトニーは互いにコットルのエージェントと出版業者として気軽に会うことができ、コットルことシューウェルとも自由につきあえた。だがわたしはコットルを称賛する批評家ゆえ、旧友であるガスとトニーとも距離を置かねばならなかった。二人とは相談ごとがあるときだけこっそり会い、コットルことシューウェルとは例のトニーの家の夕食会で初めて顔を合わせた。モーリス・レプトンがエイモス・コットルと一面識もないことを偽りなき事実にしておけば、これ以上効果的な目くらましはないからね。わたしの書評に先入観がまじっていないことの証左になる。

コットルことシューウェルはわれわれのたくらみをすべて知っていた。ガスとトニーから説明を受け、その取り決めにすっかり満足している様子だった。過去をなくした男が普通に働いて稼ぐよりはるかに多い収入を、労せずして得られるんだから当たり前だろう。言うまでもなく、彼は著述業や出版業に関しては無知に等しかった。分け前を増やさなければ全部暴露すると言って、ガスとトニーを脅迫する心配はまったくなかった」

「そんなことをすれば、当人にとっても身の破滅だよ」トニーが言った。「人気作家のエイモス・コットルが、自分は一行も書いていない、書いたのはエージェントと出版業者と味方の批評家だなどと公表できるか？　自分も一枚嚙んでいたと認めることになるし、収入がぱったり途絶えてしまう。だから彼がどう言って脅そうが、われわれにはただのはったりだとわかる。エイモスにそんなことができるわけないんだ！」

「理解できないな」アレック・マクリーンがレプトンに言った。「きみの文体で本があれだけ売れたなら、なぜ同じ時間と精力を費やして自分の名前で書かなかったんだい？　量産はできなくなるし、あんなには儲からなかったかもしれないが、小説家として世に認めてもらえただろうに。それは大勢の作家が目指していることだ」

「やれやれ、アレック！」レプトンが笑った。「いかにも出版業者の言いそうな意見だ。きみが物書きなら理解できただろうよ。わたしは生まれる時代と場所をまちがえた不運な人間なんだ。小説なら書いたよ。だが、ことごとく突き返された。わたしの考えたストーリーでは二十世紀の一般読者には受けないという理由で。トニーとガスのプロットや挿話を加えると結果は全然ちがってくる。わたしは今の時代の大衆神話を軽蔑していて、それを信じるふりなどできない。その種のまやかしはもともと不可能なんだ。読者は偽善をすぐに嗅ぎつける。逆に誠実でありさえすれば下手くそでも気に入る。ちなみにコットル作品は誠実そのものだった。理由はわかるだろう?

わたしの批評家魂を刺激したのは紋切型の現代文学に対する嫌悪感なんだ。おかげで現代小説のパロディを本物の熱意と誠意をもって書ける。それがコットル作品の真髄だ。あまりに精巧なパロディゆえ、エメット・エイヴァリーはそのなかに隠れているユーモアを見落として単純なパスティーシュ、すなわち寄せ集めと思いこみ、愚鈍な大衆は傑作と勘ちがいした」

レプトンはため息をついた。「かくして、計画はわれわれの荒唐無稽な空想をはるかに上まわる成功を収めた。今夜の賞だって予想もしていなかったよ。われわれは刊行まであと三ヶ月というとき、初めて壁に突きあたった。テレビ局の人間が、ダニエル・サットン社がある本の大々的なキャンペーンを計画中だと聞きつけたんだ。彼はトニーに接触してきて、発売日にテレビで著者のインタビューをやらせてくれたら五百ドル出すと持ちかけた。トニーは適当に返事を延ばし、三人集まって作戦会議を開いた。

五百ドルはべつにたいした金額ではないが、エイモス・コットルへの出演依頼は今後もあるかもしれない。講演は大きな収入になるし、週一回のテレビ出演となればまさしく宝の山だ。くだんのテレビ関係者は、人気作家を司会に迎えた毎週放送のレギュラー番組を検討していたからね。そんなせっかくのチャンスをむざむざ逃すのは惜しい。だがわれわれのうちの誰かがエイモス・コットルとして出演するのは無理だ。三人ともすでに業界で名を知られている。わたしはコットルの作品を今後も絶賛していくのなら、自分がコットルだと認めるわけにはいかない。ダン・サットンは自社の刊行作品をトニーが別名で書いていたと知ったら、ただじゃおかないだろう。ダンは夢想家だが、その前に出版業者であり、契約については夢想家ではない。

ガスもエージェント役と作家役の兼務は避けたかった。エイモスのためなら堂々と出演交渉に臨めるが、自分のためとなると不利だ。テレビ業界にはガスが破産寸前だと知らない者はいないから、絶対に足もとを見られる。逆にエージェントであれば、エイモスは金には困っていないのではした金じゃ引き受けないと突っぱね、好条件を容易に引き出せるわけだ。それに、われわれの三位一体計画は平等のもとにこそ成り立つ。誰か一人がテレビに出て世間にエイモス・コットルとして認知されれば、ほかの二人より優位に立つことになり、三分の一以上の利益を要求するかもしれない。ほかの二名はエイモス・コットルの代名詞となった者を除外できないからね。テレビ局がシリーズ番組で視聴者にすっかりおなじみになっている出演者を降板させられないのと同じだ。

よって、四分の一の分け前で誰かもう一人仲間に加え、エイモス・コットルとしてテレビに出すしかなかった。三人を追いだして報酬を独り占めすることのないよう、小説を一行も書けない者が望ましい。作品の質を維持することも、生身のコットルを登場させるのと同じくらい重要だからね。さあ、では素性にとらわれず公然とエイモス・コットル役を演じられる過去のない男をどうやって見つけたか？」

「そこでわたしの出番となる」トニーが話し手を代わった。「ピュージー夫人の夫は生前、例のアルコール依存症専門の診療所に入院していた。わたしはピュージー夫人を通じてクリントン医師と知り合いになり、突然どこからともなく現われた身元不明者が路上で記憶をなくしていたという、カスパー・ハウザーもどきの話を聞いた。わたしはクリントン医師に頼んで、その人物と会わせてもらった。そして会った瞬間、これ以上おあつらえ向きの男はいないと確信した。小柄で物静か、しかもおとなしくて従順。記憶を取り戻さない限り、この役柄にうってつけだ。おまけにクリントン医師の見解では、注意深く見守っていれば、アルコール依存症に逆戻りする心配はないとのことだった。

疲れ果ててあきらめきった、抜け殻のような男——まさしくわれわれが必要とするエイモス・コットルというロボットにふさわしい。

クリントン医師には事情を知られたくなかった。そこでアラン・シューウェル当人とじかに交渉し、取り決めをおこなった。医者に文章を作るか絵を描くかの作業療法を勧められたら、文章を作るほうを選ぶこと。毎日自室でタイプライターのけたたましい音を立て、電話帳でもなんでもいいからそのへんにある文字を打つこと。クリントン医師がなにを書いたか見たいと言っても断ること。しばらくしてクリントンがしつこくせがんだら、原稿は看護人に金をやって頼んでニューヨークのエージェント、ヴィージー社へ送付したと答えること。クリントンがなにも言ってこなくても、一ヶ月くらい経ったらそう打ち明けること。実際にはシューウェルが送付の手間を取る必要はなかった。われわれのほうでやっておいたからね」

「それはぼくの役目だった」ガスが言った。「わざわざストラットフィールドの郵便局まで行って、ニューヨークの自分のオフィスへ郵送し、それをメグが読むがらくた原稿の山にまぜておいたんだ。それからトニーが、コットルことシューウェルを実在の作家に見せかけるため、彼宛に作品の手直しと契約に関する手紙を書いたほうがいいと提案した。その写しをトニーとぼくのオフィスとコットルことシューウェルの自宅に保管しておけば、れっきとした記録になるからね」

「あの手紙を書くのは楽しかったよ」レッピーが口をはさむ。「エイモスのデビュー作の著者略歴と同様、パロディ作りの喜びにふけった」

さて、数年経つと、われわれは虎の尻尾をつかんでいる気がしてきた」レッピーが続ける。「もう放すわけにはいかなかった。大金が次々と転がりこんでくるから、放したくもなかった。成功が成功を呼んで、怖いくらいに順調だった。トニーはコットルを利用してダニエル・サットン社の共同経営者の座に収まり、ダン・サットンが死ぬとサットン&ケイン社を設立した。ガスはコットルのエージェントとして名をあげ、コットルほどではないにせよ、まずまず売れっ子の作家を数人抱えられるまでになった。連中のおかげでエージェント業は当分安泰だ。わたしはガスやトニーのようにコットルを事業の足がかりにすることはできなかったものの、利益の分け前でそれまでとはちがう快適な暮らしを手に入れた。ヴィーラは目の上のこぶだったが、ハリウッドへ追いはらった。彼女が戻ってきたときは三人とも頭を抱えたが、そのうちうまい手が見つかるだろうと思った」

「もう誰かが見つけましたよ」ベイジルが言った。「ヴィーラは今夜、青酸化合物で殺害されました。彼女はなにかを嗅ぎつけたか、嗅ぎつけたように思わせて、恐喝に及んだのでしょう。ああいう思慮の足りない女性は、コットルの殺人者が身近な人物だと知ったら必ず恐喝しますよ」

トニーはベイジルを軽くにらんだ。「こうして洗いざらい話したんだから、われわれ三人にコットルことシューウェルを殺す動機がないことはわかってもらえたはずだ。彼が死んでしまっても、真相は世間に隠しておきたい。春の出版目録に遺作が入っているし、今ある下書き原稿はレッピーが独特のコットル流で仕上げて秋に出す予定だ」

ベイジルはアレック・マクリーンにすばやく目配せした。それが合図のようにアレックはもう遅いからそろそろ、とつぶやいて立ちあがった。

外の歩道に出ると、アレックはさりげなく巧みに立ちまわって、トニーの車にフィリッパとヴィージー夫妻とともに乗りこんだ。車はそれで満員になり、ベイジルとレプトンが乗る場所はなくなった。朗らかなおやすみの挨拶のあと車が行ってしまうと、レプトンはタクシーを拾い、運転手に自宅の住所を告げた。ベイジルが隣に乗りこんできてもなにも言わなかった。

十分後、ベイジルはレッピーの本棚の前に立ち、レッピーの父親の製本所で作られた昔の美しい金細工の本を鑑賞していた。

「飲み物は？」レッピーが訊いた。

「いや、けっこう」

「わたしは一杯やらせてもらうよ」レッピーはトールグラスに入った飲み物を手に本棚へ戻ってきた。「とくとお目にかけよう」彼は本棚の扉の鍵を開けた。「この『青柳』はウォーリック・ゴーブルの挿絵つきだ。こっちの『アラビアン・ナイト』の挿絵はエドモンド・デュラック。今はもうこういう本は作れない。値が張るし、具象絵画がすたれた時代に挿絵に興味を持つ者などいないからね」

使われている紙は分厚く白く重みがあり、活字は鮮明で装飾的だった。多色刷りの挿絵は色調が豊かで、すべて茶色い台紙に貼られて上から薄い保護紙がかぶせてあり、それぞれにタイトルが添えられていた。「ほかにもすばらしい童話がある。ほら、これだ」レッピーが言った。「ジョージ・マクドナルド、それからチザム……」

「そうですね」ベイジルはクロス表紙の凝った金箔の渦巻模様を指でなぞった。

レッピーは静かに尋ねた。「どうしてわかったんだ?」

「ガスとトニーはエイモス・コットルをきっかけに事業に乗りだしました。経営は軌道に乗り、コットルが生きていようが死んでいようが、先行きは明るい。しかしあなたは今もフリーの文芸批評家で、エイモス・コットルの印税が頼みの綱です。ハリウッドで仕事にあぶれたヴィーラは、コットルにまとわりつこうとニューヨークへ戻ってきました。二人が一緒に暮らせば、そのうちヴィーラは彼が作家ではないことに気づくはずです。自分がそばにいると彼が一行も書かないことを不審に思い、酒を飲ませるかなにかしてコットルことシューウェルの口から秘密を聞きだすかもしれません。そうなればあなた方をゆすって、骨までしゃぶるでしょう。だがエイモスが死んでしまえば、ヴィーラに真相を知られる心配はなくなり、彼の遺著管理人たちが〝発見した〟新しい未刊作品を今後何年も出し続けられる。未刊のコットル関係資料や執筆ノートなどで五年から十年はもちますし、それ以降も重版や全集版など、いろいろやれるでしょう。物故作家は出版業者やエージェントにとって金のなる木です。あなた方にすれば、コットルことシューウェルに死んでもらったほうが都合がよかったわけです」

「しかし、なぜわたしなんだ？　ガスとトニーだって儲かるのに」

「あなたは自分で言いました。批評家は文学者のなかで一番残虐だと。批評家の病的心理を、硫酸を投げつける人間にたとえましたね。殺人は残虐行為です。よって殺人犯はガスのような三文文士やトニーのような実業家ではなく、批評家でなければなりません」

「手口は？」

「毒物はウィスキーや炭酸水に入れられたのではありません。グラスからも微量しか検出されませんでした。そうなると残るはひとつだけ。そう、氷です。氷を入れたのはあなたでしたね。毒が効くまで時間がかかったため、カプセルに仕込んであったはずです。そこで水かアルコールに溶けるカプセルはなにかと考えた結果、どちらにも溶ける氷に思い当たりました。二杯目のときに氷を入れたのはあなたです。あなたは毒を氷のカプセルに詰めて用意しておいたのです」

「氷のカプセル？　そんなもの、どうやって作るんだね？」

「冷凍庫で半分凍った角氷にはてっぺんにくぼみができます。そこに毒を注ぎこんだのです。

そのあと製氷皿の仕切りぎりぎりまで水を足し、冷凍庫で完全に凍らせます。あの夕食会の前に泊まっていたシャドボルト家で、全員が寝静まった深夜にやったのでしょう。その毒入り氷を、食料品店で冷凍品を買ったときにもらう断熱紙に包んでケイン家へ持っていき、トニーの氷バケットの一番上にのせた。そしてトニーのトングで毒入り氷をエイモスのグラスに入れたのです」

「青酸化合物の入手先は？」

ベイジルは手にしている本の金細工を見つめた。「こういう金箔模様を磨くのには青酸化合物を使うのでしょう？　あなたのお父上の時代はそうだったはずです。あなたはお父上の所有物を相続した。そのなかには青酸化合物も入っていたでしょう。しかもあなたは今も趣味で製本をやっている。ヴィーラに恐喝されたのですか？」

レプトンはうなずいた。「コットルのことではなく、フィリッパとの関係を種に。だから今夜、ヴィーラのあとをつけて毒を飲ませた。本物の暴力をふるったのは初めてだ。気が進まなかったが、わが身の安全のためやむをえないと思った。フィルはいつも文学的才能のある恋人を求めてきた。彼女の直感は実に鋭い。コットルの愛人だったが、彼の才能に疑いを抱くようになった。そんなときにわたしと出会い、たちまち熱を上げた。コットル作品に見いだしていた才能を、無意識にわたしから感じ取ったのだろう。わたしこそがこれまで求め続けてきた本物だと悟ったのだ。わたしは得意になった。作家として誰にも相手にされなかった男が、初めて才能を認められたわけだ。しかしフィルとの関係をトニーに知られたら、なにもかもおじゃんだ。彼は決してわたしを許さないだろう。フィルと火遊びするとは、わたしもどうかしていたが……」レプトンは肩をすくめた。「過ちは誰にでもある。ふん、そんな陳腐な文句が自分の最後の言葉になるとはな！」

ベイジルはレプトンが口へ持っていこうとしたグラスをはたき落とした。

「一緒に市警のフォイル警視正のもとへ行きましょう。外でアレック・マクリーンがタクシーに乗って待機しているはずです。彼には約三十分後におりていくと言ってあります」

レプトンは中国製の敷物に広がったしみを見つめた。犯罪学者にとってはおなじみの独特の異臭がかすかに漂っている。「心神喪失を主張することもできる」

「ええ、おそらくそれで通るでしょう」ベイジルは言った。「文学界の外には、文学者が正気だと信じている者など一人もいませんからね」

解説

杉江松恋

もっとも美しい題名の長篇ミステリは何だと思いますか。

人によって挙げる題名は違うと思うのだが、私は『幽霊の2/3』を推したい。これ、かなりいい線をいっていますよ。

うんうん、と頷いたのはきっと本書を既に読んだ人だろう。未読の人は、首をかしげているかも。そうなのである。『幽霊の2/3』という題名が体現する美は、内容としっかり結びついている。その内容を端的に表した、過不足のまったくない題名が『幽霊の2/3』なのだ。職人が使う道具の名前のような、きりりとした機能美を感じます。

気になった人はとりあえず読んでみるといいです。

本書はアメリカのミステリ作家ヘレン・マクロイ（一九〇四―九二）が、一九五六年に発表した作品だ（原書はランダムハウス社刊）。マクロイの第十五長篇にあたり、一九六二年に守屋陽一訳で創元推理文庫に収められた。長く絶版となっており、マニアの間で名のみ語られる幻の名作と化していたが、このたび駒月雅子訳で再刊されることになった。たいへんにめでたいことです。

マクロイの創出した精神科医の探偵、ベイジル・ウィリング博士が本書でも主役を務めるが、出番はやや遅めだ。冒頭で事件の関係者がほぼ全員揃い、準備がととのったところで妻のギゼラを伴って舞台に登場するのである。まずは、簡単なあらすじを紹介しよう。

物語は、ハリウッドでの将来に見切りをつけた俳優のヴィーラ・ヴェインが、別居中の夫、エイモス・コットルの住むコネチカット州に戻ると宣言したことから始まる。エイモスは作家で、書くものが軒並みベストセラーになるという売れっ子だった。

エイモスの著作権エージェントであるオーガスタス・ヴィージーと、版元サットン&ケイン社の社長であるアントニー・ケインにとって、ヴィーラ帰還の知らせはありがたくない情報だった。実はエイモスには、アルコール依存症で入院していたという秘められた過去があった。彼はそれを克服した後に作家としてデビューを果たしたのだが、ヴィーラと結婚した際に断《た》っていたはずの酒を飲み始めてしまった。そして彼女と同居していた約三ヶ月間、まったく小説を書くことができなかったのである。エイモスとヴィーラが再会すれば、また同じ事態を招く危険がある。

オーガスタスたちの悪い予感は的中してしまう。ケイン家で開かれたパーティーに、ヴィーラを伴ってやって来たエイモスは、すでに酩酊状態になっていた。パーティーには思わぬなりゆきでエイモスの小説を批判し続けている批評家のエメット・エイヴァリーが参加していた。エメットの前でエイモスに醜態を曝《さら》させまいとして、アントニーの妻フィリッパは「幽霊の三分の二」という室内ゲームをやることを提案した。「幽霊の三分の二」とは、クイズの答えを間違えるごとにプレイヤーが幽霊の三分の一、三分の二になっていき、三回間違えると（つまり三分の三になると）脱落する、というゲームである。大人がやるにはずいぶん単純なルールだが（残念ながら由来を調べることはできませんでした）、酩酊したエイモスにはちょうどいいという判断なのでしょう。このゲームの最中にある人物が青酸化合物を飲まされて死亡してしまうのである。

衆人環視の中での毒殺事件、しかも招待客の中にはどうしようもないトラブルメイカーがいる――とくれば、ずいぶんと古典的な探偵小説の状況設定だと思うでしょう。だが本書の場合、「犯人はいかにして被害者に毒物を投与したのか？」という殺人手段に関する問いは、それほど重要なものではないのである。本文庫既刊の第五長篇『家蠅とカナリア』（一九四二）でも、公演中の舞台上で役者が刺殺されるという「衆人環視下の殺人」が扱われていたが、閉鎖空間内に居合わせていた役者たちに容疑者が限定されるなかでの犯人捜しに重きが置かれ、殺害手段自体に焦点が当てられることはなかった。本書も同様である。謎解き作家としてのマクロイは、本質的にはトリックメイカーではないのだ。『家蠅とカナリア』最大の謎が、「なぜ犯人は殺人に先立って鳥籠のカナリアを解放したのか」という魅力的なものであったのと同様、本書にも非常に独創性の高い「本当の謎」が準備されている。ベイジル・ウィリングが事件について調べ始めた途端、とんでもない問題が判明するのだ。

未読の方のため、この先の展開は一切記さないことにしよう。気になる人は急いで第七章まで本文を読むこと。章の終わりでウィリングがある問いを口にした瞬間に、『幽霊の2/3』という作品は上辺の装いをかなぐり捨て、真の姿を明らかにする。なるほど、そういう話だったのか！　本書を一九五六年当時に読んだ人たちは、どれだけびっくりしたことだろうか。刊行から半世紀以上が過ぎた現在でも、まったく鮮度の落ちない謎だ。ここにきて物語は、まったく先の読めないものになる。序盤の展開から読者が立てた予想は、おそらく全部外れるはずである。

それではまるで、目隠しをして見知らぬ土地を彷徨うようなものだ、とおっしゃいますか？　なるほど、頼りになるものが何もないと、小説を読み始めるのが不安でしょうがない、という人もいるだろう（実は私もそうだ）。そういう読者のために、ちょっとだけ美味しいところを紹介させていただく。登場人物表を見れば判るように、『幽霊の2/3』は出版界を舞台にした小説である。だが、単に舞台になっているだけではない。本書には、当時のアメリカ文壇に対する諷刺と思われる記述が散見されるのである。日本人にはあまりなじみのない著作権エージェントの仕事ぶりを伝えるくだりがあるかと思えば、版元の下世話な本音を代弁するかの如き話もある。思わず噴きだしたのが、出版社の社長であるアントニーが言う、次の台詞だ。

――ミステリ小説は本のうちに入らんよ、ヴィーラ。あんなものは誰にでも書ける。大工や配管工と似たり寄ったりの仕事だ。わたしは前々からミステリ作家に印税を支払う必要はないと言ってきた。大工や配管工だって印税はもらわんだろう。

いや、マクロイさんも洒落がきつい。ニコラス・ブレイク『章の終り』(ハヤカワ・ミステリ文庫)やジュリアン・シモンズ『ねらった椅子』(創元推理文庫)など、出版業界を舞台としたミステリは多い。作家が十分に知悉した題材であり、取材が容易だからだろう。そうした出版業界ミステリの中でも、本書は突出した作品である。パロディの要素が強いからだ。

当時の文壇で通用していたのであろうクリシェ、いかにもな物言いを、マクロイは毒のある文体で「模写」してみせる。たとえば本書には二人の文芸批評家が登場するのだが、一方のモーリス・レプトンはエイモス・コットルの作品を全面的に支持し、もう一方のエメット・エイヴァリーは完全に否定している。彼らが書いた文章が引用されているので、ぜひ読み比べていただきたい。文章で作家に「ヨイショ」をするにはどうしたらいいか、もしくは書評で作家をとことん貶《おとし》めるにはどう「駄目出し」すればいいか、よく判るはずである。また、エイモスのデビュー作『退却命令なし』を巡るエピソードも大いに笑いを誘う。新人作家に対してエージェントが加筆修正するようにアドバイスをした箇所は、後になって書評家から全否定されるのである。まるで「アリスが鏡の向こうに見つけた奇妙なさかさまの世界」のように、一つの作品を巡ってエージェントと書評子ですべての評価が反転する。どちらが正しいかって? たぶん両方とも間違っているのでしょう。

おそろしいのは、こうした笑いを誘うパロディのすべてが、ギャグのためのギャグ、すなわち捨て石として置かれたものではないということなのだ。すべてが真相を示唆するヒントであると言っても過言ではない(マクロイは伏線の置き方が巧い作者だが、本書の技巧はずば抜けている)。終盤の第十三章で、ベイジルが旧知の出版業者アレグザンダー・マクリーンと談話し、事件について九の「奇妙な点」(ベイジル自身とマクリーンがひとつずつ付け加えるので合計十一個になる)を挙げる場面がある。この箇所ですべてのヒントは出揃ったわけで、作者から「読者への挑戦」が行われたと見なしてもいいだろう。受けて立つ意志のある方は、それまでの文章をもう一度読み返してみることをお勧めする。冒頭に書いたとおり、『幽霊の2/3』という題名まで含め、すべてが真相示唆のために機能している小説だ。真相を明かされたとき、その無駄のなさをあなたは思い知らされるはずである。なんと美しいことか。

冒頭にも書いたように、本書にも登場するマクロイのシリーズ・キャラクター、ベイジル・ウィリングは精神科医を本業とする探偵だ。ウィリングの探偵術の最大の特色は、関係者の行動分析にある。何気ない行動の中から深層心理を汲み取ったり、手紙などで残された文章から当時の心の動きを読み取ったりするのが、彼の最大の武器なのである(そうした特質が本書では、ひねりを加えた形で発揮されている)。

作者によればウィリングはジョン・ホプキンス大学で学んだ後、パリとウィーンに留学した経歴の持ち主ということで、明らかにフロイト学派の影響下にある。また、『歌うダイアモンド』(晶文社)に収められた短篇や、長篇『割れたひづめ』(国書刊行会)などを読むと、マクロイは心霊科学やオカルティズムなどにも関心を持っていた形跡がある。それらは、人間科学に対する新たな視点から生まれた、近代起源の学問だ。第二次世界大戦後の大変動期を生きた知識人の一人として、マクロイは近代科学が大きなパラダイム転換を迎えるかもしれないという可能性に無関心ではいられなかったのである。

誤解を恐れずにあえて言ってしまえば、ヘレン・マクロイは、生涯を通じて評論家的な気質から脱却できなかった作家だ。彼女の父親ウィリアムは、「ニューヨーク・イヴニング・サン」の編集主幹を務めた名物編集者であった。その出自が影響しているのかもしれないが、彼女には新聞特派員や美術評論家として活躍した経歴があり、夫ブレット・ハリディと出版エージェント業を手がけた時期もあった。創作と評論は執筆活動の両輪をなすものだったのである。

そうした傾向が、作家としての過小評価につながった可能性は否めない。マクロイは四十年以上に渡って創作を行ったが、長篇数は二十七と意外に少ない（結婚生活を優先し実作から離れた期間があったせいでもある）。また、女性で初めてアメリカ探偵作家クラブ（MWA）の会長を務めた重要人物でありながら、長篇・短篇部門のいずれでもMWA賞を受賞しておらず、書評活動によって一九五三年に評論賞を獲得しているだけなのである。本国でもマクロイ単体での研究書は著わされておらず、正当な評価がなされているとは言いがたい。「本の話」「出版の話」をテーマとする『幽霊の2/3』のような作品は、彼女の特性をもっとも如実に示すものである。本書の再刊をきっかけに、とりあえずはまずわが国でヘレン・マクロイの再評価が進むことを祈りたい。

ヘレン・マクロイのプロフィールや作風の変遷については、『ひとりで歩く女』（創元推理文庫）の津田裕城氏による解説と『割れたひづめ』の加瀬義雄氏解説が詳しいため、割愛させていただいた。特に後者は未訳も含めたマクロイの全長篇について網羅されており、初心者のための入門としても最適である。また、短篇やミステリ以外の作品については『歌うダイアモンド』の千街晶之氏による解説が詳しい。さらに、ミステリ史の中における位置づけについては、『家蠅とカナリア』の解説で川出正樹氏が周到な論考を行っており、現時点で付け加えることはない。「彼女は、謎解きへのこだわりを『決して忘れず』にいながら、ミステリの作り方について『つねに学び』続けた作家なのです」という氏の総括は非常に的を射たものだ。

以下はおまけの話題である。ベイジル・ウィリングは、精神科医を職業とする探偵の草分けと言われている。マクロイ自身「彼はアメリカで最初の精神科医探偵であると信じているし、犯罪者の心理を分析する探偵術として精神医学を使用した最初の探偵であることは間違いないだろう」と述べているのだが、それは本当だろうか。

アメリカ探偵作家クラブが編纂した楽しいファンブック、*Murder Ink* に収載されている *The Fifty-Minute Crime* というミニコラムが参考になる。その中に「もし精神科医が必要になったら?」という問いかけの形で、ベイジル・ウィリング博士を含む精神科医キャラクターが紹介されているのだ。作家名のアルファベット順に名前を挙げておこう。

●ジェーン・ゴールドスミス（?―　）作品のダン・ディモン（未詳。一九四七年に発表された *Murder on His Mind* の登場人物か?）。

●カイル・ハント（とあるが、マイケル・ハリディの名で出された作品もある。どちらも多作家ジョン・クリーシーの別名義である。一九〇八―七三）作品のエマニュエル・セリーニ（一九六五年の*Cunning as a Fox*以降十一長篇に登場）。
●ヒュー・マクリーヴ（一九二三―　）作品のグレゴー・マクリーン（一九七〇年発表の*A Question of Negligence*と八〇年発表の*No Face in the Mirror*に登場）。
●リン・メイヤー（?―?）作品のサラ・チェース（一九七五年のデビュー作『ペーパーバック・スリラー』に登場。同書の邦訳はハヤカワ・ミステリ刊）。
●マーガレット・ミラー（一九一五―九四）作品のポール・プライ（一九四一年のデビュー作*The Invisible Worm*など三作に登場）。
●グラディス・ミッチェル（一九〇一―八三）作品のベアトリス・ブラッドリー（一九二九年のデビュー作*Speedy Death*など全六十五長篇に登場）。
●ヒュー・ペンティコースト（一九〇三―八九）作品のジョン・スミス（一九四七年の中篇*Memory of Murder*で初登場し、三作の中長篇に登場）。
●パトリック・クェンティン作品の一九三六年刊『癲狂院殺人事件』（宝石社刊『別冊宝石』九十三号所収）で登場したレンズ博士（なおパトリック・クェンティンとは複数作家の合作名だが、この場合はリチャード・ウィルスン・ウェッブ〔一九〇一―?〕とヒュー・キャリンガム・ホィーラー〔一九一二―八七〕が執筆者だった第二期にあたる）。
ベイジル・ウィリングのデビューは一九三八年だから、ブラッドリー夫人やレンズ博士の方が登場年は早いわけだ。もっとも、ミッチェルが創造したベアトリス・ブラッドリー夫人は英国籍だし、クェンティン作品のレンズ博士は探偵役ではない。一九三六年の『癲狂院殺人事件』と三八年の『俳優パズル』（創元推理文庫）に登場する脇役である。というわけで、米国初の精神科医探偵という称号は、やはりウィリング博士のものと見なしていいようですね。おめでとうございます。

さらにいえば、ブラッドリー夫人の探偵方法は必ずしも精神医学・精神分析学の知見を利用したものというわけではないので、精神医学の専門知識を駆使する世界初の探偵という称号も、ウィリング博士に与えていいような気がする。もっとも、英語圏以外の国に本邦未紹介の精神科医探偵が残っている可能性もあるので、この地位は暫定的なものだ。「探偵小説に初めて精神分析を持ちこんだ」とのコピーで知られる『夜の人』（ハヤカワ・ミステリ）は、ノルウェーの作家ベルンハルト・ボルゲが一九五八年に発表した作品だが、こういう隠し玉が他にもあるかもしれませんからね。はあ、どっとはらい。

検印
廃止

訳者紹介　1962年生まれ。慶應義塾大学文学部卒，英米文学翻訳家。主な訳書に，ディクスン「九人と死で十人だ」，ドラモンド「あなたに不利な証拠として」，カーシュ「犯罪王カームジン」ほかがある。

幽霊の2/3

2009年 8 月28日　初版
2009年12月 4 日　3 版

著者　ヘレン・マクロイ
訳者　駒《こま》　月《つき》　雅《まさ》　子《こ》

発行所（株）東京創元社
代表者　長谷川晋一

162-0814/東京都新宿区新小川町1-5
電話　03・3268・8231-営業部
03・3268・8204-編集部
URL　http://www.tsogen.co.jp
振替　00160—9—1565
暁印刷・本間製本

ISBN978-4-488-16805-6　C0197

Pat McGerr

パット・マガー（米　一九一七―一九八五）

編集職をへて、一九四六年、『被害者を捜せ！』を発表。弱冠二十九歳でものしたこの長編は、犯人でなく被害者を捜すという斬新な趣向が大反響を呼んだ。以後も工夫を凝らした作品を次々著したが、鮮やかな人物造型といい、ドラマティックな展開といい、秀れて現代的なミステリ作法の持ち主だったといえる。代表作に『四人の女』や『七人のおば』などがある。

探偵を捜せ！
パット・マガー
井上一夫 訳

〈本格〉

病弱な夫を殺して、金と自由を手に入れようとした美貌の若妻。夫を殺した夜、その山荘を訪れた四人の客のなかには、夫が死ぬ前に呼んだ探偵がいる。妻は必死の推理と、すぐれた演技の芝居をして自分の罪をかくし、探偵を捜し出そうとするが……。探偵が犯人を捜すという定石を破って、犯人が探偵を捜すという〝異色〟の本格推理小説！

16401-0

被害者を捜せ！
パット・マガー
中野圭二 訳

〈本格〉

第二次大戦下、異境の地にいる海兵隊員の唯一の愉しみは、故国からの新聞や雑誌を廻し読みすることだった。そんなある日のこと、新聞でぼくの勤めていた〈家善協〉でぼくのボスが殺人を犯したのを知った。でも、記事がちぎれているので被害者がわからない。そこで、ぼくの話をもとに戦友仲間で被害者捜しをすることになったのだが……。

16402-7

四人の女
パット・マガー
吉野美恵子 訳

〈本格〉

前妻、現夫人、フィアンセ、それに愛人――人気絶頂のコラムニストをとりまく四人の女性。彼はひそかに自宅のバルコニーの手摺に細工した上で、四人をそろって招待し、ある晩、ディナー・パーティを開いた。彼には、その中の一人を殺さねばならない動機があったのだ……！　一作ごとに趣向を凝らす才媛が、被害者捜しの新手に挑む傑作！

16403-4

七人のおば
パット・マガー
大村美根子 訳

〈本格〉

結婚し渡英したサリーの許へ届いた友人の手紙で、おばが夫を毒殺して自殺したことを知らされた。だが、彼女にはおばが七人いるのに、手紙には肝心の名前が書いてなかった。サリーと夫のピーターは、おばたちと暮らした七年間を回想しながら、はたしてどのおばなのか、見当をつけようと試みる。一作ごとに趣向を凝らすマガーの代表作！

16404-1

パーシヴァル・ワイルド
越前敏弥訳
検死審問
―インクエスト―
〈本格〉

リー・スローカム閣下が検死官としてはじめて担当することになったのは、女流作家ミセス・ベネットの屋敷で起きた死亡事件だった。個性的な関係者の証言から明らかになる事件の真相とは？　全編が検死審問の記録からなるユニークな構成が際立つ本書は、江戸川乱歩が絶賛し、探偵小説ぎらいのチャンドラーをも魅了した著者の代表作である。

27404-7

江戸川乱歩編
世界短編傑作集1
〈アンソロジー〉

短編小説は推理小説の粋である。珠玉の傑作群を年代順に集成した短編アンソロジーの決定版。編者の江戸川乱歩序文の巻頭に始まり、コリンズ「人を呪わば」チェホフ「安全マッチ」モリスン「レントン館盗難事件」グリーン「医師とその妻と時計」オルツィ「ダブリン事件」フットレル「十三号独房の問題」バー「放心家組合」の七編を収録。

10001-8

江戸川乱歩編
世界短編傑作集2
〈アンソロジー〉

傑作短編集第二弾には、ルブラン「赤い絹の肩かけ」を始めとして、グロルラー「奇妙な跡」ポースト「ズームドルフ事件」フリーマン「オスカー・ブロズキー事件」ホワイトチャーチ「ギルバート・マレル卿の絵」ベントリー「好打」ブラマ「ブルックベンド荘の悲劇」クロフツ「急行列車内の謎」コール夫妻「窓のふくろう」の全九編を収録した。

10002-5

江戸川乱歩編
世界短編傑作集3
〈アンソロジー〉

第三弾にはウイン「キプロスの蜂」ワイルド「堕天使の冒険」ジェプスン&ユーステス「茶の葉」バークリー「偶然の審判」ノックス「密室の行者」ロバーツ「イギリス製濾過器」アリンガム「ボーダー・ライン事件」ダンセイニ「二壜のソース」クリスティ「夜鶯荘」レドマン「完全犯罪」の十編。短編の好手たちによる腕比べをとくとご覧あれ。

10003-2

江戸川乱歩編
世界短編傑作集4
〈アンソロジー〉

著名な作者たちの手による技巧を尽くした短編の粋。ヘミングウェイ「殺人者」に始まり、フィルポッツ「三死人」ハメット「スペードという男」クイーン「キ印ぞろいのお茶の会の冒険」コッブ「信・望・愛」バーク「オッターモール氏の手」チャーテリス「いかさま賭博」セイヤーズ「疑惑」、異色作家ウォルポールの「銀の仮面」九編を収録。

10004-9

江戸川乱歩編
世界短編傑作集5
〈アンソロジー〉

ベイリー「黄色いなめくじ」C・ディクスン「見知らぬ部屋の犯罪」コリアー「クリスマスに帰る」アイリッシュ「爪」パトリック「ある殺人者の肖像」ヘクト「十五人の殺人者たち」ブラウン「危険な連中」スタウト「証拠のかわりに」クック「悪夢」の全九編にくわえて、E・クイーンの評論「黄金の二十」を併載。全編に江戸川乱歩の解説付。

10005-6